第八屆紅樓夢獎評論集

張貴興《野豬渡河》

香港浸會大學文學院

主編：吳有能
顧問：第八屆「紅樓夢獎：世界華文長篇小説獎」籌委會
　　　香港浸會大學文學院
　　　香港九龍塘
　　　香港浸會大學善衡校園
　　　温仁才大樓西翼
　　　11樓OEW1100室

.

第八屆紅樓夢獎評論集　　張貴興《野豬渡河》

編者：香港浸會大學文學院

出　　版：匯智出版有限公司
　　　　　香港九龍尖沙咀赫德道2A首邦行8樓803室
　　　　　電話：2390 0605　　傳真：2142 3161
　　　　　網址：http://www.ip.com.hk

發　　行：聯合新零售（香港）有限公司
　　　　　香港新界荃灣德士古道220-248號荃灣工業中心16樓
　　　　　電話：2150 2100　　傳真：2407 3062

印　　刷：陽光（彩美）印刷有限公司

版　　次：2022年10月初版

國際書號：978-988-76156-1-3

第八屆「紅樓夢獎」首獎作者張貴興先生

第八屆「紅樓夢獎」首獎作品《野豬渡河》及獎座
（獎座設計：王鈴蓁博士〔香港浸會大學　視覺藝術學院〕）

第八屆「紅樓夢獎」頒獎禮暨講座上，香港浸會大學文學院院長樂美德教授致詞

第八屆「紅樓夢獎」頒獎禮暨講座海報

目錄

評論選

第八屆「紅樓夢獎」評審過程

「紅樓夢獎」答謝詞

附錄

編者言

　　《野豬渡河》是張貴興先生的力作，出版以來，好評如潮，並榮獲第八屆「紅樓夢獎：世界華文長篇小說獎」的首獎；這本文集正是為慶祝並紀念張先生這本小說得獎而編輯的。

　　張貴興先生原是馬來西亞華僑，他的作品多數反映婆羅洲的背景，這部得獎小說──《野豬渡河》──也不例外。先生青年時就到臺灣師範大學英文系進修，後來定居臺灣，並長期在成淵高中任教；先生教學之餘，堅持創作，成績斐然。

　　《野豬渡河》這部長篇小說是長期醞釀的成果；事實上，2000 年先生出版《猴杯》，隔年就得到臺灣中國時報文學獎小說推薦獎；之後，先生雖曾出版過《我思念的長眠中的南國公主》以及《沙龍祖母》小說集，但並無長篇小說的出版。到了 2018 年，先生才出版《野豬渡河》；所以從《猴杯》到《野豬渡河》，兩書足足相差了十七、八個年頭；這十多年中，先生一直在收集資料，構思故事；凡此，皆奠定這部大作的創作基礎。至於具體的寫作時間，依照張先生自己的說法，他用了十四個月寫就，之後又再用了四個月潤飾。最後成就出這一皇皇鉅著。

　　宏觀的說，《野豬渡河》故事涉及東洋與南洋的會面，也彰顯着傳統與現代的交織。這本書實際上就是圍繞着二十五則短篇小故事展開；它們彼此相關，但作者並不刻意構築出明顯的系統結構，反而在情節及人物的安排上，共同展現出頗具整體性的敍事。

　　《野豬渡河》主要敍說婆羅洲一處稱為豬芭村的故事，內容充滿着殘忍殺戮以及人性考驗。一直到二十世紀初年，婆羅洲仍有許多未經開發的蠻荒地帶，大自然中充滿洪荒的力量，也少不了自然界的殺戮。但其實相較之下，人間世的殺戮，也不遑多讓；先是華人移民殺戮野豬，後來日本殖民，又殺了許多華人；而華人間也彼此殺戮。這部小說就在不同故事中呈現自然與人間兩方面的現實，作者寫的是洪荒的力量與自然的殘酷，更要書寫殖民時代的殺戮故事，表達當中人性的殘酷！

　　本校榮休教授鍾玲決審委員的點評，可謂一語中的，她說道：「《野豬渡河》是部驚心動魄的小說，它有兩個宏大主題：一是砂拉越華人聚居的豬芭村在第二次世界大戰期間和前後的抗日故事；二是婆羅洲雨林具體呈現的蠻荒大自然力量。陽剛的熱血和筆觸的冷凝形成強大的張力，場面再血腥殘酷，讀者還是給牢牢吸住。敍事技巧成熟，種族之間，人與人之間的恩怨情仇處理得明確。種族包括華人、日本人、歐洲人、原住的達雅克人等。華人和日本人要角近二十人，他們的遭遇和命運都交代得清楚。一連串華人大人和小孩慘遭日軍屠殺，作者多次用伏筆暗示有間諜，結尾揭露這間諜天性的冷酷，也恰如其分。野豬是此小說最重要的象徵，象徵大自然的洪荒之力，也象徵人類內在的獸性，充分顯現在日本人和朱大帝的殺戮行為裏。」

　　決審委員黃子平教授則從文字與美學方面提出重要補充，他說：「張貴興的文字冷靜、瑰麗，寓繁複於精練，不動聲色地描繪血腥的殺戮場面，以暴易暴，極度挑戰讀者的閱讀底線，建構了他在生與死、人與獸、善與惡之間，曲折迂迴的歷史哲學和暴力美學。──筆力雄勁，構思恢宏，《野豬渡河》成就了世

界華文文學的又一經典鉅著。」黃教授的觀察與評鑑是非常恰當的;《野豬渡河》語言豐富,故事宏奇,令人讚歎。所以獲得決審評委推薦,就毫不意外了。

得獎前後,《野豬渡河》已經引起文壇注意,評論與推介不斷;本文集不但收集各方報道,也收錄評委的意見,讓讀者可以管窺評審精彩的意見交流。而在委員會公佈《野豬渡河》得獎消息後,各方評論更多,觀點豐富;我們廣泛地收集內地以及港澳臺的評論,也不忘收集新加坡以及馬來西亞的觀點。同時,我們也特別平衡文本的內部與外部的評介,殖民與後殖的觀點,盡量包容不同的視角,呈現眾聲喧嘩、多元並見的盛況。

走筆至此,我想特別感謝兩位靈魂人物;2005 年香港匯奇化學有限公司董事長張大朋先生贊助創辦「紅樓夢獎:世界華文長篇小說獎」。2008 年,張大朋先生再次捐資港幣一千萬元,成立「紅樓夢獎:世界華文長篇小說獎張大朋基金」,讓「紅樓夢獎」得以持續舉辦。此外,紅樓夢獎是鍾玲教授在香港浸會大學文學院院長任內創設的文學大獎。沒有張大朋及鍾玲兩位靈魂人物的帶領與支持,紅樓夢獎就無法面世與發展;當然,更應感謝張貴興先生賜序,以及文集中各位作者的慷慨授權,否則文集無法面世;此外,在這一屆工作中,文學院院長樂美德 (Mette Hjort) 教授與現任署理院長 Stuart Christie 教授給我大力支持,高級院務主任曹琦麗女士、陳欣欣與黃殷平小姐都提供重要協助;最後,還應感謝兩位舊同事:前任總召集人林幸謙博士,以及區麗冰小姐的支持,他們前期的作業,讓這次評審及文集出版得以順利完成。

最後,讓我寫下一點個人因緣作結;我在 2005 年起到校工

作；讓我從紅樓夢獎誕生之始，就開始參與紅獎的工作，這也是我在文學院的第一份服務工作；我多年來一直充當初審委員工作；後來進一步參加籌備委員會工作；前年，林幸謙教授榮退，我從林教授手上接下召集人的工作，開始準備新一屆評審工作，並處理這文集的編輯與出版，而這也是我退休前在文學院的最後一件任務；回首匆匆十七年，我想紅樓夢獎的目的並非肯定優秀作品而已，它更充滿對華文長篇小說的美好期待；我祝福紅樓夢文學獎的發展蒸蒸日上，未來華人長篇小說成就如旭日東昇！

吳有能

寫於香港浸會大學

2022 年 5 月 3 日

序言：豬芭村的故事

珠巴（Krokop）是婆羅洲東北部美里（Miri）附近一個華人村莊。二十世紀初期，美里發現石油，大量客家人和福建人移居到珠巴，養豬、種菜、務農。二十世紀末期，珠巴已發展成一個人口稠密的商業重鎮，房價暴漲，富豪雲集，從前裝點珠巴的菜圃、豬舍、雞棚、鴨寮、湖塘、水井也徹底從地表消失，只有零星的高腳木屋和椰子樹約略顯現珠巴過往的風貌。

Krokop 是誤用，實際寫法是 Kerekop 或 Kerukup，是一種落葉灌木或小喬木，分佈熱帶亞洲和非洲，開白色和綠色的花，結棕紅或紫色的球狀果實，成熟時呈黑色，很酸，俗稱羅旦梅，醃漬和加工處理後，可以製作成可口的飲料和甜點。華人移居此地前，珠巴長滿這種高度五到十公尺的植物，也是馬來名稱的由來。二十世紀初期，華人大量飼豬，變成遠近馳名的「養豬的山芭」（山芭，未經開發的荒地），簡稱豬芭村，戰後改成較文雅的珠巴。Krokop 和珠巴的意涵南轅北轍，但是沒有衝突，你用你的，我用我的。

婆羅洲的鎮名都頗有來歷，每一個可以寫成故事。

我的出生地羅東（美里衛星鎮），馬來文 Lutong，是一種長尾猴。加里曼丹首府坤甸，馬來文 Pontianak，是一種女吸血鬼。據說羅東和坤甸開埠之初，長猴尾和吸血鬼猖獗。

砂拉越首府古晉，馬來文 Kuching，是貓的意思，專家認為這座城鎮和貓沒有關係，但市井小民將錯就錯，把貓變成城鎮象徵，放眼都是貓雕塑，還有一座貓博物館。婆羅洲公貓有一種特色：牠有一根脊椎骨密集頻繁的天然斷落造成的短尾巴，方便交配時陰莖可以多角度地深入。古晉遍佈這種公貓，耐人尋味。

砂拉越內陸拉讓江（Rajang River）河畔有一個城鎮加拿逸 Konawit，名字和美人魚無關，但據說開埠時經常聽見美人魚在河畔歌唱，於是河畔有美人魚雕塑。市井小民可能知道所謂美人魚只是俗稱海牛的儒艮，牠是一種哺乳動物，胸前有一對乳房，有時候會把半個身子露出水面，抱着幼仔餵奶。身材不苗條，長相不討好（像一個胖嘟嘟的中年大叔），叫聲更是怪異，但市井小民不以為意，硬是把牠美化成美人魚。

每一個城鎮都有故事，就像豬芭村。

《野豬渡河》是豬芭村的故事。

1941 年太平洋戰爭爆發，日本人擴展大東亞共榮圈掠奪天然資源。美里盛產石油，理所當然變成日軍佔領婆羅洲的灘頭堡。

《野豬渡河》的背景發生在豬芭村，描述日本人佔領豬芭村後，豬芭華人遭受屠殺和組織民兵對抗日軍的故事。

華人驅逐野豬鵲巢鳩佔、日軍佔領豬芭村、游擊隊抗日和日軍追殺籌賑祖國難民委員會成員、日軍集體逃入雨林，這四個較大的歷史事件，大概是構成這篇小說的主要骨幹。

除了華人在豬芭村養豬，小說和野豬有啥關係？

　　七月，大旱降臨，野果落盡，新蕊不發，泥土熱燥，落葉紛飛。

　　飢渴暴躁的婆羅洲雜食野豬遙想北部比丘陵地帶早到的河川流域花序果季，從西加里曼丹熱帶雨林跋涉北上穿越婆羅洲千山萬壑，沿途吸納豬群，滙聚成一支聲勢浩大的隊伍，跨過馬、印兩國漫長嶇崎的疆壤，進入富庶莽蕩的砂拉越雨林，橫渡河川流域，無懼人類猛獸，尋找食物遍被的饕餮和交配福地。

　　　　　　　　　　　　　　　　　　——《野豬渡河》

　　或者華人也和野豬一樣，為了尋找一個食物遍被的饕餮和交配福地，每年乘東北季候風從唐山來到莽荒人稀生機無限的熱帶南國吧。

第八屆「紅樓夢獎」新聞稿

浸大公佈第八屆「紅樓夢獎」得獎名單 馬華作家張貴興以《野豬渡河》 贏得首獎

2020 年 7 月 30 日

　　香港浸會大學（浸大）宣佈，馬來西亞華文文學作家張貴興先生以小說《野豬渡河》奪得第八屆「紅樓夢獎：世界華文長篇小說獎」首獎。決審委員認為，《野豬渡河》是「筆力雄勁、構思恢宏」的鉅著。

　　決審委員、浸大榮休教授黃子平教授表示：「天地不仁，以萬物為『豬狗』。張貴興以驚人的文學想像力，調動對熱帶雨林的天候、土壤、水果、野獸的全部感官（視覺、聽覺、嗅覺、觸覺），在上述『世界史時間』上疊加了『自然時間』（人豬大戰、野孩子的歡快嬉戲），疊加了神秘的超越性的『永恆』（不死的斷頭殘肢），在野豬、面具和鴉片等象徵主題的交錯變奏中，燎原的野火蔽空，血染紅了豬芭河，天地變色。」

　　黃教授認為：「張貴興的文字冷靜、瑰麗，寓繁複於精練，不動聲色地描繪血腥的殺戮場面，以暴易暴，極度挑戰讀者的閱讀底線，建構了他在生與死、人與獸、善與惡之間，曲折迂迴的歷史哲學和暴力美學。——筆力雄勁，構思恢宏，《野豬渡河》成就了世界華文文學的又一經典鉅著。」第八屆「紅樓夢獎：世

界華文長篇小説獎」頒獎禮將於今年 10 月舉行。

張貴興先生祖籍廣東龍川，1956 年生於婆羅洲砂拉越，1980 年畢業於國立臺灣師範大學英語系，1981 年入籍臺灣。其作品多以故鄉婆羅洲熱帶雨林為場景，書寫南洋華人社群的生存困境、愛欲情仇和斑斑血淚，以濃艷華麗的詩性修辭，刻鏤雨林的凶猛、暴烈與精采，是當代華文文學中一大奇景。代表作有《伏虎》、《賽蓮之歌》、《頑皮家族》、《群象》、《猴杯》、《我思念的長眠中的南國公主》、《沙龍祖母》、《野豬渡河》等。

作品曾獲時報文學獎、中央日報出版與閱讀好書獎、開卷好書獎、時報文學百萬小説獎決選讀者票選獎、聯合報讀書人最佳書獎、臺北國際書展書展大獎、博客來年度選書、OPENBOOK 年度好書；近年接續獲得花蹤馬華文學大獎、聯合報文學大獎、金鼎獎、臺灣文學金典獎等。

此外，獲得第八屆「紅樓夢獎」的「決審團獎」包括阿來的《雲中記》、董啟章的《愛妻》和駱以軍的《匡超人》，而西西的《織巢》和胡晴舫的《群島》則獲得「專家推薦獎」。

本屆獎項的決審委員包括陳思和教授（中國現當代文學研究專家；復旦大學圖書館館長）、陳義芝教授（詩人；國立臺灣師範大學國文系教授）、黃子平教授（中國現當代文學研究專家；浸大榮休教授）、劉慶先生（小説家；第七屆「紅樓夢獎：世界華文長篇小説獎」首獎《唇典》作者）、鍾玲教授（小説家及詩人；浸大榮休教授）和羅鵬教授（Professor Carlos Rojas）（漢學家；杜克大學東亞研究系教授）。

「紅樓夢獎」由浸大文學院主辦，獲香港匯奇化學有限公司董事長張大朋先生贊助，每兩年一屆，藉獎勵出版成書的優秀

華文長篇小説，提升世界各地華文長篇小説的水準，並推動創作。第八屆「紅樓夢獎」的參賽作品須為八萬字以上、於 2018 年 1 月 1 日至 2019 年 12 月 31 日期間出版的原創華文小説。鑑於每年華文長篇小説的出版數量逾千，為精簡評選程序，自首屆「紅樓夢獎」起，參賽作品均由籌委會邀請出版社或合資格人士所提名。有關「紅樓夢獎」的參選細則，請瀏覽網頁 http://redchamber.hkbu.edu.hk。

評論選

失掉的好地獄

王德威

經過十七年醞釀，張貴興終於推出最新長篇小說《野豬渡河》。張貴興是當代華語世界最重要的小說家之一，此前作品《群象》（1998）、《猴杯》（2000）早已奠定了文學經典地位。這些小說刻畫了他的故鄉——婆羅洲砂拉越——華人墾殖歷史，及與自然環境的錯綜關係。雨林沼澤莽莽蒼蒼，犀鳥、鱷魚、蜥蜴盤踞，絲棉樹、豬籠草蔓延，達雅克、普南等數十族原住民部落神出鬼沒，在在引人入勝。所謂文明與野蠻的分野由此展開，但從來沒有如此曖昧游移。

張貴興的雨林深處包藏無限誘惑與危險：醜陋猥褻的家族秘密，激進慘烈的政治行動，浪漫無端的情色冒險……都以此為淵藪。叢林潮濕深邃，盤根錯節，一切的一切難以捉摸。但「黑暗之心」的盡頭可能一無所有，但見張貴興漫漶的文字。他的風格縟麗詭譎，夾纏如藤蔓、如巨蟒，每每讓陷入其中的讀者透不過氣來——或產生窒息性快感。張貴興的雨林與書寫其實是一體的兩面。

這些特色在《野豬渡河》裏一樣不少，作家深厚的書寫功力自不在話下。但《猴杯》創造高峰多年以後，張貴興新作的變與不變究竟何在？本文着眼於三個面向：「天地不仁」的敘事倫理；野豬、罌粟、面具交織的（反）寓言結構；華夷想像的憂鬱

徵候。

　　＊　　　＊　　　＊

　　讀者不難發現，相較於《群象》、《猴杯》對砂拉越華人聚落的描寫，《野豬渡河》更上層樓，將故事背景置於寬廣的歷史脈絡裏。時序來到 1941 到 1945 年，日本侵略東南亞、佔領大部分婆羅洲，砂拉越東北小漁港豬芭村無從倖免。在這史稱「三年八個月」時期，日本人大肆屠殺異己，壓迫土著從事軍備生產，豬芭村人組織抗敵，卻遭致最血腥的報復。與此同時，豬芭村周圍野豬肆虐，年年進犯，村人如臨大敵。

　　在「南向」的時代裏，我們對砂拉越認識多少？砂拉越位在世界第三大島婆羅洲西北部，自古即與中國往來，十六世紀受汶萊帝國（渤泥國）控制；1841 年，英國冒險家占姆士‧布洛克以平定汶萊內亂為由，半強迫汶萊國王割讓土地，自居統領，建立砂拉越王國。太平洋戰爭同年 9 月，砂拉越與沙巴、新加坡和馬來亞聯合邦（馬來亞半島或西馬）組成今之馬來西亞（1965 年新加坡退出）。這一體制受到鄰國印尼反對，鼓勵砂共和之前的殖民者進行武裝對抗。砂共叛亂始自 1950 年代，直到 1990 年才停息。

　　張貴興生於砂拉越，十九歲來臺定居，卻不曾遺忘家鄉，重要作品幾乎都聯結着砂拉越。《群象》處理砂共遺事、《猴杯》追溯華人墾殖者的罪與罰，時間跨度都延伸到當代。以時序而言，《野豬渡河》描寫的「三年八個月」更像是一部前史，為日後的風風雨雨做鋪陳。日軍侵入砂拉越，不僅佔領布洛克王朝屬地，也牽動南洋英國與荷蘭兩大傳統殖民勢力的消長。這段歷史

的慘烈與複雜令我們瞠目結舌。華人早自十七世紀以來移民婆羅洲，與土著及各種外來勢力角力不斷，而華人移民間的鬥爭一樣未曾稍息。華人既是被壓迫者，也經常是壓迫者。海外謀生充滿艱險，生存的本能，掠奪的欲望，種族的壓力，還有無所不在的資本政治糾葛形成生活常態。

是在這裏，《野豬渡河》顯現了張貴興不同以往的敍述立場。《群象》描寫最後的獵象殺伐，「中國」之為（意）象的消亡，仍然透露感時憂國的痕跡。《猴杯》則從國族認同移轉到人種與人／性的辯證，藉着進出雨林演義雜種和亂倫的威脅。《野豬渡河》既以日軍蹂躪、屠殺豬芭村華人居民為敍述主軸，似乎大可就海外僑胞愛國犧牲作文章，小說情節也確實始於日軍追殺「籌賑祖國難民委員會」成員。但讀者不難發現「籌賑祖國難民委員會」非但面貌模糊，那個等着被賑的「祖國」更是渺不可及。不僅如此，張貴興擅於描寫的性與家族倫理關係雖然仍佔一席之地，但大量的暴力和殺戮顯然更是焦點。非正常死亡成為等閒之事，甚且及於童稚。〈龐蒂雅娜〉一章所述的場景何其殘忍和詭秘，堪稱近年華語小說的極致，哈日族和小清新們必須有心理準備。

張貴興的敍事鋌而走險，以最華麗而冷靜的修辭寫出生命最血腥的即景，寫作的倫理界線在此被逾越了。我們甚至可以說，大開殺戒的不僅是小說中的日本人，也是敍述者張貴興本人。然而，即便張貴興以如此不忍卒讀的文字揭開豬芭村創傷，那無數「淒慘無言的嘴」的冤屈和沉默又哪裏説得盡，寫得清？另一方面，敍述者對肢解、強暴、斬首細密的描寫，幾乎是以暴易暴似的對受害者施予又一次襲擊，也強迫讀者思考他的過

與不及的動機。

《野豬渡河》對歷史、對敘述倫理的思考最終落實到小說真正的「角色」，那千千百百的野豬上。如張貴興所述，野豬是南洋特有的長鬚豬，分佈於婆羅洲、蘇門答臘、馬來半島和蘇祿群島，貪婪縱慾，鬥性堅強。因為移民大量墾殖，野豬棲居地急速縮小，以致每每成千上萬出動，侵入農地民居，帶來極大災害。野豬桀驁不馴，生殖和覓食為其本能。牠們既不「離散」也不「反離散」；交配繁衍，生生死死，形成另一種生態和生命邏輯。

這幾年華語文學世界吹起動物風，從莫言（《生死疲勞》、《蛙》）到賈平凹（《懷念狼》），從夏曼・藍波安（《天空的眼睛》）到吳明益（《單車失竊記》），作家各顯本事，而姜戎的《狼圖騰》更直逼國家神話。張貴興自己也是象群、猴黨的創造者。但野豬出場，顛覆了這些動物敘事。在一個以伊斯蘭信仰為主的語境裏大談野豬，作者的種族諷刺意圖昭然若揭。但千萬華人移民賣身為豬仔、渡海謀求溫飽的處境，一樣等而下之。小說中的華人為了防禦野豬，年年疲於奔命，豬芭村的獵豬行動從戰前持續到戰後，難捨難分，形成命運共同體。尤有甚者，亂世裏中日英荷各色人等，不論勝者敗者，兀自你爭我奪，相互殘殺獵食，交媾生殖，他們的躁動飢渴也不過就是過了河的野豬吧。

如果說張貴興藉豬喻人，那也只是敘述的表相。他其實無意經營一個簡單的寓言故事。天地不仁，以萬物為「豬狗」。《野豬渡河》讀來恐怖，因為張貴興寫出了一種流竄你我之間的動物性，一種蠻荒的、眾性平等的虛無感。蠢蠢欲動，死而不後已。

＊　　＊　　＊

德勒茲（Gilles Deleuze）、瓜達利（Pierre-Félix Guattari）論動物，曾區分三種層次，伊底帕斯動物（Oedipus animal），以動物為家畜甚至家寵，愛之養之；原型動物（Archetype / state animal），以動物為某種神話、政教的象徵，拜之敬之。而第三種則為異類動物（daemon animal，由古希臘 "daimōn" [δαίμων] 延伸而來），以動物為人、神、魔之間一種過渡生物，[1] 繁衍多變化，難以定位，因此不斷搞擾其間的界線。對德勒茲、瓜達利而言，更重要的是，動物之為「動」物（becoming animal），意義在於其變動衍生的過程。任何人為的馴養、模擬或想當然耳的感情、道德附會，都是自作多情而已。[2]

張的動物敘事可以作如是觀。他對野豬、對人物儘管善惡評價有別，但描寫過程中卻一視同仁，給與相等分量。小說開始，主人公關亞鳳的父親就告訴他「野豬在豬窩裏吸啜地氣，在山嶺採擷日月精華⋯⋯早已經和荒山大林、綠丘汪澤合為一體⋯⋯單靠獵槍和帕朗刀是無法和野豬對抗的。人類必須心靈感應草木蟲獸，對着野地釋放每一根筋脈，讓自己的血肉流潛天地，讓自己和野豬合為一體，野豬就無所遁形了。」亞鳳父親的說法正是把野豬視為「原型」動物，賦予象徵定位。但小說的發展恰恰反其道而行。千百野豬飄忽不定，防不勝防，或者過河越界，或者被驅逐殲滅，如果與人「合為一體」，那是夢魘的開始。

1　Gilles Deleuze and Pierre-Félix Guattari, *A Thousand Plateaus: Capitalism and Schizophrenia,* trans. Brian Massumi (Minneapolis: University of Minnesota Press, 1987), p. 237.

2　Gilles Deleuze and Pierre-Félix Guattari, *Kafka: Toward a Minor Liter4ature,* trans. Dana Polan (Minneapolis: University of Minnesota Press, 1986), p. 13.

於是小說有了如下殘酷劇場。豬芭村裏日軍搜尋奸細，砍下二十二個男人頭顱，刀劈三個孕婦的肚子後，一片鬼哭神嚎。就在此時，一隻齜着獠牙的公豬循着母豬的足跡翩然而至。

> 牠……伸出舌頭舔着地板上老頭的血液，一路舔到老頭的屍體上。牠抬起頭，毫不猶豫的將吻嘴插入老頭肚子裏，開始了凶猛圇圇的刨食。已經飽餐一頓的母豬看見雄豬後，嗅着雄豬的肛門和陰莖，拱起屁股磨擦雄豬，發出春情氾濫的低鳴……雄豬將老頭肚子刨食乾淨後，肚子鼓得像皮球。牠從老頭肚皮囊裏抽出半顆血淋淋的頭顱，嗅了嗅母豬的乳頭和陰部，將吻嘴伸到母豬兩腿之間，用力的拱撞着母豬屁股，口吐白沫……發出嗯嗯哼哼的討好聲，突然高舉兩隻前蹄，上半身跨騎母豬身上，將細長的豬鞭插入母豬陰道……

張貴興的描寫幾乎要讓人掩面而逃。但他更要暗示的應是豬就是豬，我們未必能，也不必，對牠們的殘暴或盲動做出更多人道解釋。但與其說張意在自然主義式的冷血描述，更不如說他的筆觸讓文本內外的人與物與文字撞擊出新的關聯，攪亂了看似涇渭分明的知識、感官、倫理界限。

比方說面具。野豬血淋淋的衝撞如此原始直接，恰恰激發出小說另一意象——面具——的潛在意義。面具是豬芭村早年日本雜貨商人小林二郎店中流出，從九尾狐到河童的造型精緻無比，極受老少歡迎。隨着小林身分的曝光，所謂的本尊證明從來也只是張面具。知人知面不知心，比起野豬的齜嘴獠牙，或在地傳說中女吸血鬼龐蒂雅娜飄蕩幻化的頭顱，日本人不動聲色的

面／具豈不更為恐怖。然而小說最終的面具不到最後不會揭開。當生命的真相大白，是人面，還是獸心，殘酷性難分軒輊。

除了野豬和面具，豬芭村最特殊的還有鴉片。張貴興告訴我們，鴉片 1823 年經印度傾銷到南洋，成為華人不可或缺的消費品和感官寄託。即使太平洋戰爭期間，鴉片的供應仍然不絕如縷，平民百姓甚至抗日志士都同好此道。在罌粟的幽香裏，在氤氳的煙霧中，痛徹心肺的國仇家恨也暫時休止，何況鴉片所暗示的慾望瀰散，如醉如癡，一發不可收拾。

野豬、面具、鴉片原是風馬牛不相及的意象，在張貴興筆下有了詭異的交接，或媾和。經過「三年八個月」，《野豬渡河》裏人類、動物、自然界關係其實已經以始料不及的方式改變。獸性與癮癖，仇恨與迷戀，暴烈與頹靡，……共同烘托出一個「大時代」裏最混沌的切面。在野豬與鴉片，野豬與面具，或鴉片與面具間沒有必然的模擬邏輯，卻有一股力量傳染流淌，汨汨生出轉折關係。

暴虐的魅惑，假面的癡迷，慾念的狂熱。這裏沒有甚麼「國族寓言」，有的是反寓言。在人與獸的雜遝中，在叢林巨蟲怪鳥的齊聲鳴叫中，在血肉與淫穢物的氾濫中，野豬渡河了：異類動物的能量一旦啟動，摧枯拉朽，天地變色，文字或文明豈能完全承載？張貴興的雨林想像以此為最。

＊　　＊　　＊

當代華語世界有兩位作家以書寫婆羅洲知名，一位是李永平（1947-2017），一位就是張貴興。他們都對故鄉風物一往情深，同時極盡文字修辭之能事。李後期的「月河三部曲」——《雨

雪霏霏》、《大河盡頭》、《朱鴒書》──寫盡一位砂拉越少年成長、流浪的心路歷程。他對島上華人，尤其是女性，所遭受的侮辱和損害，有不能已於言者的傷痛。《大河盡頭》撻伐日本和歐裔男性的淫行不遺餘力；然而《朱鴒書》裏，李永平卻採取了童話形式，幻想不同族裔的小女生深入婆羅洲雨林深處，大戰曾經蹂躪他們的元凶，報仇雪恨。李永平舉重若輕，寫出南洋版的《愛麗絲夢遊仙境》，作為與歷史暴力抗衡的方式。但他筆下那些女孩匪夷所思的冒險和勝利裏，藏不住憂傷的底線：多半女孩其實早已經是鬼不是人了。

　　面對歷史創傷，《野豬渡河》的態度截然不同。故事結束時，豬芭村民驅逐了日本人，只迎來了英國人。太陽底下無新事，死人屍骨未寒，活人繼續吃喝拉撒生殖死亡。尤其令人不安的是，《野豬渡河》全書以主人公關亞鳳 1952 年自殺作為開場，再回溯進入正題。亞鳳英武挺拔，是豬芭村的英雄人物。在「三年八個月」佔領期間度過無數考驗和苦難，終於等到日軍戰敗，豬芭村恢復平靜。何以六年後，我們的英雄反而一心求死？此時的他已經失去雙臂，成為一個雜貨店的主人。在平淡的生活裏，他還有甚麼難言之隱？

　　相對於此，小說最後一章以倒敍亞鳳的摯愛愛蜜莉早年的經歷作為結束。愛蜜莉是小說的關鍵人物，背景神秘，暫且按下不表。可以一提的是，她所象徵的青春情愫，原初的女性誘惑其實是張貴興不斷處理的主題。早在《賽蓮之歌》（1992）裏，他已借用了希臘神話賽蓮（Siren）的典故，描摹青春女性那不可言狀的召喚與牽引，讓男人色授魂與，做鬼也要風流。而在《野豬渡河》裏，他將賽蓮調換成了色喜（Circe）──希臘神話中另一位

要命的女性。相傳色喜有魔法，能將任何色慾薰心的男人變成豬。

關亞鳳曾與三位女性有過情愫，他失去雙臂和死亡與此有關。但歷史的後見之明不禁讓我們深思，就算關亞鳳活下去，他日後的遭遇可能更好麼？誠如張貴興所言，華人在婆羅洲近三百年的移民史就是一部痛史。太平洋戰爭結束，布洛克王朝將砂拉越的管轄權交給英國殖民者。宣揚「反英反帝反殖」的砂共活動1953年開始。1962年，由印尼政府撐腰、馬來人領導的共黨組織在汶萊發起政變，殖民者大肆逮捕左派人士，大量砂華青年被逼上梁山，展開近四十年的對抗。1963年砂拉越加入了馬來西亞，但馬來半島（西馬）與婆羅洲（東馬）地理和心理上的對峙始終存在。「馬來西亞」獨立了，但砂拉越始終沒有獨立。與此同時，經過1969年五一三事件後，不論東馬、西馬，華人地位日益受到打壓。西馬馬共1989年走出叢林，東馬砂共1990年棄械投降。砂拉越華人的歷史節節敗退，日後種種學說，不論是「靈根自植」還是「定居殖民」、「反離散」，都顯得隔靴搔癢了。

李永平《朱鴒書》以天馬行空的方式超越現實，向歷史討交代，也為畢生的馬華書寫帶來詩學正義（poetic justice）。《野豬渡河》則走向對立面，發展出殘酷版華夷詩學。歷史的途徑無他，就是且進且退，永劫回歸——就是一次又一次的「野豬渡河」。小說的敘事開始於故事結束之後，結束於故事開始之前。我們彷彿看見關亞鳳、愛蜜莉還有豬芭村人的命運：太平洋戰爭結束，再給他們二十年、三十年時間，恐怕也是介入一次又一次反殖民，反東馬政權，反馬來化⋯⋯的鬥爭裏，絕難全身而退。

我們想到魯迅的名篇〈失掉的好地獄〉（1925）。人到了萬惡

的地獄，整飭一切，得到群鬼的歡呼。然而人立刻坐上中央，用盡威嚴，叱咤眾鬼，當鬼魂們又發一聲反獄的絕叫時，即已成為人類的叛徒，得到永劫沉淪的罰，遷入劍樹林的中央。

「人類於是完全掌握了主宰地獄的大威權，那威稜且在魔鬼以上。

……

「曼陀羅花立即焦枯了。油一樣沸；刀一樣鋩；火一樣熱；鬼眾一樣呻吟，一樣宛轉，至於都不暇記起失掉的好地獄。

……

朋友，你在猜疑我了。是的，你是人！我且去尋野獸和惡鬼……」[3]

《野豬渡河》訴說一段不堪回首的砂華史，但比起日後華人每下愈況的遭遇，那段混混沌沌的歷史，竟可能是「失掉的好地獄」。張貴興驀然回首之際，是否會做如是異想？面向砂拉越華族的過去與現在，張貴興是憂鬱的。野豬渡河？野豬不再渡河。

原載於《野豬渡河》〈序論〉，頁 3 - 13。

王德威，美國哈佛大學東亞系暨比較文學系 Edward C. Henderson 講座教授。

3　魯迅，〈失掉的好地獄〉，《野草》，《魯迅全集》卷二（北京：人民文學出版社，1981），頁 200。

專注寫好小說的老文青
——訪《野豬渡河》作者張貴興

白依璇

　　採訪那日的早晨大雨如傾，市中心車道擁擠，但張貴興早早就到場，好整以暇候着。讀者的等待則綿延更長，上一次他出版長篇小說，距今已隔十七年。

　　1976 年張貴興赴臺求學，畢業於師大英語系，後入籍中華民國。和當時大多數作家一樣，他先從文學獎嶄露頭角，大學時期就已頻頻獲獎，幾乎一出手就能獲得不錯的迴響，曾獲時報文學獎小說優等獎、中篇小說獎、時報文學推薦獎等。

　　自 1992 年的《賽蓮之歌》後，每隔二、三年張貴興都有新作問世，長篇小說《群象》和《猴杯》更讓他聲名大噪。然而 2001 年後他即少有新作，2013 年出版中、短篇小說集《沙龍祖母》，號稱是重現文壇的暖身之作，但此後只有一篇長文在文學雜誌上現身，再無其他作品發表。平日亦深居簡出，極少在公開場合露面。

　　這本新書《野豬渡河》，出版社在宣傳上擺開大陣仗，強調十七年磨成一劍。張貴興則說：「出版社誇張了，我這本書只寫了一年多。」

　　過去接受採訪時，張貴興曾提到，自己有時會一邊看學生早自習，一邊伏於講臺前寫作，學生也知趣地不打擾他。2016

年 7 月，他自臺北市成淵高中英文科退休。雖然可繼續教書，但為了專心寫作，他選擇一屆退休年齡即卸下教職。此後花了一年多，完成《野豬渡河》。

問他空白的這十幾年，都做些甚麼？張貴興平淡地說，「就是閱讀跟寫筆記。」讀的速度很慢，但做了許多筆記，將想到的場景與意象一一記錄下來。如此說來，十多年磨一劍，或許並不誇張。

張貴興鮮少涉足文壇，多年來他的主業就是教師。近年雖有數本研究他的專論，學術界更視他為「當今最重要的華文作家之一」，但這一切似與他無關，他並沒有刻意追求作家的光環。不過，選擇屆齡退休專心寫作，或許正透露出，他本質就是一位小說家。

太多詩意的老文青

張貴興的長篇小說創作，多在繪製雨林原鄉的圖景。《野豬渡河》雖也發生在雨林，但他自覺更勝以往。這部作品由二十五個章節構成，每篇初初閱讀時看似獨立，讀完又覺得無法割捨任何章節。作家運用時間順序的錯落及虛虛實實的書寫，以歷史為主，卻又與一般平鋪直敘的歷史小說大不相同。「我的敘述時空是跳躍式的，有時候現在，有時候過去，時間是很長的，但主要集中在 1941 年至 1945 年。」小說背景設定於二戰前後，張貴興企圖從複雜的人物與時序安排，展現超越以往的敘事技術。

「這本小說跟過去的小說有很大的不一樣，」張貴興說：「我之前的小說，如《猴杯》幾乎沒有甚麼故事，情節的推展非常緩

慢，甚至會給讀者很多閱讀障礙。這本新小說，情節的推展是很重要的一部分，人物很多且關係複雜。文字風格方面也不太一樣，至少我認為是自我的超越，不能跟之前一樣，總要往前走。」

評論者常評及張貴興小說中的詩意表現，他自況：「你看我寫《賽蓮之歌》，就知道我是一個很文青的人。」問及《野豬渡河》是否是他最滿意的作品？他不假思索地回答：「是，至少在下一本書出來以前是。」在此之前，他評價自己最喜愛的作品是《賽蓮之歌》，有點像是自傳體小說。另外入列的還包括《群象》和《猴杯》，「其他作品，現在我都不想提了。」說畢，他自己笑了。

從前的荒地，現在高房價

《野豬渡河》的原型之一，來自張貴興父親的相親經驗。張父年輕時，日本人會抓未婚女子充當慰安婦，已婚者則放過，因此未婚女性紛紛忙着結婚。張父曾與一名女子相親，對方面相姣好、長髮飄逸，因突然刮一陣西南風，吹起覆蓋的頭髮，露出臉上的胎疤，最後相親未果，父親才與母親結婚。張貴興常常想到這個面有胎疤的女子，遂將她發展為小說中的人物。

雨林場景也來自記憶。張貴興說：「我出生的地方就是在雨林邊陲的小鎮，在我那個時代，那個地方還是非常荒涼，抬頭就看到天上有老鷹，地上有大蜥蜴，樹上有猴子，穿山甲時常還會跑到家裏。加上歷史背景，在這種地理環境，很自然就會把它寫進小說裏。」

再如書中〈龐蒂亞娜〉一章，引言中描述馬來女吸血鬼是孕

婦死後變成，這並非來自西洋的吸血鬼故事，而是當地普遍熟知的坊間傳說。書中還有許多人物的原型都來自在地人士，像是牙醫、攝影師、賣雜貨等角色。問他當年那些人物出沒的地方現在還在嗎？他回答，還在，但已大不相同，從前的荒地「現在房價是附近最高的」。

寫給砂拉越的華人

張貴興曾在《猴杯》描繪主角雉的離散處境：雉十九歲來臺讀大學，畢業後用雙重國籍入籍臺灣，隨後放棄馬國國籍，臺灣人卻把主角當成東南亞的野蠻人。這樣的鄉愁，到寫作《野豬渡河》時，有甚麼轉變嗎？

張貴興說，臺灣人一直把他當成「馬來幫」，有時又當成臺灣人：「我覺得這是很正常的事情。我太太、我兒女都是臺灣人，但我的兄弟姊妹現在也都還在馬來西亞。你說鄉愁，是因為我從小在那個地方長大，但現在鄉愁已經慢慢減少。我不是用鄉愁來看待故鄉了。」

他舉例：喬埃斯《都柏林人》寫二十世紀初期愛爾蘭首都的都柏林人，面對歐洲來勢洶洶的資本主義、文化、科技的心理轉折，他們有種又自卑又仰慕的複雜心理：「這種心理在我看來，普遍存在於砂拉越的華人心裏。」很多當地華人在殖民地時期，不管是受華語教育或英語教育，都被教育成英國人。為了生活，漠然接受英國的統治，漠然承認英國政權的正當性，內化成被殖民者的價值觀。

因為這種英國高高在上、華人卑微在下的階級差異，造成

自卑又驕傲的心態。南洋華人有寄人籬下的自卑感，又經常夢想成為驕傲的（假）英國人：「一堆中國人坐在一起，他們也許不是受華語教育，但他們會講方言，會講客家話、廣東話、福建話，可是他們都用英語交談，全都用英文，而且講得洋洋得意，好像自己是英國人的樣子。我覺得很不以為然。他們心甘情願地，心懷感激地被壓迫着。」境況類似《都柏林人》，或許也可類比臺灣與日本的關係。

「但人在面對困境與衝突時，會產生一種自覺，像一面鏡子，照亮靈魂，而有了頓悟。」張貴興說。

故鄉砂拉越是在被迫的狀態下，加入馬來西亞。因為有着豐富的天然資源，過去被英國人剝削，現在被馬來亞剝削，大部分資源被轉移去建設馬來亞，而砂拉越本地卻仍然貧窮與落後。既使現在華人有自覺，希望獨立，但馬來亞政府是不可能放過砂拉越的。

張貴興看見砂拉越的華人雖然開始漸漸有自覺與頓悟，但不敢面對自己的靈魂，活在一種麻痺與軟弱的狀態中。「我現在寫作會用一種批判當地華人的角度，因為砂拉越到現在還是被馬來亞政府剝削。」張貴興將鄉愁換置，以批判的方式思考故鄉現況的困境，藉小說回顧歷史、檢討現狀。他的下部小說應會繼續書寫婆羅洲，有計劃性地梳理婆羅洲整體的歷史脈動。

對悲劇的着迷

張貴興的作品偶會出現武俠及民間傳說的元素，除了前述〈龐蒂亞娜〉取材自馬來民間的吸血鬼傳說，《伏虎》中的〈武林

餘事〉也呈現武俠元素。他讀金庸小說和一般讀者不一樣，他將
它當成純文學研讀，從中看見金庸受莎士比亞影響很深。悲劇精
神是張貴興一再強調的重點：人物磨難到最後極致，人性的美麗
與偉大的光輝慢慢地自然會體現，這也展現在《野豬渡河》主角
關亞鳳身上。

　　張貴興自認影響自己最深的西方文學家，首位是莎士比
亞。「我中學的時候就閱讀莎士比亞，還沒來臺灣之前就讀他的
作品。他的重要作品我至少都讀了五、六遍以上，有些地方我可
以倒背如流，但現在已經大概忘得差不多了。」

　　張貴興說：「他（莎士比亞）的作品影響我最大的是裏面呈
現的張力跟強度。你讀他的作品就好像開一部跑車，一開始油門
壓到底，砰就衝到了底線，所以你必須看第二遍、第三遍，才能
看得更清楚。第二遍把速度慢下來，開慢車，用步行的方式，去
看周遭風景。看兩三遍還不夠，以後你還要慢慢用跳躍、空降的
方式去讀那些你很熟悉的東西。隨着年齡增長還要反覆閱讀，他
的精髓才會慢慢出來。」

　　其次是喬埃斯，如上文提及的《都柏林人》對比砂拉越華人
處境，以及《尤利西斯》等作。張貴興自陳《賽蓮之歌》有一小部
分即受到喬埃斯的成長小說《一個青年藝術家的畫像》影響，但
兩者並不一樣：「我寫的《賽蓮之歌》是情慾啟蒙的部分。」

　　另外，福克納小說通過各種角度敍述、意識流、希臘神
話、聖經等，展現非常複雜、冗長而斤斤計較的精緻文字。馬奎
斯的魔幻寫實則彷彿出現新境界，「他創立出來的魔幻世界，好
像不屬於地球，好像是宇宙大爆炸出現的一個新的星球、新的東
西。」

影響張貴興的西方作家，大抵就是這四人：「這四位作家，是我可以一直重複閱讀的。」講起自己喜愛的作家作品與文學人物，張貴興如數家珍。

至於中國文學，五四以前第一個讓他想到的人物是孫悟空，其他還有《史記》的項羽、《紅樓夢》的賈寶玉等。五四以後則有魯迅筆下的阿Q、老舍的駱駝祥子、錢鍾書《圍城》裏的方鴻漸、莫言《透明的紅蘿蔔》中的黑孩，以及金庸筆下的喬峰與楊過等人。這些人物的影響所及不只在創作層次，「就好像進入我的生命一樣，甚至影響着我的思考模式、我的生活方式。」張貴興說。

專注於小說

雖然在臺灣被視為馬華幫，但張貴興大多數學生並不在乎他是從哪個國家來的。偶有學生問起：「老師，你是臺灣人，還是中國人？」張貴興回答：「我是華人，我在馬來西亞是華人，我在臺灣也是華人。」學生無法理解其中背景的複雜，他並不以為意。「我無所謂。」訪談中觸及這類問題時，他最常這樣回答。

對於自己應該如何在（臺灣）文學史中定位，張貴興說：「我把作品寫好就好，那是我沒有能力影響的事。」他開玩笑說，這種事情交給黃錦樹跟張錦忠吧。「放在臺灣文學中，我不反對，這是可以的；排除掉，我覺得也無所謂；不承認我是臺灣文學，我也無所謂。」他隨後說到：「把作品寫得好最重要，沒有好的作品，說甚麼都是假的，作品的力量最大。」

寫作時，是否有預設的讀者呢？張貴興答：「有時候會有。

我是寫給臺灣人看的？還是寫給馬來西亞的人看的呢？兩者都有。有時候我會想，如果被翻譯成英文，人家會怎麼看。不過，真正寫的時候，就沒有在想這個東西。」

問及臺灣社會的整體氛圍與文壇發展，有無影響到他的創作，張貴興的回答是：「嚴格說起來沒有。」問他是否喜歡在臺灣旅遊，他也表現出沒興趣，說每次出去，都是跟高中畢業班一起畢業旅行，自己很少出門。年輕時還會跟高中生一起坐海盜船，後來也都不會了。

雖然總用無所謂來回應這類問題，但這或許正透露出張貴興面對族群問題時的小心翼翼。除了小說作品受主流評論的相對忽視，長年在公務教育體系中，同儕或學生也難免觸及族群相關問題。面對臺灣的拘謹侷促，與談起故鄉歷史及經典文學時的精神奕奕，形成極大的反差。或許也是他在作品中如此張揚揮灑的部分原因。

張貴興透露，來臺灣生活那麼久，他心中也有寫臺灣的盤算：「我打算最後一部長篇作品，以臺灣為背景。我在臺灣住了四十幾年，總要有一部以這裏為背景的長篇，不然對不起臺灣。」是不是太多評論者提起這類問題，讓他不得不寫臺灣題材？他說：「不，我自己也想寫。四十幾年了，總有些東西可以寫。」

採訪結束後，進行拍攝時，張貴興聊起砂拉越的歷史，專注得旁若無人。問他要不要看攝影師拍攝的成果，他毫不考慮地拒絕了，對於鏡頭後自己的模樣，他顯得一點興趣也沒有。採訪前 Openbook 編輯部曾建議他穿西裝或襯衫，但他並不理睬。指了指身上的褚紅圓領鈕扣 T 恤，他說：「去見總統，我也穿這

樣！」

　　原文刊於網媒《OpenBook 閱讀誌》〈人物〉，2018 年 8 月 31 日。

白依璇，暨南國際大學中文系博士候選人。

野獸與婆羅洲大歷史
——問答張貴興的小說世界

高嘉謙、胡金倫、張貴興

問：高嘉謙、胡金倫
答：張貴興

砂拉越的歷史迷魅

問：從《伏虎》、《群象》、《猴杯》到《野豬渡河》，您的小說寫作在歷史事件、地理環境、動物意象佔了非常重的比例。您特別鍾情於這三者嗎？它們如何構成您小說中的重要意象？

答：我出生在婆羅洲東北雨林邊陲一個荒涼小鎮，天上有蒼鷹，地上有猴子和大蜥蜴，穿山甲和刺蝟隨時竄入家裏，更早的時候，野豬橫行如盜匪。我的小學和中學時代，也是砂拉越左派人士（共產黨）被迫和統治者展開武裝鬥爭最激烈時候，雖然砲火沒有波及我家，但蔓延着詭異氛圍。我在第二個問題中，略述了砂拉越歷史的波譎雲詭。當小說背景發生在這種地方時，難免就和這些東西牽扯不清了。

砂拉越有一批「惡名昭彰」的野獸，被當地人冠上名號，生前為所欲為，死後進入傳說、神話和人類噩夢，讓人想起

梅爾維爾的白鯨、福克納的熊和海明威的龐然大魚。野獸和大自然一體，既是大自然一部分，也就意謂牠和人類密不可分。希臘神話的人頭馬蛇髮女，中國的女媧蛇孫猴子豬八戒，人獸合體，人獸不分。把動物寫進小說，套海明威的話：大海就是大海。老人就是老人。孩子就是孩子。魚就是魚。鯊魚全是鯊魚，不比別的鯊魚好，也不比別的鯊魚壞。人們說甚麼象徵主義，全是胡說。

問： 從寫實到真實，從歷史到虛構，您對於寫作小說（fiction，即虛構）這個命題有何看法？尤其從《群象》、《猴杯》到《野豬渡河》，婆羅洲砂拉越的歷史事件、種族關係、外來侵略者，如何影響您的寫作思維？

答： 簡述砂拉越歷史：1841 年前，砂拉越並不存在，英國人占姆士・布洛克在 1841 年協助汶萊伊斯蘭帝國平息內戰，獲贈一小塊國土，建立砂拉越王國（Kingdom of Sarawak）。往後數年，占姆士憑藉堅船利砲，壓制消弭汶萊自由戰士起義，強取豪奪汶萊國土，建立一個十二萬四千多平方公里的砂拉越王國（占姆士把大砲對準汶萊皇宮，強迫對方割讓土地，嚇得軟弱無能的蘇丹屁滾尿流）。除二戰期間被日本人佔領三年八個月外，布洛克王朝統治砂拉越一百多年，二戰後將砂拉越讓渡英國，成為英國殖民地。讓渡原因異常複雜，除統治者和繼承者之間的嫌隙，也包括了統治者的自私和無能，不願也無力負起戰後重建砂拉越大任。

1963 年，馬來亞首相東姑阿都拉曼（在英國人首肯和鼓動下）聯合新加坡、砂拉越、沙巴和馬來亞聯邦，組成馬來西

亞。華人和達雅克人（砂拉越原住民）佔了當時砂拉越人口百分之六十，馬來人只有區區百分之十五，而且除了曾經是英國殖民地，砂拉越幾乎和馬來亞八竿子打不着。從被英國人統治，突然被少數民族的馬來人統治（從英國殖民地變成馬來亞殖民地），此一政治分贓，自然引起砂拉越人民反感和暴動。雖然抗議風潮不斷，但形勢比人弱，只有黯然接受。馬來西亞成立後，大馬的吉隆坡中央政府開始複製西方國家，掠奪剝削砂拉越豐富的天然資源，造成砂拉越至今仍貧窮落後，甚至一度被西馬人取笑：你們砂拉越人是不是住在樹上？

華人移民砂拉越雖然最早可以追溯到明朝，但大量移民是在清朝和民國，移民的原因大致分成兩類，從逃躲內亂和當權者追殺（戊戌變法、太平天國、軍閥傾軋等等），到南下尋找流奶與蜜的墾荒福地。1930 年代，中國左派知識分子進駐砂拉越，在華校散佈馬列毛思想，1953 年成立第一個左派組織，宣揚「反英反帝反殖」（簡單的說，把英國人逐出砂拉越）。1962 年，一個印尼政府撐腰、由馬來人領導的共黨組織在汶萊發起軍事政變，有勇無謀，不到一周就被英軍消滅，此舉讓英國人找到藉口，開始逮捕砂拉越左派人士，大量砂拉越華裔青年逼上梁山，潛入印尼接受軍事訓練，展開長達近四十年的軍事對抗。值得注意的是，1963 年砂拉越加入馬來西亞後，「反英反帝反殖」變成「反馬反殖」（簡單的說，把西馬人逐出砂拉越）。1965 年，印尼反共反華的蘇哈多上臺（非正式統計，當年約 50 萬印尼

華人被屠殺），和馬來西亞聯手剿共，砂拉越左派人士（他們稱呼自己「進步人士」而非「共產黨」。共產黨是大馬政府和英國人的說法，這種說法更有負面意義）內外交迫，1974年和砂州政府展開和平談判，左派人士放下武器投誠，留下百分之二十的忠貞分子繼續革命，直到 1990 年。「馬來西亞」獨立了，但砂拉越始終沒有獨立，始終被殖民，在我看來，砂拉越的左翼運動史，就是砂拉越的獨立建國史。

囉嗦又粗糙的說了這些，只是進一步闡明，吾等在南洋的身分，不是簡單一個華僑、華裔、僑民或僑生可以概括。華人也許不是侵略者，但絕對是外來者，而砂拉越這塊土地，乃是外來者掠奪的一塊土地。在某種意義上，華人也成了掠奪者的幫兇。

1740 年，荷屬東印度在爪哇大規模屠殺華人（紅溪慘案）時，清朝認為華僑「係彼地土生，實與番民無異」，是「彼地之漢種，自外聖化」，因此華人遭屠殺，「事屬可傷，實則孽由自作」，這種態度，就是叫你海外華人（化外之民）自生自滅。1953 年，中共總理周恩來提到華僑問題時，說：取消華僑（華人）的「雙重國籍」，中華人民共和國要規範有中國籍的「華僑」不得干涉當地政治。這種態度，就是告訴你要效忠你「僑居」的國家。砂拉越華人已經很認命的接受自己是「砂拉越人」或「馬來西亞人」，對於那個祖宗念念不忘的無情的老唐山，早已死心，而且越來越像異國了。但無可否認的，他們的根在那裏。

如果你在這樣一個地方長大，十九歲離開，你有甚麼體會？

寫作是痛快和欠缺之必要

問：在沒有出版新作的這些年，我們知道您一直都在持續寫作。除了應雜誌邀請發表一篇中篇〈千愛〉的部分章節，過後也沒積極準備出版。您對寫作與出版這件事，有沒有焦慮？您如何看待寫作和出版？沒有新作出版的這些年，您的寫作動力來自何處？有沒有遭遇怎樣的寫作障礙？

答：〈千愛〉有不足之處，如果要出版，恐怕會大刪大改。我有幾個構思中的中篇，寫完再一起出版吧。千禧年後，因為家裏的變故和教學，我的確有一段時間停止寫作。瓶頸，嚴格說起來沒有。所謂瓶頸，都是藉口吧。

焦慮，時有時無。沒有明確的寫作動機，時間久了，不寫不痛快。一旦想寫了，就沒有甚麼障礙。

問：近年馬華文學開始受到英語世界的漢學研究者注意，自然不會略過李永平和您這兩位婆羅洲作家的文本。您們作品的質量大大提高了馬華文學在學院體制內的能見度。其中婆羅洲景觀，甚至就是砂拉越的歷史與地理構成的時空體，往往是重要議題。這當然也成了您們寫作的基本標誌和關懷。您自己是如何看待婆羅洲與華文文學的關係？您出身婆羅洲，而長期在臺灣寫作，您認為婆羅洲、婆羅洲

華文寫作對臺灣又有何意義？

答： 或許就像某人說，因為欠缺，不管怎麼書寫婆羅洲或砂拉越，新奇而前無古人。正是這種欠缺，讓我十分珍惜。用華語書寫，可以視作一種對老祖宗在異域孵育漢字的熱力回饋。

我不知道婆羅洲書寫對臺灣有何意義，但意義總是有的。臺灣為了閃躲北方那個巨人，推動所謂南向政策。在我這個來自南方的人看來，臺灣政府對東南亞除了隱晦的優越感，幾乎一無所知。在腐敗的清朝眼中，臺灣曾經是「化外之民，蠻荒之地」，「鳥不語，花不香，男無情，女無義」。斜眼瞄射時，臺灣政府如何看待同樣被清朝視為「化外之民」的南洋華人？如果用憐憫和寬恕的大胸襟鳥瞰島內外，紛爭就煙消雲散了。

寫作的回航

問： 從原鄉到他鄉，從故鄉到異鄉，佇足臺灣，回頭看婆羅洲，由島至島，小說寫作在您人生旅程是甚麼意義？

答： 我大學畢業後就入籍臺灣，超過三分之二的人生也在臺灣度過。臺灣的朋友總是開玩笑說我們是「馬來幫」(我對這個稱呼引以為榮)，而砂拉越的親友則一律稱呼我「臺灣人」(我對這個稱呼也欣然接受)。這很有趣。我的妻子是臺灣人，兩個孩子也在臺灣出生受教育，但我七個兄弟姐妹都

在馬來西亞開枝散葉。以前我覺得自己是遊子，一條流浪癩皮狗，一隻被棄養的凶貓，像做了壞事的尤里西斯在海外漂蕩，但其實我老早把臺灣當成歸屬了。我計劃寫作的最後一個長篇，背景就在臺灣，藉此「報答」臺灣收留我這個一無所有的流浪漢。

問：李永平去年九月不幸病逝。作為早您十年抵達臺灣的婆羅洲作者，最終在臺灣獲得重要的文學榮譽。李永平的寫作，對您的有沒有帶來影響？或者對您有沒有特殊意義？作為一位讀者，您如何看待或評價這位砂拉越同鄉的寫作？

答：永平的寫作姿態，一直使我傾慕。永平的寫作成績，對砂拉越華文文學或婆羅洲華文文學，是不得了的，有承先啟後的作用。永平過世前，在整個砂拉越或婆羅洲，沒有人在質與量上可以超越他。比較可惜的是，永平的寫作成績，在海外（臺港或中國）受肯定比在故鄉（砂拉越）受肯定的多，永平似乎沒有對砂拉越的華文文壇造成衝擊。砂拉越的華文寫作人不少，面對永平掀起的華麗浪濤，他們不但要正視，更應該超越他。當然，這裏面牽涉到砂拉越的寫作環境和現實問題。永平 1967 年離開婆羅洲，此後很少回去，他對砂拉越或婆羅洲近五十年的變化瞭解不多，甚至十分貧乏，但土生土長的砂拉越人比永平多了這個優勢。離開砂拉越的人在挖掘創作根源時，要不就因為陌生隔閡而越過砂拉越（如蔡明亮），要不就一頭栽進自己熟悉的故土（如永平）。在臺灣，書寫婆羅洲吃力不討好，永平

值得我們起立致敬。

一件小事，幫永平澄清一下。永平曾經否認自己是馬華作家，這是有原因的。永平1947年出生於英屬婆羅洲砂拉越邦古晉市，1967年負笈臺灣。從出生到中學生涯，砂拉越是英國殖民地，永平一直認為自己是大英帝國子民。但1963年的馬來西亞計劃執行後，一夜之間，突然變成被少數民族（當時馬來人在砂是少數民族）統治的「馬來西亞人」，他的不平衡和唾棄可想而知（我比永平晚生九年，1963年剛念小學，懵懵懂懂，對所謂的大英帝國子民和四不像的馬來西亞人沒有太強烈的認知）。當他說自己不是馬華作家時，其實是在掙脫硬栽在他頭上的「馬來西亞人」。如果說他是砂華作家或婆羅洲華文作家，他一定慨然接受。

永平後來也妥協了，但以他的脾氣，我猜他依舊「不爽」，西馬的朋友要諒解。

永平來臺之前，我相信他的英文比中文優秀。他當然知道，用英文寫作，更能引起世界青睞。但對漢字的熱愛和迷戀，讓他沒有和歐大旭等人一樣成為英語作家，值得我們深思。

原文刊於《文訊》第395期，2018年9月，頁91–96。

高嘉謙，臺灣大學中國文學系副教授。
胡金倫，聯經出版總編輯。
張貴興，《野豬渡河》作者。

張貴興：砂勞越*的百年孤寂

張純昌

蒼鷹翺翔，長尾猴攀在樹上，地上有大蜥蜴與鱷魚，野豬正蓄勢待發準備渡河。訪問開始前下了一陣雨，空氣潮濕凝滯讓人窒息，彷彿雨林茂密不留餘地，像是回到了閱讀《群象》、《猴杯》的那些夜晚。但十七年後復返的雨林，有從村莊傳來鬼子的槍聲，村民的哭泣，林間孩子唱着「籠中鳥」的歌聲。遍地走獸的《野豬渡河》寫戰爭降臨後的生靈塗炭，那讓自然的無情顯得失色，人則極其卑微。但這是他們活過的痕跡。

十七年的漫長等待

問：《野豬渡河》為您睽違十七年來的長篇新作，自 2001 年的《我思念的長眠中的南國公主》以來，只有 2015 年靈光一閃的中篇〈千愛〉。為何決定停筆，又為何決定再度出手？

答：我從來沒有想過要停止寫小說。2001 年後，家中有些變

---

* 編按：婆羅洲 Sarawak 有多個不同中文譯名。為免混亂，本文集內 Sarawak 之中文名，統一採用《野豬渡河》中的譯名「砂拉越」。惟本文所用的舊譯名「砂勞越」為標題的關鍵字，故此文連標題繼續沿用舊譯名，為文集內唯一不用「砂拉越」譯名的文章。

故，我在教學上也非常忙碌，疲倦的時候難以動筆。這段時間閱讀比較多，為了寫小說，我在 2016 年 7 月退休，而後花了一年多寫完了《野豬渡河》。〈千愛〉我在一個暑假裏寫完，做了與舊作不同的嘗試，但事實上發表太快。如果要出版將和現在的面貌有很大不同，那會是個大手術。我已經開始着手新的長篇，過去的就先放着。

問：這段時間您會寫些甚麼嗎？

答：這段時間我會寫日記，一些日常的感想，有時候像詩一樣。閱讀的時候我也會做筆記，臨時得到的一些啟發、一些感想，都可能會影響我的寫作。一些場景，甚麼人講了甚麼話，也許未來可以成為我寫作的素材。就像是賈島推敲作詩，有甚麼靈感就丟進背後的袋子裏。

荒謬的殘暴：小說與戰爭記憶

問：《野豬渡河》故事的核心是 1941 年 12 月 16 日，日軍登陸砂勞越美里，您的故鄉。能否介紹一下這個故事的核心地景？

答：日軍第一個登陸點就是美里，因為美里產石油，秋風掃落葉地登陸進而佔領整個婆羅洲。故事發生地點準確地說，是美里省的珠巴村。原名豬芭，意思是養豬的鄉下地方。早期此地華人養豬維生，我的祖父母、父親、幾個叔叔都是。珠巴位在美里的郊區，如今林立着高級住宅，已經很

少人養豬。婆羅洲的野豬又稱長鬚豬，野豬原居南邊的加里曼丹，當地河流較少，每年 6、7 月南部水果成熟較慢，而北部較早，飢渴的野豬集體北渡。早期渡河場景非常壯觀，如今人類獵捕讓他們數量銳減，野豬不再到珠巴村，棲息地慢慢萎縮，他們只能回到較為原始的內陸。

問：野豬一年渡河一次，破壞人類家園，但小說中朱大帝帶領村民獵捕野豬收穫豐盛，自然對人類有破壞也有給予，但日軍入侵造成的破壞卻難以挽回。老師過去的作品也很多暴力或死亡的成分，在這部作品中，戰爭降臨，豬芭村被殘酷毀滅，人們恐怖地死去，彷彿被小說家特意突出，為何如末世錄般描繪這些？

答：我想寫下二戰時期人們的遭遇。小說原型來自父親的一件往事：珠巴人在日軍抵達的半年前就聽聞消息，日軍有個奇怪的規定，他們會將當地年輕沒有結婚的女孩子抓去做軍妓，但已婚者就不抓。所以日軍入侵前半年，不只珠巴村，整個砂勞越的女孩子都急着結婚。親戚朋友找我父親去相親，其中有個父親喜歡的女孩子，很漂亮，長髮飄逸，遮住了半邊側臉。相親時突然吹來一陣西南風，把她的頭髮吹起，看見她臉上好大一片胎疤。現實的父親嫌棄這個胎疤，沒再和這個女孩來往。這個故事一直在我心裏，這個女孩子後來有沒有結婚？還是被日本人抓去？女孩成了小說中的何芸。蒐集史料時，發覺珠巴村被佔領前，有一些日本人在當地當牙醫、照相師、賣雜貨，但日軍一來突然全部消失。這些日本人，包括妓女其實都是間

諜，他們到砂勞越是為了與英國人來往以套取軍情。

寫作當然有其誇飾，但我並不覺得我特別強調或誇大。小說中提到的「籌賑祖國難民委員會」是日本人特別仇恨華人的原因之一，由於華人資助中國抗戰，佔領南洋時便更加針對華人，南洋華人每年要上繳六塊錢的人頭稅，在當時是很大的數字，但馬來人和其他種族只要繳五角錢。日本人傷害中國人還有更多更殘暴的方式，如日軍命令小孩子爬到樹上，射擊樹枝讓孩子掉下來，再用刺刀殺害他們。小說裏說日本人要村民去一天抓十隻蝸牛，是真實事件，雖然吞吃蝸牛是虛構的，但我想說那裏面有種荒謬的殘暴存在。

書寫與歷史：小說的內在敍事與外在見證

問： 您的書寫非常繁複，故事的情節往往藏在敍事之中，甚至造成讀者的閱讀障礙。但在我閱讀這部小說時，我感到節奏的改變，小說的敍事速度、情節進展較為順暢，這是為甚麼呢？

答： 相較於之前的小說，情節鋪排更加快速，是我個人對過去的超越，包括題材、文字敍述、風格、或者視野，不要重複自己。即使如此，我還是着重許多心理與景物的描寫，刻意地讓讀者慢下來，想想發生了甚麼事。年輕時比較自由，想怎麼寫就怎麼寫。到了這個年齡，我會看得更廣、

更遠，用一種更憐憫、寬恕的方式看待事物、角色。我很
注重悲劇色彩，主角經歷各種考驗試煉之後，內在的自我
提升發展。人物意識沒有太大成長是這部小說我覺得不足
之處，除了主角亞鳳的內疚之外，其他的死的死，凋零的
凋零。在下一部作品我想盡量的強調。

問：您的小說〈龐蒂雅娜〉一章給我極深的印象，您也花了較多
　　篇幅。守墓人馬婆婆本來不被村民認可，後來卻消滅飛天
　　人頭、又試圖拯救孩童，呈現出人性的光輝。能否談談馬
　　婆婆這個角色？

答：馬婆婆這個人物有個原型，高中時代離我的住家不遠之
　　處，有個馬來鄉村裏的木造小房子。我常騎腳踏車經過，
　　見到一個老婦人，白髮蒼蒼，身材瘦小，很孤獨的坐在陽
　　臺上，旁邊有一隻大鸚鵡。她好像從早到晚都坐在那裏。
　　經過時我看着她她也看着我，這個景象讓我留下很深刻的
　　印象。飛天人頭（龐蒂雅娜）是馬來亞廣泛流傳的傳說，類
　　似女吸血鬼的迷信，也曾出現在珠巴村。好一陣子大家都
　　不敢外出，家裏要放些鏡子、尖銳的東西。我就將之放進
　　小說。

問：關於小說與歷史。您在小說開頭講述英國統治者與華人的
　　過節，而後描寫南洋姐、來到婆羅洲的日本人，是想要作
　　為紀念，或者是歷史的憑證嗎？

答：我想呈現砂勞越歷史的多重面向，二戰時期只是小小的一
　　部分。早期婆羅洲被英國殖民者占姆士・布洛克統治一百

多年，他與華人發生的石隆門事件是在婆羅洲非常轟動的。砂勞越的歷史是非常複雜的，此部較純粹集中在日本人侵略南洋時，華人居住的地方發生的事。事實上我的作品一直以來，都把故事的焦點放在華人的經驗上。

雙鄉經驗：臺灣與砂勞越

問：您在臺灣的居住經驗，是如何影響您對於砂勞越對於日本殖民經驗的看法？

答：我在臺灣四十多年，臺灣也是被日本殖民，但我不太理解臺灣人對日本殖民的心態。老一輩的臺灣人，例如我的岳父岳母，他們並不仇恨日本人，甚至還對日本有一種懷舊。這讓我想到砂勞越華人，面對過去的殖民者英國時的自卑又高傲的心理。雖具有華人血統卻像是假的英國人，幾個中國人在一起，未必受過華語教育，但絕對會講廣東話、客家話、福建話，但他們只用英語對話，彷彿引以為榮。他們在思想上，有種寄人籬下、心甘情願的，對壓迫者或剝削者的心懷感激。英國人蓋了幾條馬路、造了幾座橋，就認為他們施了很大的恩惠，事實上他們剝削的更多，從你身上偷了一千塊，丟幾塊糖果給你，你會很高興嗎？當然近十幾二十年來華人逐漸地覺醒。所以我特別強調日本統治時期對華人造成的傷害。

這也讓我特別重視砂共歷史。臺灣讀者對馬共完全陌生，更遑論砂共。1930 年代，許多中國左派知識分子來到砂勞

越，在華校教書，同時宣揚馬克思、列寧、毛澤東，藉此推動反英、反殖、反帝的思想。1962 年，印尼政府支持的砂共，在汶萊發起軍事政變最後失敗，英國人以此為藉口，逮補左派人士，有些被遣返回中國，許多人則潛入印尼，接受軍事訓練，與英國作武裝軍事對抗。很不幸 1965 年反共的蘇哈多總理上臺，與馬來西亞聯合剿共，砂共就失去了靠山。他們在 1974 年投降，百分之二十留在森林裏繼續他們的革命，一直到 1990 年，發覺革命已經沒有必要，才走出森林。他們還是很有理想很單純的一群人，對馬克思、列寧、毛澤東的思想並非認識深入，純粹想讓砂勞越能夠獨立。

1965 年上臺的蘇哈多，不僅是反共，也是反華。當年九三零事件大概有五十萬的印尼華人被屠殺，政府告訴印尼人說殺華人沒有罪，想殺就殺。類似的如紅溪慘案與加里曼丹的蘭芳共和國，荷蘭人在爪哇與婆羅洲屠殺中國人，中國人向清朝抗議，清朝認為南洋華人乃化外之民、番民，與清廷無關，被屠殺是咎由自取，荷蘭人看準這點就消滅了他們。在南洋，類似的華人王國共有七個，在加里曼丹有兩個，西馬、泰國、爪哇、蘇門答臘和印尼外島各有一個。華人在海外並不能簡單以華僑、僑生理解就夠，還有更多錯綜的脈絡。

問：您在書寫時會考慮到讀者嗎？意識到讀者對您的寫作有甚麼影響？若作為讀者，您的閱讀標準為何？

答：寫東西就是為了給讀者看，不然我寫日記就好。我考慮

的讀者分為兩類，臺灣和馬來西亞，也有中國，只是比較少。這不妨礙我寫作，畢竟我不是甚麼暢銷作家，寫出來的讀者未必會喜歡看，我女兒就從來不看我的小説。我覺得好的小説，是耐看的，要讓人家會想看第二遍。以前我看小説時，覺得好的故事都給莎士比亞講完，到了喬哀思和福克納，則是文學技巧全被用盡，那些意識流、多角度的寫法。直到馬奎斯，忽然來了魔幻寫實，把文學技巧提到另一個程度：《獨裁者的秋天》，誇大、漫畫式的寫法，黑色幽默，每個場景都像是一幅畫，像畢卡索、達利、梵谷，可以掛在牆上，看久會有不同體會。

另一個我的標準：能讓我記住人物的作品。莎士比亞的哈姆雷特、喬哀思的青年藝術家、福克納的白痴和墮落的美少女、馬奎斯的革命上校；五四以來的中國文學作品：魯迅的阿Q、老舍的駱駝祥子、錢鍾書的方鴻漸；金庸也是，像喬峰，事實上他深受莎士比亞的悲劇色彩影響；古典中國文學裏會想到的就是孫悟空。他們在我心中生動地活着，這些人物會在我腦海中，甚至影響我的生命，活在精神裏面，像朋友一樣追隨着你，這就是最好的作品。其實我的作品重點也是人，不然就只是雨林了。沒有人物就沒有故事，人物透露的人性要是宇宙性、普遍性的，即使寫一個荒僻的小鎮，只要寫出人性的普遍，全世界都會認同。

卸下教職的作家，如今動筆寫下砂勞越華人移民百年的掙扎與傷害。從占姆士・布洛克王朝與華人的對峙寫起，「籌

賑會」的華人義舉，直到日軍登陸婆羅洲，殖民與屠殺淹沒
了豬芭村。圍繞着關亞鳳自縊的謎團，展開了豬芭村村民
命運交織的傳說。小說鎔鑄了婆羅洲的迷信、早期華人胼
手胝足的器物與所見所聞，《野豬渡河》是一部交織鄉野傳
說與歷史，伴隨着懸疑、拓荒、冒險色彩，更是婆羅洲島
上演的波瀾壯闊大河小說。

原文刊於《聯合文學》〈當月作家〉，第 408 期，2018 年 9 月，頁 60-65。

張純昌，1987 年生，新莊人。現就讀臺大臺文所博士班。

從殖民歷史記憶中
渙漫而生的幽冥雨林
——九月選書《野豬渡河》

黃維克

　　若提到作家張貴興，讀過他早前幾本作品的資深讀者應該都對他作品中敘事文字之精練、綺美而印象深刻。在他早前的幾本創作，大多以故鄉砂拉越為背景，在濕悶的莽叢矮灌和泥沼遍佈的荒野上，鋪展出一則則屬於南洋島嶼的獨特敘事，宛如異國奇花的瑰麗，卻也同時瀰漫着一股野生腐敗的氣味，一種更接近原始蠻荒的氛圍。從《伏虎》、《群象》、《猴杯》到新作《野豬渡河》，熱帶南島的各類猛獸奇禽，依序於各作品中出場亮相，既寫實也具象徵意味。

　　這是以往張貴興作品中，較為人知曉的特色和主題。新作《野豬渡河》既延續南島人文風情，但更深入回顧進而挖掘二戰前後那段日佔時期的歷史殘篇。或許大多讀者對於異國他鄉的過往歷史多少感到陌生有隔，那些事件發生場景也距離我們相對遙遠，在那麼一場追逐閱讀樂趣的過程中，是否能得到未知的驚喜或感動？書中一則則彷彿脫胎自鄉野傳奇的短篇故事，也是一場場不斷在莽叢雨林間來回較勁的角色扮演、生存殺戮遊戲。

　　豬芭村，一個位處東馬的偏鄉小村，面對突如其來的日軍武裝侵略，當地住民的無奈抵抗，最終演變成近屠村般的血流頭

落，小村的婦女、孩童、老者、壯丁在這場異常殘忍的殺戮中接連死去，讀者或許也將面臨未曾想像過的慘絕人寰。各式慘烈的死亡描寫已然昇華成怪誕、畸美的文字美學境地。也因此在面對如此赤裸的死亡場景，既不忍直視卻又不得不驚艷作者對生死想像之奇絕，戰爭至此已不只是寫實的歷史事件，糅合了當地風土民情，代入古老傳說神話，蔓生成一片介於真實歷史、魔幻虛構，真假難辨的幽冥雨林、人鬼神怪並存，在一切文明尚未成形，生死分界模糊的最初，曖昧不明的混沌和最初萬物的原始狀態。是歷史記載也是地方神話。

　　當然，作為擁有相似被殖民歷史的島民如我們，在閱讀過程中，對於當地華人和原住民的抗日行動、大大小小的衝突和犧牲，多少似曾相識的描寫片段，也就不難想像，戰爭是人們集體的瘋狂。

原文刊於網媒《博客來 OKAPI 閱讀生活誌》，2018 年 9 月 5 日。

黃維克，聯經出版叢書編輯。

「歷史未能明朗的時刻，
就是小說進場的最好時機。」
——專訪《野豬渡河》作者張貴興

蔡雨辰

　　時隔十七年，張貴興終於推出第七本長篇。這些年雖未出版新作，但他從未停筆，自高中教職退休後，他終於有了完整的寫作時間。2016 年底開始，他花了十四個月寫完最新長篇小說《野豬渡河》，再花四個月修改。他有寫日記的習慣，落筆、交稿的時間點，他記得一清二楚。

　　過了十七年，張貴興的創作路徑並未轉向，讀者已老，他筆下的婆羅洲雨林依然生猛噬人。《野豬渡河》的主要時空背景為 1941 至 1945 年、被日人所佔領的砂拉越，小說主場景豬芭村與豬芭河皆有原型，便是張貴興父親的家鄉珠芭（Krokop）與巴南河。歷史背景具體，張貴興實要描寫的是華人移民在砂拉越的艱苦生活。二戰時，砂拉越的華人組成委員會，籌錢賑興祖國難民，然而，1941 年日軍佔領後，這些華人卻因心向中國，遭日軍報復式的追剿與屠殺。《野豬渡河》由此長出故事主線與旁支，小說基底由史實鋪墊，奇觀化殺戮暴行，透過小說家一貫富麗魅人的語言，評論家黃錦樹稱之為「張氏美學」、「傳奇劇場」。

　　《野豬渡河》以二十五則短篇組成，每個短篇似可獨立，卻又與其他篇章緊密相連。張貴興刻意不以線性敘述交代人物關係

和事件脈絡，然讀畢全書終能掌握情節。「我覺得這樣寫比較有趣，很多作家都會用這種手法，時空場景跳躍，例如喬伊斯、福克納、馬奎斯⋯⋯」寫作時，他未先勾勒章節先後順序，而是邊寫邊想。但如何組織結構、避免掛一漏萬？他沉思數秒，「這很難回答，我就是隨着感覺走。」

　　不過，小說第一章〈父親的腳〉卻是完稿後才補上的，張貴興說，「寫完後，我覺得應該再補一段主角關亞鳳老後發生的事，所以這本小說的開頭其實是結局，結尾則是故事的開始。」關亞鳳是日軍計劃殺戮下的少數倖存者，小說家卻讓他在故事一開場就自盡身亡，並盡情地洩漏了往後出場人物的悲慘遭遇。讀者僅能老實吞下一章接一章，並在讀完最後一章後回到開篇，恍然大悟。如此彷彿蛇頭銜蛇尾的迴圈結構，讓這本小說從頭到尾埋下疑點，卻一氣呵成。

　　《野豬渡河》雖是時隔多年的新作，卻與前作《賽蓮之歌》、《群象》、《猴杯》一脈相承。張貴興依然以婆羅洲的歷史為舞臺，調度了雨林深處的鳥獸蟲魚，與移民至此的華人，上演一場又一場拓殖的暗黑征戰。小說主軸雖直指日軍侵略的「三年八個月」時期，敍事時序卻往前推至十九世紀末，也因此，出場人種繁多，含括洋人、漢人、日人、達雅克人。砂拉越的歷史傷痕纍纍，殖民者亦被殖民，而張貴興小說向來掌握的，便是此地的華人史，或者說，華人與「他族」的關係。

　　大學畢業後，張貴興便開始蒐集、閱讀砂拉越華人的歷史文獻，《野豬渡河》的背景資料多數來自美里當地的出版社、外文書、古晉的《國際時報》。他尤其喜歡閱讀口述史，「整個歷史架構有了概念之後，小人物的想法和遭遇更適合成為小說題

材。」《野豬渡河》內的情節虛實難辨,他穿插史實,再以文學手法添筆,加強其詭譎怪異。例如〈妖刀〉一章,他細筆寫下日軍要求村民每日抓十隻蝸牛的怪事,此事雖為真,小說家卻再添上日軍脅迫村民生吃蝸牛一段,寫得泥濘黏稠,慘不忍睹。

小說以「豬」為名,這是婆羅洲重要的地景意象,每年夏天,原棲於加里曼丹的豬群會集體北渡覓食,對於這座島上的所有活物,爭執與殺戮,都是為了求生存。關於評論者對於「豬」的各式詮釋,張貴興坦言自己其實都沒想過,對他來說,將動物寫進小說是理所當然的事,「我成長的地方到處都有動物,一抬頭就可以看到老鷹在飛,樹上有猴子,河裏有鱷魚,地上有大蜥蜴,自然會把這些動物寫進小說裏。」華人與「他族」的關係。

繁複瑰麗的雨林書寫已成為張貴興的風格,在過去的訪談或自述中,他曾多次提到中學時在雨林深處露營的經驗。好比《猴杯》的序,尤其仔細重述了那段記憶:「逢周末則和同學划舢舨逆流而上到雨林露營,徹夜不睡照顧營火,聆聽雨林竊竊私語,恐怖傳說紛至沓來……我念念不忘躺臥夏夜酷熱雨林中讀《仲夏夜之夢》和大雨滂沱中躲在雨林的帳篷中讀《暴風雨》時渾身洋溢的一種莫名的痛快……」這些記憶留存腦中深處,讓他寫之不盡、用之不竭。父母離世後,他便少再返鄉,因為現代化的開發,老家周圍的蟲獸逐年退場,兒時雨林亦讓位給跨國公司、學校,甚而一座荒唐的鱷魚園。因此,他僅能向記憶提領素材。

除了大規模調度蟲魚鳥獸,在《野豬渡河》中,張貴興也捏塑多位鮮活複雜的角色,儘管現實中確有「籌賑難民委會」,他卻非以真實組織人物為本,每個角色皆為虛構,唯獨他們的際遇為真。隨着章回鋪展,劇情揭露,小說中「籌賑祖國難民委員

會」成員逐一慘遭滅口，也讓小說展開「抓鬼」的迷局——誰是告密者？

張貴興研讀史料時，對於「叛徒」的故事特別着迷，他解釋，「叛徒在砂拉越的歷史裏扮演很重要的角色。有很多謎在裏面，還無法揭曉。」也因此，他過去每本小說幾乎都有背叛與復仇的情節，《野豬渡河》亦無例外。「砂拉越的華人史就是一部背叛史，改變了很多華人的命運，但真相至今仍被掩埋。」張貴興尤其感興趣的，是砂共左派史的黑暗面，但因年代未遠，既得利益者仍在位，還待後人清理。張貴興認為，「在歷史未能明朗的時刻，這就是小說進場的最好時機。小說虛虛實實，讓人有想像空間。」

訪談初始，張貴興便透露其實同時構思了三部小說，故事的時間長河從十九世紀至二十世紀末，《野豬渡河》打先鋒，下一本，即將場景拉至 1945 到 1974 年，處理他心心念念的砂共題材。退休後，他的生活便是看書寫作，盡量每日書寫千字，不求多，維持文字的穠纖合度。

顯然，讀者不必再等個十七年，張貴興的雨林劇場又將再次揭幕。

原文刊於網媒《博客來 OKAPI 閱讀生活誌》，2018 年 10 月 8 日。

蔡雨辰，沃時文化執行總監。曾任《破報》主編、《新活水》雜誌特約編輯，為博客來 OKAPI、放映週報、《提案》等多家文學、電影、藝術媒體撰寫評論與人物專訪。

張貴興：歷史人獸誌

崔舜華

　　濃艷瑰麗，直逼詩意。這是讀張貴興小說時往往將招致附身的體感幽魅。從《賽蓮之歌》到《猴杯》，從《我思念的長眠中的南國公主》乃及 2018 年所推出睽違十多年的長篇鉅作《野豬渡河》，作為小說家，張貴興的語言有如熱帶雨林中謎魅濃麗的幻術，引人啟動無上瑰麗幻覺，在現實與意識之界所擠壓出的扭曲的地物風景中浮沉搖盪，且熱汗滿面。不過，作為筆耕者，張貴興卻是極有耐心地一筆一字勾勒出屬於他的婆羅洲和砂拉越，屬於他的原鄉和異鄉。這樣的小說家，如何將其輕易歸類為馬華國族寓言？或者，他本要（與即將）創作的，不過是那人性深處燠熱難泄的矛盾與撕掙？

　　睽違十多年而出世的《野豬渡河》，滿蓄着婆羅洲那雨林與江雷的無可言詮的魔幻景象，從人與獸的相鬥相生中，演繹出「三年八個月」的赤腥歷史，更體現了小說家驚動天人的創作能量：「關亞鳳自縊波羅蜜樹下的那個黃昏，茅草叢盤旋着一股燎原野火，痰狀的霧霾散亂野地，淹沒了半個豬芭村。夕陽被熱氣和煙霾切割，紅鄰鄰地浮游着，好似一群金黃色的鯉魚。被聳天的火焰照耀得羽毛宛若紅爐的蒼鷹低空掠旋，追擊從火海裏竄逃的獵物。灌木叢響起數十種野鳥的哭啼，其中大番鵲的哭啼最為宏亮和沉痛，牠們佇立枝梢或盤繞野地上，看着已經孵化或正欲

學飛的孩子灼爀。」(《野豬渡河》摘錄，下同) 從英雄關亞鳳自
縊作為起手式，一步步展開或重疊或新構的人/物敍事，從豬芭
人、在地華人乃至後起入侵的日本人，小說家採用了人/物 (獸)
誌的敍事線索，作為梭織整部小說的針腳，那軍官腰上寒光閃爍
的妖刀，豬王流淌鮮血與唾液的巨大獠牙，小販竹竿上恍若魔物
的妖怪面具，獵鱷與勸豬之浴血爭獰——從點至線，自線拓面，
最終收束於小說最終敍事要軸——野豬渡河。

　　就讀者以觀，這樣彷彿一部「類史記」的巨筆細描，何以成
形？其中難道沒有精心擘劃的書寫方針？張貴興搖搖頭，告訴我
們：其實，並沒有甚麼策略性。「書寫策略在我來說是沒有的，
我所做的只是利用每一個小事件湊成一整個故事，小說裏的很多
事情不見得會發生在豬芭村，但我將這些元素都集中在豬芭村這
個空間裏讓事件發生，不管是豬芭村也好，婆羅洲也好，由於小
說必須分為許多篇章，每章抓住一個點來出發，就可以完成從
點、線到面的整體串聯。」而豬芭村確實是存在的，現已改名為
珠巴 (Krokop)，人與獸的鮮血是滾熱的，孩子嬉戲下的野地與
落日是焚燒着的：「關於豬芭村的史實資料說實在不太多，我盡
量去蒐集、去閱讀。我要說的是，這本小說中的很多東西是真實
的，例如日軍把小孩子趕到樹上後再朝樹梢射擊，樹幹下豎起刺
刀、刺穿落下的孩子身體。從現實地理上來說，美里是比較大的
區域，而珠巴是以華人為主的聚落，我要寫的是小說的豬芭，是
虛構的豬芭。不管怎樣錯綜複雜的歷史，都存在着大量的疑點，
那些史事中的盲點、斷層、疑團，這就是小說家大顯身手的主
場。」

　　張貴興自述、寫作時，他其實並沒有明確的歷史責任感此

一類的包袱:「我沒有想到那麼遙遠的東西,但太多歷史的細節確實跟婆羅洲歷史密切相關,例如曾經有一個華人建立的蘭芳共和國,在十八世紀屹立了一百一十年,後來被荷蘭消滅。其他總總,例如小說中敍述的劉善邦為首的華人礦工起義,那性質有點像清朝的義和團,跟詹姆士*的布洛克王朝對抗⋯⋯這些都可以寫成很好的小說。又譬如砂拉越的黃乃裳,他開拓了處於拉讓江中游的詩巫地方,那也是非常有趣的。」

寫動物,是生命體感的經驗

「兩批豬群中間,豎立着一個黑魆魆的活物,像一座野草滋蔓的巨塚,打開手電筒,看見豬王貌如石碑,額頭高挑着一撮白色鬃毛,彷彿鸚鵡頭上的翎羽,下頜一排垂地鬚髯,頗有幾分大師氣質。大帝喜悅多於驚訝,扔了手電筒,舉槍正要扣扳機,豬王知道厲害,揚蹄逃竄,漫天磷火,遍地骷髏。」

王德威在推薦序中,提及了德勒茲的動物分類學,將小說家筆下的動物分為伊底帕斯動物、原型動物與異類動物三種,但他卻奇妙地未提及了德勒茲的「動物生成」概念。德勒茲的生成學,並非指人變成(becoming)動物或機器或不可知者,而是主張我們可以「生成」他者,「生成」動物,「生成」機器,甚至「生成」所謂「不可感知者」——而張貴興筆下的動物,似乎恰恰是「生成」之所指——恰似人與象與猴與豬籠草,恰似愛蜜莉與

---

*　編按:砂拉越第一位國王 James Brooke 有不同中文譯名。本文沿用「詹姆士」,在本文集其餘文章中則統一使用譯名「占姆士」。

她的黑狗，小金與鱷魚、小林二郎與長尾猴王，豬芭人與渡河野豬——最終所指向的，都是人性中的濃厚的獸性。

但關於為何寫動物、怎麼寫動物，張貴興的答案再簡單不過：一切都源自他在砂拉越的童年切身經驗。

1965 年出生的張貴興，童年過得愜意快樂，整天跟玩伴遊山玩水。念完華文小學之後，初中到高中他就讀英語學校，直到 1976 年來臺灣定居，從此未再踏上婆羅洲。「小學的時候我真的過得非常愉快，成天就泡在河裏抓魚，一直到離開砂拉越為止。我還記得第一次看到電視，是一九七六年在香港的一家旅店，那年毛澤東過世，我所看到的景象就是一群外國人跪在電視前面盯着電視畫面不放。同年蔣中正也過世了，那年我剛好二十歲。」

兒時住在雨林邊陲的小鎮，天然而蠻荒，四周全是野生動物：「我寫小說時倒沒有甚麼倫理或人性焦慮的感覺，寫作時，那些動物便自然地現身了，因為與動物共生是我最原初的生命經驗，對我來說是自然不過的事，如果你們跟我一樣，身為來自婆羅洲的野人，就會明白我在想甚麼。所以像王德威說的原型動物等等，我寫的時候其實完全沒有想，但他的解讀也很有趣，讓我想到宮崎駿的《紅豬》(港譯《飛天紅豬俠》)，或是《神隱少女》(港譯《千與千尋》)裏的人變為豬的橋段，但我寫小說時其實完全沒有想到！我小時候住的砂拉越跟西馬不一樣，豬就是豬而已，沒有聯想到其他東西，不過有人做出其他詮釋也無傷的。」講起童年的家庭與動物，張貴興的興致十分濃厚：「小時候，家裏貓狗有一大堆，一天到晚都在生產，我們還得把幼仔送掉或丟掉，有時候會看到我爸媽直接把幼犬幼貓丟到河裏，健康的小狗

長大後就殺來吃掉，我們這些孩子也是幫兇，殺狗的過程呢，首先要綁進麻布袋丟到水裏淹斃，剩下的就是我父親（要幹）的活了。不過，我小時候的物質條件已經改善很多了，我們家住的地方大部分是華人，馬來人不多，華人佔了大半，所以我們吃的東西都跟客家菜差不多，感覺最苦的時代已經過去了。但至於野豬渡河，是真實會發生在婆羅洲東南部，每年 7、8 月後，果樹成熟得比較慢，野豬為了找吃的，大批的往西北方向遷徙，而野豬渡河時，就是當地人大開殺戒的時節了。」

童年時代讀香港言情小說

「馬婆婆坐在矮凳上，看着山崎等人頭也不回地朝豬芭村走去。那個帶頭的身材高大的鬼子，說話咄咄逼人，她的每一個答案，鸚鵡的每一句學舌，都使他的眉毛變得更緊、臉色更陰沉、下一個問題更精悍和尖銳。……鬼子剛走，刺癢密集得像土蜂在脖子後築巢，伴隨着竹籬外漫進來的濃濃的尿騷味。她看了一眼隙縫，那隻豪豬沒有離開，吭吭哧哧的啃着一片柔軟多汁的嫩樹皮。」

張貴興說，以前的砂拉越是文化沙漠，連找華文書來讀都是件難事：「童年時我讀了很多奇怪的書，譬如香港的言情小說，那時候流行的作家像楊天成啦、亦舒啦，我看了非常多，看到後來就煩了。當然也讀了不少瓊瑤的小說，因為通俗讀物是最容易得手的。中學時代，開始看中國的古典文學、五四和西方作家的作品。」

十四歲時第一次開始在報章上發表作品，少年張貴興寫小

說，也寫散文，登報率出乎他意料地高：「主要是砂拉越的人口不多啦，華文報刊最旺盛的時期，曾經有七家報社，現在只剩三家了，那時砂拉越的副刊跟臺灣不一樣，副刊不是給報館裏的編輯去邀編，而是由對文學有興趣的業餘者組成『文組』，收集來稿，或他們看到的不錯的稿子，交給報社發表，當然是沒有稿費的，不過報紙會提供一整個版面，當時我家一帶就有七八個文組，這些人自己就是學生，所以發表作品相對來說是簡單的。後來我在西馬的一些雜誌也開始發表，例如學生周報《蕉風》；而我也在香港《明報月刊》上發表過小說，那年代就開始給稿費了，當時在《明報月刊》發表的小說〈空谷幽蘭〉後來收入《伏虎》，我還記得那時候收到四千五百塊的稿費，對我來講是很大的一筆收入啊！所以漸漸地我寫小說就寫上癮頭了，中學以前我就用不同筆名寫了非常多小說，其中當然很多都是練筆之作，到了臺灣之後才慢慢開始系統性、有意識的寫作。」凡寫作者心中，應當都有一名理想讀者或第一手的讀者，而張貴興的第一讀者則是他的妻，但他倆之間存在着閱讀品味的大落差，呈現出別樣的趣味。「我寫完《野豬渡河》就 email 寄給我太太，讓她看看有沒有錯別字，但後來我發現她其實根本沒在讀，不過我太太對文學是很有興趣的，只是她的品味落在通俗大眾的那邊，例如她喜歡《冰與火之歌》、《暮光之城》、《格雷的五十道陰影》；而我女兒則是要等到我小說出版後才去讀，兒子也不讀我的小說，所以我在家裏是很孤獨的。」張貴興半開玩笑說道，隨即正色言之：「其實，家人們都很支持我的寫作。我真正想要說的是，不管何時何地，寫作永遠是孤獨的。」至於小說家心目中的理想讀者為何？

　　「應該就是喜歡讀我的作品，願意好好去閱讀小說吧！像我

知道，有讀者讀了《猴杯》五遍，那就是我心裏的理想讀者了！我自己也會反覆閱讀我欽慕的小說家，例如我心中的小說家典範：喬哀思、福克納、馬奎斯等等，但我最喜歡重複讀的是莎士比亞的作品，我從高中就開始看莎士比亞，而外國有很多小說家也深受莎士比亞的影響，譬如梅爾維爾、金庸，他們都吸收了莎士比亞的悲劇精神。我覺得重複閱讀是很重要的，有價值的作品我便會回頭重讀。」

寫日記，是鍛鑄語言手感之道

　　若將寫作行為比喻為一架虛構的織機，我們不免好奇，像張貴興這樣沉潛十餘年的小說家，是在哪座深海底下靜謐地織就了這般巨量的濃麗密綺的文字？在四十餘年幾乎未再踏上砂拉越土地的前提下，小說家如何去靠近他所認知的砂拉越？如何日復一日地去建構那塊異腥紅的「三年八個月」？「大部分時間我都在家中的書房寫作，我的書房其實很小、很簡單，兩年前我才從教職退休，教書是件很瑣碎的工作，能自由運用的時間很少，像是《猴杯》、《群象》，都是在學校附近的咖啡店，甚至在教室裏一段段寫成的，《猴杯》甚至全部是手稿。不過，我沒有規定自己每天的進度，狀態投入時筆會動得快些，一天寫七八百甚至一千字，不需要大幅修改，我想若不是暢銷作家，不可能固定產出定量的文字。以《野豬渡河》來說，後面那章〈愛蜜莉的照片〉寫得很順利，但首章〈父親的腳〉卻是最後才完成的，因為寫完最終章之後，我總覺得應該再寫一篇來交代亞鳳長大後的故事，便把〈父親的腳〉放置在全書開端，也可以說我是憑感覺去寫小說

的，有些段落的語言比較濃艷，有些則較稀疏，我想，小說最重要的就是憑感覺，而不是靈感，要憑靈感的話，是永遠寫不出來的。」

另外，張貴興也維持着寫日記的習慣，寫日記於他是鍛煉語言體態的方法，就像慢跑或者長泳，這樣的習慣足以使他保持小說手感而不流於生疏，「我想到甚麼就都寫在日記裏，平常讀書時也常常做筆記，我讀書讀得很慢，想到甚麼就記下來，也許是一個意象，或者是一個段落，我用這種方式保持語言的手感，讀得多了，能量會積蓄，積滿了便非寫不可，現在因為到了某個年紀，對我來說寫作是更讓人珍惜的，年輕的時候還會有玩心，想四處遊歷，想探索冒險，但經過這麼多年的經歷、見聞與思索，現在的我更渴望專心地寫作。」

垮掉的一代詩人艾倫金斯堡曾說：「根本沒有甚麼『垮掉的一代』，只有一群想要出版作品的作家而已。」張貴興說，馬華文學在某個層面，或許也是這樣的：「例如黃錦樹筆下的馬共，主要都從歷史的盲點、疑點切入，不見得對馬共歷史非常了解；而李永平寫五十年前的婆羅洲，其實他對歷史也所知不多，大多屬於虛構成分。但我也並不完全覺得沒有馬華文學這回事，錦樹就很努力地宣揚馬華文學，也非常愛護青壯世代的馬華作家，例如賀淑芳、黎紫書、陳大為、龔萬輝等等，這批年輕作家都是在地書寫的創作者。」無論如何，《野豬渡河》這部鉅麗之作，凡讀過者必有如行過婆羅洲，行走於豬芭村那群鮮跳人物與惡禽猛獸，僅僅是透過文字，張貴興便以其獨特的創作風格再度挑引起讀者的心悸反應，那是對於美好語言純粹的崇敬與探求，那是對於文學本質不離不棄的長年追索，我們擁有巨大的問題，但也

許永遠不可能觸及答案，而答案本身，也許便懸浮於小說之上、虛構之中，懸浮於婆羅洲那霧霾瀰漫的人獸煉獄場。

原文刊於《明報》〈星期日文學〉，2018 年 10 月 28 日。

崔舜華，詩人，曾獲林榮三文學獎、吳濁流詩獎、時報文學獎。著有詩集《波麗露》、《你是我背上最明亮的廢墟》等。

夢魘，沒有邊境
——《野豬渡河》的悲歌

莫云

張貴興的小說《野豬渡河》以特定場域書寫大時代的故事。閱讀此書，胸臆間盤桓的驚駭與滯鬱，隨着章節鋪衍，仿如四面圍襲，一路越敲越急的緊鑼密鼓。及至掩卷，還是令人緩不過氣來。

故事主場設定在婆羅洲砂拉越，坐落熱帶雨林、榛莽叢棘間的豬芭村。這裏原本是人與野豬為了爭奪生存空間，逐年上演慘烈鏖戰後形成的聚落；豬群敗退深林後，儘管不時仍有零星騷擾，終究不敵人類的刀械與合力圍剿，村民也因此贏取了一段與世無爭的太平歲月。直至 1941 年底的二次大戰期間，日軍為覬覦當地盛產的石油，驅逐了殖民的英國統治者，登陸佔領豬芭村，進而展開為期三年八個月，特別是針對「籌賑祖國難民委員會」的華人斬草除根的屠戮事件。

「關亞鳳自縊波羅蜜樹下的那個黃昏」，莽原野火竄燒、霧霾濃稠燻燎，引發群鳥驚飛悲啼……小說的帷幕一開啟，作者就以凝重的畫面揭露了悲劇的結局，而後再回頭以錯落的時空，穿梭鋪陳多線路的敘事。看似錯綜的人事，一如當地語種複雜的居民，其實亂中有序，都是從主軸關亞鳳幅射分枝，讀者還是不難循線拆解其間糾結的愛恨恩仇，鏈接起一齣完整的故事。

　　打從首頁起，就可明顯讀出張貴興的文字偏重濃顏厚彩，甚且幾近奇詭縟麗。例如〈妖刀〉一章摹寫吉野配掛的正宗刀：「每晚夢見刀身化成一尾白蛇，吐舌如菊，尾如櫻花嫩蕊，蛻皮如殘英墮落，滿屋遊走。」而後又見一尾黑蛇蜿蜒鑽入刀鞘，「和白蛇合巹」云云；不僅賦予此刀靈動的刀魂，也讓人聯想起《菊與刀》一書中「風雅與殺伐」剛柔矛盾的日本文化，以及因黷武而扭曲畸長的人性。而整部小說中，一如大河滾滾奔流的豐沛文字，也能看出作者似乎有意藉着場景的襯托與氛圍的營造，刻意淡出某些鏡頭，或是預留想像空間。不論是人與獸或人與人之間的廝殺纏鬥，以及熱帶雨林中滋生蔓長的氣味情慾（尤其是亞鳳與他生命中的幾個女人們），總在讀者的情緒崩張到極限時，刀起頭落、關窗閉牖，俐落地收束血腥殘暴或情愫曖昧的畫面。只是，一如野馬脫韁的敍述，寫到酣暢盡興時，卻也不免出現多處易放難收的毛病，讓人讀來有些錯愕。

　　此外，《野豬渡河》也有不少涉及魔幻寫實的章節。魔由心生，虛實交錯間，多少模糊了令人不忍卒讀的殘忍暴虐──儘管讀者後來方知葉小娥不是被油鬼子而是被朱大帝強暴；馬婆婆以馬來黑巫術削斬飛天人頭的神勇，也只是村民吸食鴉片後，附會鄉野傳說的想像與幻覺。而書中一再出現的面具（天狗、傘怪、九尾狐）已成了作者一再提示我們的意象：脫卸面具後的孩童固然一派稚真無邪，然而，小林二郎、朱大帝、鍾老怪，乃至愛蜜莉，這些潛匿在無形的文明與偽善面具之後的成人，是否比嗜血的巨鱷、猙獰的野豬更可怖呢？

　　長篇小說佈局不易，除了顧及支線與主幹的鏈結，維繫故事行進的張力，首尾相扣而不落俗套的結構更是耐讀的要素。最

後二章揭發愛蜜莉的身世與出人意料的真相，簡直像懸疑推理小說，也為開頭預告的結局提供了答案——即便不著一字，讀者也能自行推斷失去雙臂後的亞鳳，除了承受一身錐心蝕骨的悲慟，更背負着「我不殺伯仁」的罪疚，無日無夜被來自煉獄的噩夢追殺。那些如影隨形、揮之不去的魘魅，宛如一群長着獠牙、目露凶光的野豬，渡河襲來，反覆嚙噬他的心肺。——而終章〈尋找愛蜜莉〉戛然煞步，漫溯時光迴圈的尾聲，教人再次驚愕之餘，也不得不回頭檢閱前文伏筆，重新釐清或驗證每個人物與時空糾葛的後果前因，終至歎服作者思維的細膩縝密，這也正是張貴興的高明之處。

原文刊於《中國時報‧人間副刊》，2018 年 11 月 8 日。

莫云，1952 年生，本名宋淑芬。臺大中文系畢業。曾獲教育部、中央日報、北美華文作協等文學獎，《海星詩刊》主編。

小說的詩性咒術
——讀張貴興《野豬渡河》

崔舜華

　　讀張貴興《野豬渡河》，即使是對婆羅洲歷史並不甚熟悉者，亦能讀出一種腥淋生香的快感。以砂拉越華人聚落豬芭村為敘事主場，小說家在此展開其敘事主軸，在馬華歷史的繁複脈絡上，以砂拉越「三年八個月」為敘事主莖幹，其間揉雜了砂拉越當地風土、獸物與人物，交織組構為一具繁複瑰麗的詩意身體。但暗地裏卻伸肢拉鬚、延伸出無數地表下暗自蠢動的根系，每根血管皆直通那人性與獸性之交界、觸貼着江林人獸間無可言詮的魔異風景。

　　「關亞鳳自縊波羅蜜樹下的那個黃昏，茅草叢盤旋着一股燎原野火，痰狀的霧霾散亂野地，淹沒了半個豬芭村。夕陽被熱氣和煙霾切割，紅粼粼地浮游着，好似一群金黃色的鯉魚。被聳天的火焰照耀得羽毛宛若紅爐的蒼鷹低空掠旋，追擊從火海裏竄逃的獵物。灌木叢響起數十種野鳥的哭啼，其中大番鵑的哭啼最為宏亮和沉痛，牠們佇立枝梢或盤繞野地上，看着已經孵化或正欲學飛的孩子灼熿……」《野豬渡河》以傳奇英雄關亞鳳自縊為起手式，演繹出婆羅洲「三年八個月」的赤腥歷史。從人與獸的相鬥相生起始，一步步展開或重疊或新構的人／物敘事；囊括豬芭人、在地華人乃至日本人，以及砂拉越此地脈上無數蠢動活物，

皆成為織梭整部小說的針腳，從點至線，自線拓面，最終收束於小說的敘事要軸——野豬渡河。

作為一部可被看作極其生猛的家國寓言（或國族政治文本）的小說，《野豬渡河》於下筆行文間，卻如詩一般令人遍體感到灼灼慄慄、方醉方死。大量活似異國咒術、彼岸妖花的華魅文字，透過語言本身的魔性／詩性，替小說打開了另一個異幻空間——「兩批豬群中間，豎立着一個黑魆魆的活物，像一座野草滋蔓的巨塚，打開手電筒，看見豬王貌如石碑，額頭高挑着一撮白色鬃毛，彷彿鸚鵡頭上的翎羽，下頜一排垂地鬚髯，頗有幾分大師氣質。大帝喜悅多於驚訝，扔了手電筒，舉槍正要扣扳機，豬王知道厲害，揚蹄逃竄，漫天磷火，遍地骷髏。」小說中，朱大帝率眾人剿野豬，剿的不僅僅是每年侵家踏戶、蹂躪農作的野豬群，須趁其渡河最為不備時以槍以刀群攻剿之，除了除患，更是一場除魅大戲。眾人所剿除的，無非是自我心底的魅影，死亡慾與性慾、食慾的本能連結，從人獸爭鬥間誕生一新的混種——那是人性心底皆無可壓抑的野豬性。

張貴興寫巨大疾厲的豬王傲踞豬群，寫孩子臉上仿若魔物的獸妖面具，寫當地華人們浴血剿豬，寫鱷王小金翻江獵鱷，寫得渾身盡浴血羶色，腳下踏成骷髏路。王德威在這部小說序論〈失掉的好地獄〉中所言，「若說張貴興藉豬喻人，那也只是敘述的表相。他其實無意經營一個簡單的寓言故事。天地不仁，以萬物為『豬狗』。《野豬渡河》讀來恐怖，因為張貴興寫出了一種流竄你我之間的動物性，一種蠻荒的、眾牲平等的虛無感。蠢蠢欲動，死而不後已。」

這般人獸混融的動物性，既純粹亦惡厲，既美妙亦可怖，

與其將其主旨放在對於日侵的控訴與痛惜，不如將目光聚焦於小說之筆嘔瀝鍛鑄的華麗煉獄與血澆天堂般場景，在性愛與暴死、殺獵與生存之間，一切流動竄閃如咒語如電光——「月色和電光落在他們臉上。亞鳳抬頭往上看，眼皮跳躍，碎成一片的月色也像壁虎的斷尾跳躍。水聲嗚咽，叢林低泣，豬芭河黑稠得像瀝青。河畔的茅草升騰着一蓬白色煙霾，以懶猴的慢速穿透，盪向一棵大樹，又從大樹上盪下來漫向茅草叢。隊伍緩慢朝西南移動，慢得像那一叢白色煙霾。亞鳳想起鬼子登陸豬芭村的那個清晨，豬芭村上空也簇擁着閃電，把豬芭村照耀得如同白畫。」

《野豬渡河》這部鉅麗之作，凡讀過有如裸足踏過婆羅洲，行經豬芭村那群鮮跳人物與惡禽猛獸。小說中獨特的詩意語言，挑引得讀者心悸不已，仿若以文字為長刀，隨小說家劈石斬林、渡江殺戮，此即詩之語也是小說家之語，這樣的語言策略，使《野豬渡河》在政治、國族、歷史之外，另活生生闢開一霧霾瀰漫的詩意空間——「月亮和星星被烏雲裹住了，豬芭河畔飛舞着螢火蟲，豬芭河水飄盪着猩紅的鱷眼，數百棟高腳屋的門窗閃爍着煤油燈和煤氣燈的光芒，豬芭街頭自行車的車頭燈忽強忽弱，南中國海上蟄伏着幾艘巨大幽黑的油輪，洶湧的濤聲和豬芭河的潺潺流水交織，整個豬芭村像漂浮澤國上。沉沒的日本戰艦去年出現豬芭街頭後，一批來不及登艦的鬼子水兵入夜後徘徊豬芭馬頭和街衢，等待戰艦再度泊岸，他們插在戰盔上的水草早已枯槁，背囊散發着章魚和水母屍臭，蚌殼掩埋了槍口，下巴上的珊瑚礁長出了各種顏色的珊瑚藻……」小說中的詩意空間，隸屬於虛妄與現實，隸屬於死神與生者，隸屬於一切道德倫常顛倒覆滅的人獸煉獄場，擅離史筆大道轉入無數錯綜小徑，修羅道亦交疊

着天堂路。而野豬畢竟已渡河。

原文刊於《文訊》399 期，2019 年 1 月，頁 200 – 201。

崔舜華，詩人，曾獲林榮三文學獎、吳濁流詩獎、時報文學獎。著有詩集《波麗露》、《你是我背上最明亮的廢墟》等。

《野豬渡河》用血性質疑人性

吳曉樂

《野豬渡河》，一部讓人讀完之後很難不對人類的理性產生莫大質疑的鉅作。

小人物見證血腥砂華史

書腰上明載「二戰期間日軍佔領婆羅洲砂拉越豬芭村的精彩動人故事」，然而其背景可溯源至 1841 年，英國探險家占姆士‧布洛克因幫助汶萊蘇丹平定內亂，得到砂拉越地區統治權，其後，布洛克家族為發展石油、香蕉產業，招募大量勞工，中國東南沿海的華人應邀而至，1909 年起，日本人有系統地移居至砂拉越。直至二戰時日軍登陸美里，鯨吞整個婆羅洲之前，這塊土地上已有漢人、洋人、日人、馬來人及原住民，在這熱帶氣候籠罩、動植物詭奇蓊鬱，有鴉片亦有箭毒樹的地域，人們建立起了繁複的輸送系統，交換商品，也交換赤裸的生理慾望。

《野豬渡河》的核心圍繞在 1941 年 12 月 16 日，日軍登陸豬芭村，並對「籌賑祖國難民委員會」成員及家屬進行血腥的騷殺，並以此為背景，翻攪出村民對外的同仇敵愾，對內則疲於應付相互間伏流的私怨與舊恨。此書採用短篇和短篇嫁接的形式，作為運籌二十多萬字的方法，以某項人事作為整部大歷史的刺入

點，再從容分剝人物恩怨。如〈斷臂〉，透過何芸的眼，該時期慰安婦的生活情貌栩栩如生了起來；〈朱大帝的高腳屋〉中，則藉由朱大帝整訓豬芭村小孩們的過程，側寫了戰事扭曲、摧折幼童發展的過程。篇篇有微觀的道理，併作巨觀亦有往返推敲的旨趣。作為推動各篇章動力的關亞鳳，在第一章〈父親的腳〉：「關亞鳳自縊波羅蜜樹下的那個黃昏，茅草叢盤旋着一股燎原野火，痰狀的霧霾散亂野地，淹沒了半個豬芭村。夕陽被熱氣和煙霾切割，紅粼粼地蜉蝣着。」換句話說，讀者一開始便知曉，故事主線關亞鳳於日軍敗走後多年，自縊波羅蜜樹下。關亞鳳的、豬芭村村民悲劇的遠因，則置於書末，讀者非得讀完最後一章，才能勉強稱自己掌握了第一章的情境。這種莫斯拉比環般的調度，深切展現了張貴興撒網與收網的功力。

超越倫理讀起來超不適

　　天地不仁，以萬物為芻狗。在《野豬渡河》中，天地不仁不過為一蒼白佈景，靜水中的巨鱷，將人開膛破肚的野豬，都沒有人類之間的關係來得可怖。彼一章的刀俎，此一章的魚肉，報應來得十分迅疾。此書的另一特色在於張貴興對於暴力的描述，有時讀來不免欲嘔，血液與精液在各篇章中大肆滾動奔流，即使是對於孩童的，張貴興亦未如多數藝術呈現的潛規則，進行一個「柔焦處理」的動作，他反其道而行，如〈龐蒂雅娜〉中：「林曉婷被兩個自行車隊員抬向臥房，一個又一個自行車隊員和憲兵先後走入臥房，離開時褲胯下的陽物鬆軟疲乏如馬皮腰帶。陽臺上的五個孩子被趕到客廳內，他們蹲在地板上哭嚎，五官像被一

個驚恐凶醜的妖怪面具腐蝕。高腳屋下層的散亂柴垛被點燃了，大火很快燒向高腳屋地板，南風助火勢，巨大的火舌開始吞噬高腳屋。孩子衝向門口時，槍聲響了。」誠如知名評論學者王德威在序章中所道，「寫作的倫理界線在此被踰越了。我們甚至可以說，大開殺戒的不僅是小說中的日本人，也是敘事者張貴興本人。」再聯想至張貴興選擇的短篇形式，對讀者而言，此一安排尚有一好處：得以在作者如魘夢般強壓的文字中稍事喘息。

在角色塑造上，張貴興更是已臻爐火純青。人類的複雜面相，幽微縝緻地紛陳於各章之中。日軍登陸前，村莊內即有日人活動，如叫賣雜貨的攤販小林二郎，這廝最初出現的形象是這樣的：「小林二郎佛面善心，知道自己賣的是便宜貨，歡迎村民以物易物，來時一竹竿雜貨，去時一竹竿苦瓜、山竹、活魚和野豬肉。」之後小林二郎不告而別，再現形時，已露出真身，二等兵伊藤雄，是的，他是間諜，但為豬芭村村民引進災難的小林二郎，卻也對南洋姐付出真情，付出鉅款，為其贖身。再來分說另一人物，關亞鳳的父親紅臉關數年來想找出當年野豬渡河時蒙面姦污了妻子葉小娥的兇手，當讀者隨着圖窮而匕現，很難不感到愕然，真兇竟是帶領豬芭村村民抗日的勇漢。但，最讓讀者拍案叫絕的，莫過於愛蜜莉這號人物。

作為唯一在篇名出現了兩次的角色。愛蜜莉現形時，她與人親近或疏遠的行止，包括跟在她身後的黑狗，都給愛蜜莉增添了一股動物般的中立性，愛蜜莉偶爾甚至亮麗如宮崎駿筆下的精靈少女。早在〈愛蜜莉的照片〉中已有蹊蹺，但非得到更晚的橋段，如被欺瞞了兩代的豬芭村人，讀者才甘願把散落於各篇的線索組織起來，並懊悔地認識到：從頭到尾願以真面目示人的，才

是至為高明的間諜。〈尋找愛蜜莉〉中，作家詳盡了愛蜜莉初次下手的過程，動機的交代卻顯得輕簡，讀者不免疑問，情節精琢的作家為何在愛蜜莉的動機上餘了大量的留白？（哪怕是「為父復仇」這理由，仍遠不足以填補這空白），是無心抑或是刻意之舉？在此，我倒是想起韓國導演羅泓軫為苦磨六年的影作《哭聲》接受專訪時，表達創作《哭聲》的初衷，在於想探究受害者成為受害者的原因。最終羅泓軫驚訝地察覺，這一點往往是不可知的。人的存在有理由，存在的消失卻往往沒有理由。循此理，讀者似也不必埋首推敲愛蜜莉成為加害者的原因，說不準這莫名其妙的悶滯感，正是求之不得的殘響。

天地不仁活着更像懲罰

　　張貴興筆力雄健，詭麗窮奇的聲韻綿盪了足足四百多頁。每一人物從出生到死亡的描寫都未有失血支絀之象，在世時性格齊盈，瀕死前亦得着了作者的大書特書。文字稠膩如膠，又似藤蔓肆意垂掛，讀者們被纏牽至悶熱翕鬱的婆羅洲又入了泥潭，動彈不得，只能眼睜睜數着那些落地的人頭，遭姦的女童，外懸的眼珠子與腸段。張貴興對於不同族裔的描寫，其轉換之精準與迅疾，佐以在凌空中鏖戰的神話與鄉野傳奇，讀者很難不意識到，角力的並不僅有表面上的肢體廝殺，更有文明與文明的頡頏，循循善誘或吞吃。又，在張貴興魔幻的筆法下，死亡被賦予魅惑的外觀，斷頭者夾帶着更強大的力量重返人世，或寄於幻覺，或寓於譫妄，總之，唯有死者能好整以暇地復仇，此際，審判僅存於生者，他們日日醒着卻如置身惡夢，活着比死更接近懲罰。《野

豬渡河》，近年來華文創作的頂尖拔秀之作，如一帖雙倍濃縮的
咖啡膠囊，讀者受此一注，在短時間的心悸反應中，品嚐了作家
沉潛十多年譜寫出的人性輓歌。

原文刊於《自由時報》，2019 年 2 月 11 日。

吳曉樂，作家。居於臺中。喜歡鸚鵡。著有《你的孩子不是你的孩
子》、《上流兒童》、《可是我偏偏不喜歡》、《我們沒有祕密》。

季風起時，在雨中征服野豬

李宣春

12月的西馬半島，每到午後就會來一場大雨。如此時節，我開始認真刨食張貴興的《野豬渡河》。距離此書上市已逾一年，在新書預購活動期間就把書買下，何以至此才開始翻閱？延宕的理由並不好說，只能概括為私人因素吧。初初讀小說開首幾章並沒有立即投入狀況，似乎這是需要一些時間和耐性才能讀得下去的小說。另則，作為一名馬華文學讀者與創作者，很自然就會認為這本作者暌違十多年的長篇小說，將來必定要「為馬華文學研究服務」。懷着這樣的認知和期待，就很難在閱讀過程細細體味讀小說的純粹樂趣。於是，乾脆就把書放下，一放便是一年。

何以會有這般的閱讀執着？這與我和作者同樣來自砂拉越的背景有關。我在十八九歲、還未正式成為文學追隨者之前，讀到了張貴興的《群象》。過後就讀中文系期間因選擇研究馬華文學，又陸續讀了他其他小說，以及同樣出身於砂拉越的作家李永平的著作。我特別在意所謂的「閱讀的純粹」，因為他們敍寫的故事背景距離我非常靠近；我總會提醒自己面對與征服這些文本時，別過於感性以致無法客觀看清關於婆羅洲的事物，也別過於理性以致將這一切當成冰冷、無情感的素材看待。或許，對我來說，這並不只是關乎閱讀之事，我在閱讀張貴興與李永平、

甚至其他砂拉越作家的作品時，我內心其實也在處理自己面對族群、家園或家庭、土地、國家的各種細微綿密的情感。

　　無論如何，閱讀《野豬渡河》還是讓我覺着一種近似長跑的疲累與暢快感。可能有些讀者會好奇現實的砂拉越美里羅東與小說裏的「豬芭村」有多少疊合相似之處；在我看來，作者並無意復刻美里市，豬芭村的搭建與建構，主要還是服膺敘事的功能需要，但作者的文字營造絕對令人不得不敬佩。雖然這一次《野豬渡河》在文字上的運用相比作者先前的一些作品，詞藻的華麗與濃稠度感覺有收斂、利索不少，但偶爾還是會有審美疲勞之感。我甚至會不禮貌地覺得，如果這本小說篇幅刪掉十分之一二，也不會出現太大影響。

　　小說以二戰日軍侵略豬芭村為主軸，前半部主要是讓人物逐一登場，進入後半部便是連篇不絕地日軍屠殺、村民逃亡反擊。故事主角在第一章出場不久就莫名其妙地死掉了，只是讀下去，人物之死頻繁到會讓人覺得這些角色根本就是因死而生！另外跟着小說人物經歷了長時間的槍擊場面，彷彿出現耳鳴。小說裏大量編織日軍慘無人道的迫害手段，對我而言，難得的是作者在運筆操控方面，最終不會予人過度渲染民族主義或受害悲情之感。畢竟戰爭暴力在現今時代已經成為普世性的課題，《野豬渡河》未必有要刻意置入反戰立場或相關訊息，但作者在處理人性的幽暗、複雜、細微之處，尤見用心與精湛。

　　《野豬渡河》在文學藝術方面的成就如何，讀過小說的人自然就會知道，這裏就不贅提；然而，張貴興賦予《野豬渡河》通常只在類型小說才會發現到的娛樂性、懸疑性、伏筆設計、暴力美學、淫而不穢、粗而不俗；我想這也是張貴興每每寫到婆羅洲

都會想要傳達的一種風格：無論是作為一個島嶼的婆羅洲，或是曾經如此廣袤豐富的雨林，都是野性的、新鮮的、生命力頑強的！

那麼，作為一個同樣具有砂拉越背景、無法避免也會在作品中處理到婆羅洲的寫作者，像張貴興或李永平這樣的前輩作家，都是我參考、面對或將要跨越的對象；比如：我將如何在文學中建構屬於我自己的婆羅洲？分屬不同世代，我會需要處理哪些更迫切的課題？我還需要做些甚麼樣的努力，讓更多人看見與讀見那些被忽略的砂拉越作家或作品？

東、西馬皆設有分店的本地最大型連鎖書店，現在都買得到《野豬渡河》。這也許不算甚麼大事，就我看來卻是非常大的進展。我當初讀到的那本時報版《群象》是在極偶然情況下於租書店租到的；如果沒有那段閱讀經驗，或許我今天也不會對文學有能力誇誇而談了。書店願意讓這樣的著作在各個鄉鎮門市流通，意味着將來或也會像我當初那樣培養出一個新一代「意外」的文學讀者。幾個月前，在本地舉辦的一項重要文學獎頒給張貴興和《野豬渡河》頗具分量的獎項；雖然這對很多人來說是之於寫作以外的事情，但起碼的尊重、肯定、認可，即使微不足道，我仍覺得是重要的。

我在大學時期第一次參加馬華文學研討會，是因為得知張貴興會來做專題演講而去的；但他那次缺席了。幾年後，我到臺灣讀研究所，竟然是在一次大馬政治議題相關的街頭示威第一次見到張貴興本人。發現作者有臉書之後，也進行了「加為好友」的動作。在今年的那場文學獎場合上，再見到他，依然是酷酷的、情緒波動好像不會太大、有一點點的距離感。在寫作上，也

許我們都是一座座像婆羅洲那樣的孤島，但孤島底下，我們每個人其實還是相連的。嗯，這也沒甚麼不好。

原文刊於《文訊》412 期，2020 年 2 月，頁 60 – 61。

李宣春，1984 年生於砂拉越詩巫，畢業於馬來西亞拉曼大學中文系學士班、臺灣國立中央大學中文系碩士班。目前為在西馬雪蘭莪八打靈工作和生活。著作：散文集《散散步》。

樹骸和鐵皮

張貴興

　　老家後方廣袤的茅草叢中，有一條夾脊彎曲的小徑直達雨林。中學時代騎着腳踏車——偶爾走路——穿過這條小徑，腳踏車上放着幾本書或雜誌，浪漫起來，揹着吉他，進入雨林。小徑偎着小溪，兩邊星布十多棟高腳木屋。小溪蜿蜒曲折，滋生着攀木魚、兩點馬甲、孔雀魚、鬥魚、貓魚，不知道甚麼名堂的怪魚，從雨林流經老家後方，匯入羅東河。每棟木屋養了幾頭兇悍的家犬，隔着鐵籬笆對你狂吠。故鄉的狗暴烈無情，視陌生人為仇寇，不咬幾口不甘休。午後，炎陽高掛，藍天白雲僵硬得像化石，東北風或西南風狂飆，茅草叢窸窣轟響、波濤萬頃，大番鵲咕咕哭泣，蒼鷹頡頏蒼穹，雄雞荒啼，忙了一個早上的鄉下人不是打瞌睡就是午睡，你會覺得這個世界遺棄了你，或你遺棄了這個世界。狗也在午睡，但牠們聽覺靈敏，腳踏車輪胎輾過一根枯槁的茅草梢也會驚醒牠們，而且狗常蹺家，突然從草叢齜牙咧嘴撲過來，嚇得你驚惶失色，於是擎着一根棍棒，好像擎着騎槍的中世紀騎士。除了狗，小徑的一切都是美好和值得懷念的。十多棵老椰子樹懷抱的一棟高腳木屋，飄揚着西洋老歌或印尼民歌，披頭士，貓王，梭羅河之戀，讓人沾上莫名其妙的愁緒，你會納悶，是誰在聽歌呢？一棟竹藪中的木屋，屋後總是蹲着一個小女生，傍着畚箕和小釘鈀，正在焚燒曬乾的草

埃，鬼魅似的煙霾穿過竹藪，飄泊茅草叢上。一個戴着寬檐帽、
衣衫襤褸的稻草人，歪斜的豎在菜園裏，嚴厲憂鬱的凝視遠方。
一個穿着背心短褲的馬來小男孩，趴在陽臺欄杆上皺眉盯着我，
他可能對我揹着的吉他感到好奇，也可能想，這個支那人在這荒
郊野外幹甚麼？一棟幾乎被茅草叢淹沒的小木屋，屋前陽臺坐着
一個駝背的白髮老太太，身邊的棲架立着一隻巨大的白鸚鵡。老
太太一動不動，維持着固定的姿勢，好像即將焚燬的人芻。大鸚
鵡刺耳的叫聲，盪漾茅草叢。老太太額頰枯乾，顏面無情，獨居
荒野，和白鸚鵡相依為命，腦海和眼神萬籟繽紛，盤桓着你猜不
透的回憶。

　　走出夾脊小徑，是一條日本人二戰時期鋪設的鐵軌，沿着
鐵軌往西北走，半小時後可以看見南中國海；往東南走，一小時
後，雨林覆沒鐵軌，再走下去是可以的，那裏還有幾條獵人踐踏
過的模糊幽徑，但陰鬱蕭瑟，讓人猶豫。鐵軌消失雨林前，會
經過一座鹽木橋梁，橋下流水淙淙，橋面覆蔭，涼爽隱密，除了
我，從來沒看過半個人類。這時候，下了腳踏車，坐在橋上，看
幾回書，彈兩下吉他，看着被莽林吞食的鐵軌發呆，視覺雕琢一
幅男女在軌道上攜手漫遊的圖案。日本人載運木材鋪設的鐵軌，
縹緲雨林，到底有多長多遠，一輩子也沒弄清楚。

＊　　　＊　　　＊

　　1970 年代，砂拉越人口一百萬，華人三十萬，曾經同時發
行七家華文日報，其中一家叫《美里日報》，發行量四千，一個
版面本地新聞，一個版面中譯的通訊社國際新聞，剩下的就是廣
告和「剽竊抄襲」自其他報章雜誌的舊聞雜訊。華人虛榮勢利，

婚喪壽喜，生小孩搬新家，開一個賣割草機的小公司，從國外（包括臺灣）捧個學士返鄉，報紙塞滿親朋好友的哀悼或祝賀廣告。港臺新馬（西馬）日報刊載的新聞，隔天原封不動（直接用剪報油印，排版也免了）刊載。這份報紙看似虛弱，「剽竊抄襲」的內容豐富，政治、體育、美食、醫療、科技、演藝、八卦、連載小說，五花八門。發行量少（當時全馬發行量最多的日報《南洋商報》，十八萬份），但廣告多人事費少，它是賺錢的。除了本地和國際新聞，還有一個原創，叫《文藝副刊》，編輯不是報館員工，而是一批文青。70年代的故鄉美里（Miri）有一批不滿二十歲的文藝青年，組織了七、八個文藝團體，每一個團體收集了足夠填滿一個版面的文學創作後，交給《美里日報》發表，而《美里日報》幾乎每天提供一個整版的版面刊載，沒有稿費。也許你不太能想像這批文藝青年的原始面貌，他們接近巴金《家》裏的覺新、覺民等憂國憂民的青年，或者神州詩社的周清嘯、黃昏星。我從十四歲開始，用筆名在這些副刊發表了不少習作，都是風花雪月的散文、詩和小說，幼稚可笑。用筆名可能是玄，也可能故作神秘或標新立異，總之，蔚為風氣，用本名反而反常。念高中時，可能升學或工作等等現實問題，這批團體煙消雲散，副刊由一個報館的編輯負責，一周出刊一次，依舊沒有稿費，熱愛文學的主編也是義務的，沒有因為編一個副刊多領薪水。高中畢業後，我幾乎每天早上向美里唯一的一家市立圖書館報到，午後步行到報館找副刊主編打屁。主編中年，患小兒痲痹，筆名「藍冰」。說來奇怪，我們都用筆名稱呼對方，直到今天不知道這位主編的真實姓名。我坐在他的辦公桌對面，邊看他拿着昨天的港臺星馬日報剪剪貼貼，邊和他聊天，心想幹編輯的怎麼這

麼輕鬆。不告而別赴臺求學後，他在副刊的編後語呼叫我和他聯繫，據說還到我家打聽。我是用逃亡的心情離開故鄉的，苦澀甜美的年華似水，不想回溯。

＊　　　＊　　　＊

　　獨立的 70 年代砂拉越，沿襲英國學制，下午 1 點 40 分放學。1974 年 12 月高中畢業後，直到 1976 年 9 月赴臺求學，將近一年九個月，不知何去何從，無所事事，遊山玩水，亂讀雜書，最大的娛樂就是和同儕露營雨林。裴德，高中同學，伊班（Iban）人，父親是職業獵人兼漁夫。小學時，他的父親出海捕魚，第二天黃昏一群海鷗盤桓羅東河畔老家，父親再也沒有回來。裴德母親說，從來沒有海鷗飛抵老家，海鷗不是報訊的天使，就是告別的父親幽靈。裴德父親過世後，獵槍高懸牆角。每次在裴德家裏看見這枝獵槍，有寫小說的衝動，篇名連綿不絕，〈獵人與槍〉、〈海鷗與槍〉、〈槍魂〉……。裴德繼承了父親的雨林知識，周末帶着父親的帳篷，划着父親的舢舨，沿着父親的狩獵路線，帶領我們夜宿雨林。這個傢伙和所有伊班人一樣，古靈精怪，身手矯健，渾身奔騰着藝術血液，擅長繪畫雕刻，有一個像原住民的好嗓子，彈一手好吉他。深夜的雨林豐麗蓊茸、獸聲繁縟，星空亮得讓人睜不開眼、捨不得入睡，我們凝望宇宙的博大幽緲，流星氾濫，人造衛星漫遊，完全沒有想到此後各奔前程，也不再有閒暇深入雨林，那是最後幾個看星星的日子了。帶了幾本書，但星光和篝火雖然熠燿，照不亮書本上的漢字和蟹行文，這是唯一的遺憾。裴德摟着吉他彈唱，我們隨意哼唱。高中畢業前裴德愛上同班一個華裔女孩，但伊班人低調靦腆，不

知道如何表白。裴德説，如果一百多年前，仿效祖先砍幾個人頭送她，讓她臣服我的英雄氣概下。70 年代早已廢除獵人頭習俗，但砂拉越共產黨縱橫雨林時，據説不少砂共成員被伊班人自衛隊削去人頭。裴德的玩笑，讓人怵然。裴德又提起希臘神話的大神，對心儀的女人不是強暴就是誘姦，不愧是驍勇善戰的伊班戰士後裔。瘋言瘋語半天，選擇了最溫柔詩意的表白。高中時喜歡攝影，父親買了一部 Minolta 相機給我。有一天裴德買了三卷柯達底片，要我替他拍「個人寫真」。我和他上山下海，逼他搔首弄姿，拍了一百一十一張黑白照（一卷底片三十六張，但我裝捲底片的技術高超，每卷可以多拍一張）。畢業前，大家會買一本空白的紀念冊，請同學老師在其中一頁留言祝福，貼一張留言者的大頭照或生活照。裴德在心儀的華裔女孩紀念冊上，連寫帶畫，留下十多頁祝福，貼了十多張我替他拍攝的照片。紀念冊沒有隱私，留言者可以隨意翻閱，包括老師校長、親朋好友，裴德的癡情浪漫，全校皆知。砍人頭，唱曖昧的情歌，跳充滿性暗示的舞蹈，是他的祖先對女人的表白方式。他有藝術天分，會寫一種優雅華麗的英文古典字體，留言直白豪放、熱燄灼人，一字一句都拘牽着自己的魂和夢，還抄了不少英詩（其中一頁是羅蜜歐對陽臺上茱麗葉的讚頌），加上我用心拍攝的「藝術照」助陣，女孩即使沒有心動，也可能心悸。她日後看裴德的眼光，疑惑沉思，但沒有厭惡不屑，芳心不知道計算甚麼。裴德來這一手，折服了我們。露營時，他可以整晚不睡，摟着吉他彈唱，沒有因為心上人的無情而澆熄蔽空的浪漫火霾，那種狂放不羈的火霾，會讓自陷情網的年輕人窒息缺氧、瘋瘋發狂。也許他早有預感。女孩是富家女，父親是石油公司高級主管，住的是被花園草

坪環繞的豪宅，全家只講英語，自以為是白種人，不可能看上他這個「拉子」。我們不敢告訴他（他應該知道吧）：如果他不是伊班人，女孩早被他拐走了。

＊　　＊　　＊

　　初三時，開始投稿西馬吉隆坡的《學生周報》。這是一本八開本周刊，售價三角，周三出刊，內容包羅萬象，封面和內頁兩個版面刊載文學創作。雖然叫《學生周報》，文學創作的水準比肩《蕉風》月刊。主編悄凌，女文青，散文好手，在她的掌舵下，《學生周報》風靡全馬——至少，在東馬是如此。每周三下午，我迎着烈日，來回騎十四英哩（二十公里）腳踏車，只為了買一份《學生周報》。懶散時，搭公車，來回車資一元。逼近傍晚，少量《學生周報》銷售一空。《學生周報》封面有一個「文藝專題」，刊載當期最優秀的散文或詩，配一張套色的、充滿文藝氣息的美照，頗受歡迎，印象中，最常出現的作者是期之和寥湮（方娥真）。直到現在，十分懷念固定出現《學生周報》的一批作者：梅淑貞、期之、黃遠雄、佐漢、許友彬、卡當加、早彗、沙禽、小黑、寥湮、謝青、英培安、邁克、雅蒙、溫瑞安、溫任平、蕭雨然，我認識的張錦忠、詩爾（風起）和秋爾秋兒等等。這一批人物，如果生長在臺灣，必然像張錦忠、許友彬、溫瑞安、方娥真等人在華語文壇大放異彩。升高一後，開始投稿《蕉風》月刊，主編賴瑞和，更早的主編是李蒼（李有成）、牧羚奴（陳瑞獻）。李蒼和牧羚奴是馬華文壇大神，賴瑞和是魔鬼級詩人。《蕉風》月刊和《學生周報》編輯不時走馬換將，包括早期的姚拓、白垚、黃思騁、川谷、張錦忠、紫一思和黃學海等人，編

輯陣容龐雜，不少是義工。70 年代的星馬寫作人，沒有一個不和這兩本雜誌牽藤攀蔓。和我接觸最多的是賴瑞和，後來我和他一起赴臺，他進臺大外文，我進師大英語，見面後，他告訴我，收到我的稿件，審也不審，直接拿去撿字，排好版後再看，因為我的字太醜了。撿字工友看到我的稿子，大吐苦水：又是這個人！人生第一次領到的稿費就是《學生周報》支付的，馬幣十二大元，半信半疑拿着支票去郵局兌現，看見櫃臺人員遞過來十二元紙鈔，才相信看不見摸不到的胡思亂想，可以變成嗅得到用得到的銅錢。高中畢業到赴臺前一年九個月，生活模式就是讀書寫作，充實寫意，逍遙自在，有報紙雜誌可以發表習作，偶爾可以領到稿費。那是人生中最快樂、最值得追憶的日子，沒有顧及名利 (用十多個筆名寫作的傻瓜，沒有餵養文名的概念)，想寫甚麼就寫甚麼，沒有人問你寫作為了甚麼，你寫這個想表達甚麼，你寫那個又是甚麼意思，你為甚麼這樣寫，你為甚麼那樣寫，問得你好像犯了滔天大罪。這要感謝容忍和接納我的編輯，沒有他們，那段年華必然是一井枯泉。人生一輩子這樣真是太好了。

　　1976 年 8 月，赴臺前一個多月，我投了一篇小說到香港的《明報月刊》，九月份刊載，領了一筆離馬前最大的稿費 (馬幣三百元)，幾乎是當地一個工人一個月收入。香港《明報月刊》和《當代文藝》在故鄉洛陽紙貴，眼不明手不快買不到。這兩份刊物比《蕉風》月刊和《學生周報》進貨多，月初在書店擺了厚厚一疊 (少說二十本)，一兩天後就屍骨不存，反映當地文青的飢渴。大概怕滯銷，書商保守進貨。前後只投稿《明報月刊》兩次，發表過兩篇亂七八糟的小說，編輯願意刊載，鼓勵多於賞識。那是在故鄉南國的最後投稿。可惜，手腳不夠快，生平沒

有看到這兩期《明報月刊》，張錦忠後來影印了這兩篇小説寄給在臺的我，看到模糊的鉛字和插圖，讀了幾段虛無飄渺的文字，倏忽覺得青春如萬瓣飄零，那個南方的、熱帶島國的文青時代，一去不回了。

＊　　＊　　＊

　　老家在東馬砂拉越東北方一個產油小鎮。外人分不清楚西馬和東馬，西馬人對東馬也沒概念。西馬人問東馬人：你們住在樹上嗎？好像東馬人不是泰山就是紅毛猩猩。小時候的老家是一棟矮腳木屋，用金剛不壞的鹽木撐在半空，除了隔熱層上的鋅鐵皮屋頂，肌膚接觸到的全是涼爽粗糙的木頭，你要説住在樹上也沒錯，只不過是樹的骨骸。頭頂導熱的鋅鐵皮，腳踩陰涼的樹骸，這是大部分平凡南洋人的棲息環境。在樹骸和鐵皮之間，當年護送先祖往返唐山的東北風和西南風從兩個相反方向緩緩襲來，帶來旱季和雨季，帶來淹沒大地的澤國和日夜焚燒荒原的野火，大人澇疏旱溉，小孩戲水玩火。老家在低窪地，大不大小不小，四周可能是草荒和灌木叢，可能栽種着菜瓜、果樹、玉米、胡椒、鳳梨、香蕉，逢雨必澇，而野火凶悍起來，隨時波及老家、雞寮和也是木板和鐵皮裹挾的毛廁。蔓徑荒野，衍生不美也不光彩的怪事。右邊的鄰居姓王，老二十八歲戲水時溺斃，兩個大人把屍體裹在麻袋中，用一根扁擔挑回王家，腫脹得像水牛的肚子暴露麻袋外；二女兒是我的童年玩伴，大我兩歲，中學時和一個公車司機交往後分手，司機到她家中談判，用一柄水果刀貫穿她的胸部十多次，四十多年過去了，小鎮再也沒有出現過這麼恐怖變態的情殺案。諸事不順，王家 70 年代中期舉家遷往

當時有小香港之稱的山打根。鄉下廢屋多，年少無聊，喜歡潛入屋中探險，但王家的木屋不敢踏入一步。後方是養豬戶，屋主是一個老頭，因為和母親爭奪大番鵲巢穴，和我們是冤家。老頭為了防止巢穴被盜，把嵌滿鐵釘的釘氈佈置巢穴四周，讓你的腳丫子千瘡百孔，左鄰右舍都恨他。我對他沒有甚麼情緒，每次看見他駝着背巡視豬舍，只覺得他也在賺錢養家，只是護衛大番鵲巢穴的手法太不人道。農曆新年的東北季候風，捎來他家撲鼻的豬糞味，也捎來濃濃的年味，提醒我對紙碼槍、沖天炮和舞龍舞獅的溫馨懷念。左邊是一個老中醫，嗜吃鴉片。二戰後砂拉越禁吃鴉片，但對上了年紀的老人家睜一眼閉一眼。祖母說，祖父那一代男人，不吸鴉片的都是怪胎。有一次小感冒，母親帶着我給老醫生把脈抓藥。當時年紀小，印象模糊，只記得他坐在一個陰暗角落，髮鬃覆胸，骨瘦如柴，果然十足鴉片鬼（opium fiend）形象。他怎麼替我把脈，給我抓了甚麼藥，已沒有記憶，只記得他一直嗯嗯哼哼，好像沒有說過半句人話。邵氏公司 1957 年在老家蓋了一家戲院，是邵氏公司在星馬兩百家戲院之一，放映邵氏出產的電影和好萊塢電影，火紅的放映兩天，冷門的一天，是我和當地人的「新天堂樂園」。印象最深刻的是《烏士托》（Woodstock），片長五個多小時，七點放映到十二點多，九點多觀眾走了一半，十點多戲院乾脆敞開大門，十一點觀眾只有小貓三、四隻，我也睡睡醒醒，堅持到散場，以為 Bob Dylan（音樂會就在他老家附近）、The Beatles 和 Led Zeppelin 也在陣中，大失所望。戲院沒有加價，也不像大部分戲院把這部音樂紀錄片剪成兩小時，那位挺着大肚腩、抽着雪茄的戲院經理，突然變得可愛親切。戲院旁邊一家茶室和一棟高腳屋，據說是左

翼分子聚會謀略、蒐集敵情的場所。1962 年 12 月，汶萊共產黨政變，一周後被英軍弭平，散兵游勇越過汶萊邊界，經由巴南河（Baram River）逃向雨林。率領英軍和廓爾喀傭兵剿共的是二戰時期「婆羅洲高原抗日游擊隊」領導人之一，湯姆‧哈里遜（Tom Harrisson），綽號瘋少校（Mad Major），博學而智足多謀，二戰結束後，在原住民擁護下（伊班人看見他乘降落傘從天而降，以為天兵神將），差點當了土皇帝，流傳巴南河兩岸的歌謠，頌揚他是英雄豪傑，是一個類似《黑暗之心》（Heart of Darkness）的庫爾茲那樣的爭議和傳奇流寇，也是一個可以揮灑和加工的小說原型人物（也是李永平《大河盡頭》安德魯‧辛蒲森爵士的原型人物）。老家和汶萊只隔着一條巴南河，英軍的直升機和偵查機盤桓老家上空，投擲反共宣傳單。上小學前一個月，大字不識幾個，看見宣傳單滿天飛舞，爭先恐後搶奪，看了半天，不知道寫了甚麼。偵查機低低飛，駕駛艙中的白人飛行員向我們微笑招手。夜晚宵禁，風聲鶴唳。一個沒頭沒腦、不自量力的政變引發砂拉越左翼分子和馬來西亞展開二十七年武裝鬥爭，我才朦朧知道，表面平靜岑寂的荒鄉僻野，詭譎多變，暗潮洶湧。

　　高掛牆角的獵槍，老太太和白鸚鵡，吃鴉片的中醫，星光燦爛的雨林，裘德的浪漫，逃竄的共兵，慘死的少女，澇災，野火，日，月，雲，雨，都是夾脊的小徑、深入莽林的軌道，帶領你發掘神秘幽微，曲迴隱揚，綿延無垠。

原文刊於《文訊》412 期，2020 年 2 月，頁 72 – 79。

張貴興，祖籍廣東龍川，1956 年生於婆羅洲砂拉越，1976 年赴臺升

學，1980 年畢業於師大英語系，1981 年入籍臺灣，1989 年任中學英語教師。其作品多以故鄉婆羅洲熱帶雨林為場景，書寫南洋華人社群的生存困境、愛欲情仇和斑斑血淚，文字風格強烈，以濃豔華麗的詩性修辭，刻鏤雨林的凶猛、暴烈與精采，是當代華文文學中一大奇景。代表作有《伏虎》、《賽蓮之歌》、《頑皮家族》、《群象》、《猴杯》、《我思念的長眠中的南國公主》、《沙龍祖母》、《野豬渡河》等。

以此島凝望彼島
——在臺灣邂逅馬華文學

（砂拉越 CITYPLUS 電台專訪：
張貴興 × 李有成）

劉雯慧　記錄整理

電台錄音室裏，並肩坐着兩位砂拉越出身的文學家——以《野豬渡河》獲第十五屆花蹤文學獎馬華文學大獎的小說家張貴興，以及一手寫詩、一手做學術的中央研究院歐美所特聘研究員李有成——相識將近四十年的兩人，將展開一場深切的對話，關於此島與彼島之間，文學的凝盼與自我的內視。

永遠的砂拉越人

張貴興：我二十歲時離開砂拉越到臺灣，自此在臺灣定居四十幾年。雖然我已經是臺灣人，但是內心永遠覺得自己是砂拉越人。

歷屆的花蹤馬華文學大獎都是頒給西馬的作家，之前最有資格得獎的是小說家李永平，他曾獲得臺灣的國家文藝獎，據悉花蹤世界華文文學獎有意要頒給他，可惜的是他不久前過世。這個獎項頒給像我和李永平這樣出身東馬但非在地的小說家，意義不太一樣。出

於政治反抗，李永平曾否認自己是馬華作家，這我不詳述，東馬和西馬的恩怨情仇，一語不能道盡。因此獲獎的意義對我們而言別具一格。我相信李永平若知道我得獎，應該比我更高興，因為我們終歸是馬華作家。雖然在政治和國家認同上，我們一直覺得自己不是馬來西亞人。

我覺得可惜的是，馬華文學除了創作型作家，還有許多文學研究者，像我身邊的李有成。我覺得應該設立文學評論獎，頒給這些研究馬華文學的學者專家：李有成、張錦忠、林建國、高嘉謙，身兼學者與作家的黃錦樹、陳大為和鍾怡雯；我呼籲世界華文文學獎應頒給王德威先生，他對馬華文學和作家非常關照。

主持人：請問李有成老師是否有讀過張貴興老師的《野豬渡河》？

李有成：這是一本很厚的書，文字稠密，情節相當複雜，需要時間細讀，要我現在詳談細節不太可能。《野豬渡河》雖然有歷史背景，但是糅合更多的想像，這是文學創作與歷史寫作的差異。文學當然可以利用一些歷史背景或歷史事實，不過畢竟是想像的產物。有些人不太清楚，會認為某某人寫的作品不符合史實，這是對文學很大的誤解。像《西遊記》所謂的人物都是虛構的，想像的，儘管歷史上有過玄奘這麼一個人，不過《西遊記》裏的唐三藏已非《大唐西域記》裏的玄奘。在馬來

西亞甚至有人說，張貴興寫的雨林跟現在一般可見的
雨林不一樣，這是對文學的誤解——雨林只是一個象
徵、一個隱喻，作家可以有自己的想像。

我在張貴興念師範大學時就認識他了，從《伏虎》開始
讀他的小說，還曾為他以砂共為背景的《群象》寫過評
論。張貴興曾擱筆十幾年，可能是為《野豬渡河》做
準備。這部小說寫日本佔領婆羅洲三年零八個月的歷
史，以豬芭村做為背景，演繹出許多恩怨情仇。我希
望有朝一日重讀後能夠寫一篇分析論文。從《群象》、
《猴杯》到《野豬渡河》，生動地敘述了幾十年以來砂拉
越的歷史變遷和社會變化，相當了不起。

比真實更真實的虛構

張貴興：有成提到有人認為我小說中的雨林，和他們認識的雨
林不一樣，舉個現成的例子：莫言筆下的山東高密是
文學的高密，慕名者走訪當地結果大失所望。《野豬渡
河》背景設置在二戰時期，但不能算戰爭小說，寫的時
候我就預期讀者很難喜歡這本小說。我們都知道戰爭
殘暴血腥的本質，我寫的不過是其中的十之二三，而
且寫得隱晦。小說裏有一首日本童謠〈籠中鳥〉，是日
本小孩玩抓迷藏的時候常唱的一首童謠，是一首恐怖
童謠——日本有不少類似的恐怖童謠，隱藏了許多血
腥、暴力、變態。

我並不期望大家喜歡《野豬渡河》，我呈現的是戰爭那魔鬼的一面，不是英雄的一面。小說裏的面具、孩子們的玩具，都有其象徵。簡單的說，面具也許可以代表虛假，玩具代表兒戲，而童謠代表殘暴和變態。虛假、兒戲、殘暴、變態，都隱藏在戰爭中。這本小說寫的是我父親那一輩，二戰時期華人顛沛流離、流離失所、山窮水盡、國困民窮的概貌。我不能說是血淚史，因為我不喜歡用「血淚斑斑」這種刻板的形容詞，但是戰爭跟我們祖先奮鬥的過程有很多契合之處，所謂的血腥、暴力、變態不僅表現在我們肉眼能見的東西，現實裏也有更多血腥、暴力、變態，我們可能感受得到卻視而不見──這樣的血腥、暴力、變態比戰爭更可怕。

主持人：在《野豬渡河》中，以超真實的筆法敍寫驚悚的情節，使讀者對小說的真實性感到好奇──想請問小說家如何進行資料的採集？

張貴興：這本小說有真實的史實也有虛構。第一件史實：美里在1911年發現石油後，吸引不少人移居美里，大批華人在美里附近的村莊落地生根。其中一個村莊是野豬的老窩，華人殺豬捕豬、鵲巢鳩佔，順理成章成了養豬戶，所以稱為「豬芭村」──即「養豬的山芭」。

第二件史實：1941年日本發動太平洋戰爭，美里自然成為日軍攻佔婆羅洲的灘頭堡，而日軍每到一個地

方，就會強徵當地的未婚女人當慰安婦，因此美里（即豬芭村）掀起一股結婚風潮，也牽動許多人的命運。

第三件史實：1937年發生中日戰爭，南洋華人組織了南洋華僑籌賑祖國難民委員會，捐款資助中國抗戰；當時豬芭村也組織了類似的委員會，募款、義賣、義演等。日本佔領中國後，遭到中國人的徹底頑強抵抗，這批資助中國抗戰的華人自然成為眼中釘，於是緝捕和追殺難民委員會的成員。

第四件史實：1945年8月15日，日軍投降前，兵強馬壯的聯軍已經登陸婆羅洲，窮途末路的日本人開始潰逃。有兩千多個日本人，因為不確定日本是否真的已經投降，或只是聯軍施放的假消息，於是拒絕投降，集體分成好幾路進入雨林。這些日軍進入雨林後受到聯軍、原住民和華人的屠殺，投降時只剩下六百多人。

以上四件史實構成小說的歷史脈絡。事實上，小說設定的時代背景很早，從砂拉越第一任國王占姆士和石隆門的華人礦工抗爭開始，可追溯到一百多年前。小說提到日本人把小孩趕到樹上，用手槍把樹枝打斷，小孩掉下來的時候用武士刀砍殺，乃真人真事。

小說也糅合南洋、東洋和西洋素材，女吸血鬼、南洋姐、獵頭族、野豬渡河、馬來巫術、日本人的武士刀、日本童謠、戰鬥機，西洋的無頭公雞和殖民者等等；剛才有成說過，小說不一定是真實的，而真實的

不一定是好小説。虛構的小説在我看來，比真實的故事更真實。

「瓶頸」是虛設的命題

主持人：許多年輕的創作者最擔心遇到瓶頸，沒有辦法突破、進步。想請兩位給時下的創作者建議。

李有成：剛剛提到有些讀者難以進入《野豬渡河》的世界，因為它的文字非常濃稠，選字也盡量精確，作者不是在寫輕小説，他花了很多功夫、閲讀很多資料，並重組這些資料。我認識的幾位嚴肅小説家，創作時如果牽涉到史實，都需要花很多心力處理這個問題。既然作家花這麼多功夫，寫作過程也做了很多準備，讀者也應該同樣地努力，這是相對的，若是要收穫多，就得下功夫。

至於創作者要怎麼突破，這是很難教的。坊間創作班或大學寫作課程，也只是教基本功，後來的表現要看個人造化。下的功夫有多大、有多少的才分、閲讀的廣度等，對創作都有影響。大畫家畢卡索老年時，新聞記者問他：現在藝壇上有甚麼了不起的新人？當時已成名的畢卡索説：「我就是新人。」由此可知，創作需要不斷的思考、創作和求索，這樣才有機會突破。

張貴興：我認為瓶頸是不存在的。當然，有時候我們寫作——特

別是長篇小說——會停筆或擱置數月甚至更久。雖然停筆，實際上腦袋仍持續創作，但這不是瓶頸。如果有人寫不下去，我建議他持續閱讀，大量的閱讀是擴充視野的重要方式。如果說因為遇到瓶頸而好一陣子沒有作品，在我看來是疏懶。

主持人：我曾讀到過一篇香港的論文用「散居主義」來形容馬華作家的狀況，意思是「某個種族出於外力或是自我選擇，分散居住在世界各地」。想了解兩位老師當初是在怎麼樣的背景脈絡赴臺生活？

李有成：我在 1970 年夏末秋初到臺灣念書，1969 年的五一三事件已過了一年多。常有人問我五一三事件跟我去臺灣是否有關係，其實並沒有直接關係。我原本就準備在工作兩、三年後去念書，和張貴興一樣，我們比臺灣本地的學生年齡大一點。去臺灣念書很自然，留臺定居就比較複雜。我的情況是：一方面想留在臺灣繼續念書，另一方面後來成家了，也有一份喜歡的工作，因此自然的就留在臺灣了。馬來西亞政府不承認臺灣文憑，回去找工作並不容易。

其實臺灣算是滿善待我們的，給我們各種機會，臺灣的好處是「自由」，大致上講求公平，若是肯努力，通常有機會。

張貴興：我 1974 年 12 月高中畢業，畢業後不知道何去何從，美里羅東是個荒蕪閉塞的地方，待在當地沒有任何

機會。畢業後一直到 1976 年 9 月——將近一年又九個月——我過得無所事事，有點像索爾・貝婁（Saul Bellow）說的「Danglingman」——擺盪的人。但那段日子我非常快樂，因為我全心投入創作，投稿到《學生周報》、《蕉風》月刊跟砂拉越的報紙副刊，寫了很多風花雪月、亂七八糟的東西，那是我最懷念的文青時代，整天和同學遊山玩水，沒有經濟上的壓力，愛寫甚麼就寫甚麼，用了很多筆名，編輯也不退我的稿。我曾想：「如果一輩子能這樣就好了。」然而，像有成老師說的，我自知留下來沒有機會，那時候我就知道必須離開家鄉。當時許多前輩如李有成、陳鵬翔和林綠，都到臺灣讀書，於是我仿效他們，申請去臺灣念書，父母都支持我的決定，自然的就來到臺灣。

剛開始，我們的口音與臺灣人有些不同，但我們很快地修正（事後回想，這種修正也未必需要），臺灣也很寬容地接納我們。畢業後，我曾短暫回去美里，看到那裏跟四、五年前完全一樣，更強化了我離鄉的念頭。於是，我在臺灣一待四十幾年，一直沒想過要回去。現在網路發達，美里與臺灣已經沒有那麼大的隔閡，我漸漸有了回砂拉越隱居、繼續寫作的想法。

追憶李永平

主持人：說到馬來西亞文學，必然提到作家李永平。兩位跟李永平先生是舊識，他對文學的堅持或生活態度，有沒有影響兩位？

張貴興：如果我沒有記錯，我在 2012 年才認識永平。我一直非常仰慕他的寫作方式、姿態和堅持，他一旦開始寫便六親不認，他對文學那份宗教式的情懷，是我一直無法做到的。我之所以十七年才出一本《野豬渡河》，起初也是現實所逼，因為必須工作、負擔家累，我沒辦法拋開一切、全心全意地寫作。

我不喜歡參加活動，因為非常花時間，也和我格格不入，但有些事不能只考慮自己。榮格（Carl Gustav Jung）說：「與其做好人，我寧願做一個完整的人」，而要當一個完整的人，便會得罪人。相對來說，永平在這方面是鐵面無私的，有次臺大辦了一場李永平作品研討會，永平也可以瀟灑缺席。

李有成：李永平跟我在 1970 年代就認識了，當時我剛念碩士，他還沒去美國留學，要直到他從美國回來、在中山大學任教，才偶爾會碰面，後來也會在一些場合上碰見。

我知道他的脾氣和個性，他要專心寫小說，因此我很少打擾他。他的個性跟我完全不一樣，我的專業是學術研究，生活必須規律，雖然我偶爾會出席某些場

合，但還是盡可能規律地到研究室工作、讀書或開會。我們雖然是好朋友，但不常見面，有段時間他在東華大學教書，有時候我去那裏演講或評審，結束後要搭飛機回臺北，他會開跑車載我去機場。

他過世前幾年，我們接觸比較多，除了我，貴興、胡金倫、高嘉謙、張錦忠這些朋友跟永平關係都滿密切，《文訊》的封德屏社長雖然不是馬來西亞華人，但她和《文訊》同仁都很照顧永平。永平的最後幾年可說是跟我們這些人在一起的。雖然彼此個性不同，但能互相了解和包容。他在淡水有間小房子，昨天我們去看他老家的胡椒園、馬當山，其實從他淡水家裏的窗戶望出去，就能看見觀音山，看上去有點像馬當山。我想他要在淡水住處營造某種與老家相似的氣氛。

回首馬華文學

主持人：兩位老師即使身在臺灣，筆下仍可見到家鄉的影子。如今多年過去，回首從往至今的馬來西亞文學，發展上是否有進步之處？

李有成：現在的馬華文學跟以前的差別非常大，在我那個年代要出版《詩的回憶及其他》這樣一本文集是不太可能的事，那是 1960 年代末期，當時要出書得由文友合資、成立同人出版社，這種出版社通常很短命，因為大家都忙，出了幾本書就解散了，而且當時書出版後也不

知如何銷售。現在不一樣，有了幾間著名的出版社像：有人、大將、三三，有些書也銷售得不錯，出版社透過各種文學活動去推廣書，還可以網購，書都印刷得很好。

另一方面，現在紙媒沒落、報館停業，有的傳媒轉型為網媒，文藝讀者的數量也不多。在60、70年代，幾乎每家報紙都有很好的副刊，同時有些不錯的文藝雜誌，像《學生周報》、《蕉風》，現在都沒有了。我過去曾編過《蕉風》月刊，現在改為半年刊，出版時知道的人不多——換句話說，如今副刊和雜誌的影響力已不復見，所以現在有比以前進步的地方，也有不如之處。不過，我認為現在的作家掌握華文的能力普遍比我們那個年代好，對於創作的要求和思考也更慎重，像花蹤這樣的大型文學獎以前是沒有的。

主持人：兩位在臺灣從事創作和研究多年，特別想請問有成老師，馬來西亞的文學環境所缺乏的條件是甚麼？

李有成：馬來西亞較缺乏臺灣那種普遍的文學土壤。臺灣的出版社非常多，也有專門推廣文學的國家單位，像是國家文化藝術基金會舉辦的國家文藝獎。馬來西亞也有國家文藝獎，但只頒給馬來作家或馬來文學作品，馬華文學和印度人以淡米爾文或英文寫作者都不被承認，但李永平可以拿到臺灣的國家文藝獎。

然而，整體的社會文化情況不同，兩者也很難公允比

較，馬來西亞華人人口相對於臺灣少上許多，加上要排除不接受華文教育的馬來西亞人、老者和兒童，真正的閱讀人口非常少。因此，我覺得馬華文學能夠有今天的成就和局面，實屬不易。

原文刊於《文訊》412 期，2020 年 2 月，頁 84 – 89。

劉雯慧，馬來西亞檳城人，2015 年政大中文系畢業，2019 年臺大中文所碩士畢業。

張貴興小說藏文字伏兵

陳宇昕

2019 年 8 月，旅臺東馬作家張貴興憑《野豬渡河》獲頒《星洲日報》「第十五屆花蹤文學獎馬華文學大獎」，在馬來西亞國家文化宮的舞台上領獎時，他瀟灑地講述了一段插曲：當天早上，他輕身出席該屆花蹤文學獎之「世界華文文學大獎」[1] 得主董橋在文化宮的演講，沒想到因為穿着便裝被保安攔在門外，不得而入。

近年不時有關於「在臺馬華文學」不受馬來西亞在地肯定的討論，吉隆坡國家文化宮的經歷由張貴興有點自嘲地道出，頗有小說意味。張貴興當時也感慨地提起同為旅臺東馬作家的李永平，認為世界華文文學大獎應當早些頒發給地位更崇高的李永平，遺憾李永平已於 2017 年過世。

李永平少了本土大獎肯定

與記者筆談，張貴興回應在臺馬華文學的問題時如此說

---

1 花蹤世界華文文學獎始辦於 2001 年，為「星洲日報花蹤文學獎」旗下增設獎項之一，每兩年頒發一次，歷屆得主為：王安憶、陳映真、西西、楊牧、聶華苓、王文興、閻連科、余光中、白先勇、董橋。

道:「馬來西亞旅臺小說家潘雨桐和商晚筠是先驅人物,後來的李永平是大氣象。李永平在臺得過許多大獎(記者按:包括臺灣國家文藝獎),但在馬似乎一直是『在野派』,花蹤如果頒給他世界文學大獎桂冠,會在他的文學荒野架起一座禦寒帳棚,削去一些尖尖凸凸的狼性和孤傲,不會在多年前說出情緒性的『我不屬於馬華文學』。李永平是馬華文學指標性人物,缺憾來自於少了一個本土大獎的肯定。地理和政治上,西馬和東馬是兩個天地,但文學上,是穿一條褲子的患難兄弟,整體來說,西馬大哥的成就較多樣優資,有時候要扶一下小弟東馬。」

談到旅臺的東馬作家,李永平與張貴興的名字,總是一併出現。張貴興比李永平小十歲,兩人在臺灣文學獎的黃金年代,憑着驚人的小說技藝,斬獲多項重要獎項,他們魅人的文字,更贏得「文字煉金術師」之美稱。

《野豬渡河》於 2018 年出版,張貴興上一部長篇小說是 2001年的《我思念的長眠中的南國公主》,而 2000 年出版的《猴杯》更被喻為他的代表作。《野豬渡河》以東馬豬芭村為背景,書寫日軍入侵時當地村民可怕遭遇。小說一出,熱帶雨林繁複勃發的張式文體迅速征服臺馬華文文壇,去年憑此書獲頒「臺灣文學金典獎」之年度大獎。

時隔十七年才交出新長篇,張貴興曾解釋主要是因為生活變化所致,沒有瓶頸的問題,寫作順利迅猛。

翻江倒海與湖面如鏡

《猴杯》以主人翁雉為了尋找失蹤的妹妹深入雨林為契機,

邂逅原住民亞妮妮，萌生悲劇性愛情的同時意識到曾祖以降其家族的黑暗歷史；《野豬渡河》則聚焦村民面對侵略者的困獸抵抗及劫數難逃。前者暗潮澎湃，後者驚悚冷酷，張貴興的寫作心境發生了怎樣的變化？

對此，張貴興的回答是：「一般的說法是，內容可以澎湃激情，下筆要冷靜理智。太太過世第二天，黑澤明面無表情拍電影。創作者眼中，翻江倒海和湖面如鏡是一體兩面的事。這是一杯情緒的雞尾酒，琴酒、威士忌、白蘭地、蘭姆酒和伏特加，沉着、冷酷、興奮、痛苦和衝動，看你怎麼調理。」

張貴興 1960 至 1970 年代在砂拉越的羅東成長，朋友中有原住民，他也經常背着吉他，逍遙地在雨林裏讀書彈唱，假期也同朋友在野地露營。雨林的經驗，成為他的文學寶庫。他筆下的雨林，從傳奇的、悲劇性的故事內容，到風格化的魔幻文字，讓讀者如痴如醉。被稱作文字煉金術師，張貴興沒有意見，但他不認為自己有甚麼風格。

小說潛伏文字泥沼

「……也許和個性有關。早期塗鴉，肆意入侵詩和散文禁地，寫小說時，劣性不改，讓我的小說潛伏着文字的泥沼。也許『猴杯』就是這樣一種產物。婆羅洲雨林有一種類似流沙的泥沼，隨時要人命，也讓人驚嘆造化的奇妙和凶險。」

猴杯指的是一種豬籠草。雨林裏猴子會飲用這種豬籠草內的液體，因此被稱為猴杯。作為意象，它隱喻着宴飲、女性生殖器、腐食者、陷阱、寄生、勃發……2020 年逢《猴杯》出版二十

週年紀念，聯經出版社 2019 年底就推出紀念版，張貴興修繕文字，更改了小說結局，反轉原版裏最後的「和解」。

小說人物是作者血親人物

張貴興筆下人物經常陷入讓人慘不忍睹的命運，像是《野豬渡河》裏那群天真的小朋友，或《猴杯》那些被雉的曾祖與祖父設計陷害的男男女女。在這樣慘絕人寰的氛圍之下，小說家如何看待自己與筆下人物的關係？

張貴興說：「作者基因決定小說人物的長相和個性。或者說，每個小說人物都是作者的複製人或情慾相授的血親人物。作者在作品中『造』人，同時又會在現實中尋找類似的人物。永平對朱鴒不但充滿熱情和愛，更多的是迷戀和依傍。朱鴒是永平擎天一柱的金箍棒，少了它，永平的筋斗雲和七十二變就使不上力。」

「我對自己小說中的人物，不論蛇蠍女或天使，慘死或好死，一律充滿熱情和愛，因為有我的基因。雉是一個怪胎，在新版的《猴杯》，我把他寫死了（當初的構想也是死路一條）。最早的版本留他一條活命，一來太驚悚，二來不捨得，這個不捨得，就是熱情和愛。《野豬渡河》中的何芸，遭遇淒慘，但沒有走入黃泉，而是迷失（回歸）聖潔神秘的雨林，也是一種熱情和愛。」

對張貴興而言，小說有「不錯的小說」和「真正的好小說」之分。前者讀一遍以後不會讓他想要再讀一次，後者則讓人不可自拔一讀再讀。

「奈波爾讓我讀一遍，馬奎斯讓我讀多遍。或者這就牽涉到

所謂技藝。好的小說，字裏行間有很多伏兵，可以讓人反覆的讀，不自覺的慢讀和細讀。」

閱讀張貴興的小說，讀者想必也經常會感受到文字裏的伏兵，彷彿整座雨林已成隱喻系統，相互勾連，有甚麼東西，正呼之欲出。

張貴興說，《猴杯》是虛構的，沒有太多老家羅東的地氣，追憶自己羅東時期的部分，多在 1992 年出版的《賽蓮之歌》裏。他說：「從前的老家在低窪區，逢雨季就泡在水裏，對家鄉的記憶就是『水水』的。」

《賽蓮之歌》追憶的是張貴興青少年時期，《野豬渡河》是張貴興書寫的父祖輩的故事，那麼下一本長篇小說，他打算書寫哪個年代，由誰發聲？

張貴興答道：「下一本小說和後代有關，和孩子輩無關。往大方向看，兩者都有關。一篇很科幻的東西。」

原文刊於新加坡《聯合早報》副刊〈文藝城〉，2020 年 5 月 18 日。

陳宇昕，《聯合早報》新聞中心副刊組執行級記者。

愛蜜莉之謎

黃錦樹

《野豬渡河》敘事生猛有力，語言吞吐自如，慾望橫溢，好像出自三、四十歲盛年的小說家，而不是比我年長十歲的寫作者。

《野豬渡河》應該是目前為止關於日本南侵、關於那「三年八個月」最全面也最精彩的小說。日本的侵略，早就退出當代馬華文學的視野了（雖然馬英在長篇的視景裏難以繞過），寫作的人最關注的一直是自己的當代。

《野豬渡河》比《新俠女圖》更像武俠小說，雖然沒甚麼武俠小說常見的武俠符號，它的武器裝備更奇幻，也更現代化。不再是氣功、十八般武藝之類武俠小說既有的程式，但也沒有超越於歷史場景與讀者經驗存在之上的絕世高人（如獨孤求敗、風清揚、逍遙子、王重陽等），因為《野豬渡河》已經是船堅炮利的現代，而且作者不打算讓那些異人活着。張貴興最近在訪談裏意味深長的談到金庸和莎士比亞，談到悲劇，都有助於讓我們了解他的寫作意向——莎士比亞化的金庸，金庸化的莎士比亞，他的審美實用主義。

相較於李永平這個婆羅洲前輩，在張貴興那裏，看不到類似的語言掙扎。他大概更早就意識到，也致力於開展一種屬於自己的文學語言，那種語言可以簡潔流暢，可以華美精緻，它富

於彈性，不受任何在地的制約（婆羅洲、臺灣的方言土語，譬如客語、閩南語、馬來語等）。雖然，理論上任何寫作者都會致力發展出自己的文學語言，然而在民族國家裏，總是會被強烈的要求回應在地，最表面而立即可見的，就是語彙。高中時代就嘗試過各種寫作試驗的張貴興，經歷《伏虎》的歷練之後，他的語言路徑就像他的小說路徑，非常的個人化，非常的唯美，也非常的享樂主義。二十年前我曾用「詞的流亡」來指涉那樣的語言狀態，也許不夠確切，因為流亡還是得預設一個對抗的中心，但張貴興似乎更像是嘗試建立一個純粹屬於自己的文學王國，不怎麼在意存在的語境。這語境，既是文學史，也是歷史。就這點而言，他和李永平一樣，沒有繼承——沒有來自過去的，不論是婆羅洲還是馬來半島都沒甚麼可繼承的。而後來者，只怕也難以繼承。

在張貴興的前期寫作，《賽蓮之歌》因此可以說是張貴興的美學宣言，核心隱喻是希臘神話賽蓮（Siren），那是自我情慾的美學劇場；當歷史被引入，也總是被開展為審美導向的傳奇劇場（譬如移民史成為《頑皮家族》，砂共轉喻為《群象》、家族史成了《猴杯》）。而《野豬渡河》，雖然是以日軍南侵的三年八個月為歷史背景，極力敷寫日軍的殘虐的同時，它的狂想，對暴力殺戮不留餘地，使得日軍南侵的豬芭村也成了張貴興的傳奇劇場，它的殘酷、它的暴力與慾望，也許還超過歷史本身，甚至變相的正當化了殘酷的歷史，賦予它存在一種美學的正當化（王德威的用語是「逾越了寫作的倫理」）。游擊隊員的反抗注定是徒勞的，因為暴死是通向現代悲劇的捷徑，他們非死不可。從這角度來看，愛蜜莉其實位居作者美學意志的核心。它其實曾經在《群象》裏出

現，那時她還沒有名字。王德威在為《野豬渡河》寫的導讀中指出，這部小說已把核心隱喻從賽蓮轉向能將任何好色之徒變成豬的色喜（Circe）。是否如此不得而知，因為愛蜜莉似乎比色喜更為黑暗。

野豬生猛，日軍兇殘，張貴興兼而有之──在審美實踐上。

原文刊於《季風帶》第 10 期，2018 年 12 月，頁 18 - 19。

黃錦樹，國立暨南國際大學中文系教授。

島嶼與怪獸
——張貴興《群象》與《猴杯》閱讀散記

李宣春

　　少年時代，我在家鄉砂拉越詩巫讀到張貴興《群象》，因而開始了漫長且不着盡頭的文學歷程。爾後上了大學，因着課業需求選了《群象》和《猴杯》作為撰述小論的文本，日後又一頭栽入馬華文學研究領域。本文僅就婆羅洲書寫及《群象》與《猴杯》的閱讀經驗作一點記錄。

一、婆羅洲書寫

　　張貴興小説裏的婆羅洲鄉鎮原型，相信有多半是依據他的出生地砂拉越州美里省羅東鎮所描摹而來的。小説家以自己的出生地方作為創作故事的場景、材料或資產，已是十分普遍的行為。早期在一些訪問中，當張貴興提到砂拉越或美里或羅東，啟用了「落後」及「婆羅洲西北角一個落魄惆悵的小鎮」的形容；這也不算出奇，隨着人們遷移的經驗越來越豐富，有了比較，對於一個地方自然就會有進步落後、繁華落寞的差別感受。相信很多「出走」的砂拉越人內心中都會有這樣的情緒。

　　譬如，近年砂拉越內部頻頻出現向遠在西馬的中央政府討回主權、討回石油稅、要求中央政府正視東馬經濟及設施發展落

後於西馬等等的抗議呼聲，其實也只是在地人對於身為國民的權利和意識，越來越清晰，曉得個人與群體力量能夠如何撼動政治的運作。

然而，當文學作品嘗試去梳理一籮筐千頭萬緒，追算歷史的債務，其力量能否超越文學成就與藝術價值，進而對應現實？這或許是身為讀者的一廂情願的閱讀方法之一種。

砂華文壇作家群提出的「書寫婆羅洲」，對於砂華文學或馬華文學，無論是在創作還是評論上，如今還是具有重要意義的。在拓深或擴大思考「婆羅洲書寫」的過程，發現可以對應「婆羅洲」的文本其實相當豐厚，除了就近可取得的砂華或馬華文學作品，再往外延伸至世界文學則像康拉德或毛姆涉及婆羅洲島嶼的作品也可以作為參照。端看評論者要如何為「婆羅洲書寫」或「婆羅洲學」做出命定、詮釋、設定界限，這方面還有往前開疆闢土的空間。

有論者認為，張貴興筆下的婆羅洲實際上與真實的婆羅洲是有極大的差異。的確，在綿密的文字裏，不禁會讓人感覺他寫作、構建雨林的目的，並不在於「再現」婆羅洲，而出於故事的「功能需求」。若要認為張貴興的婆羅洲更是他心靈上的原鄉，恐怕又是評論者一廂情願的「以為」。

張貴興依照故鄉的真貌重新建構一座婆羅洲島嶼，再以此為基礎，讓想像力介入，虛擬出許多島上發生的細節。《群象》似幻疑真地寫一個男孩的成長史和他家族的歷史，對照英殖民背景下砂拉越共產黨由盛轉衰的過程。他虛構人物之間的關係糾葛、命運和背景，但這些人物所處的時間點和歷史背景卻是真實發生過的。到了《猴杯》，張貴興極盡誇張之所能，以砂拉越華

人的墾荒史為軸，再密實地編織出生命力極旺盛又充斥頹敗衰亡的婆羅洲熱帶雨林。

張貴興把對於個人身世、歷史、現實的種種傷逝與哀傷情感，交付在書寫中。與其說張貴興正在書寫婆羅洲這個地方，是不是可以說他正試圖透過書寫為自己的身分和懷鄉情感，找到一份歸宿和一個可以寄存的定位？

張貴興似乎對砂拉越的殖民歷史有一定程度的執着與着迷，歷史也成為他小說故事情節發展的重要觸媒。在《群象》和《猴杯》小說中，殖民心態、權力倒傾和慾望橫流是三個互相指涉又互為牽扯的關鍵主題。在貪婪、性和身體這三個佈景上流轉的政治寓言，一致導向人性當中與生俱來的原罪。人性墮落之間，張貴興將人物乖張行徑類比獸性。人性的陰暗和掙扎，成為《群象》和《猴杯》的情節主幹。

二、獸的譬喻

張貴興不惜篇幅，利用艱澀修辭語彙堆疊小說中的動、植物意象；細緻的文字和異常清晰仔細的描繪，成功砌出感官上的刺激，也營造了熱帶的神秘感。這也是小說中「陌生化」效果來源，比如在形塑《群象》中的亞洲象和鱷魚及《猴杯》的野生犀牛「總督」時，巧筆繪製群象、鱷魚、犀牛，使之呈現出魔幻寫實色彩。讀者透過小說中人物的眼光去觀看小說中的世界，從而產生一種「間離」的效果。一般習以為常的事物，經由小說語言的擬造，同時，讀者依循文字描述為線索或輪廓，從而建立起對事物的新的認知。這一層「陌生」又或「魔幻」的認知，糅合了讀者

自身的理解與想像，最後也就成立所謂的「魔幻現實」。《群象》
與《猴杯》在人物性格塑造和人物命運鋪排上，十分鮮明而曲折
離奇；而小說中設定的動物品種，與小說人物的命運、歷史環境
的現實狀況，構成虛實對應的隱喻關係。

　　象，以一個禁忌的姿態介入《群象》的余家和施家家族歷史
中。男孩施仕才誕生之日，群象闖入家園，外婆原本想要保護家
園，卻意外死亡。象，直接致死施家家族重要的女人，引發惶恐
和驚懼，甚至仇恨。往後，此次事件也挑起家族男嗣狩獵亞洲象
的暴力慾望。他們一而再，再而三地透過狩獵捕殺展示自己的戰
鬥能力，卻也暴露出困於命運控管的無力感。施家幾個兄弟先後
追隨舅舅余家同，牽涉入砂共內鬥和英政府的追捕。象，也變成
余家上下提早預示的死亡陰影，其龐大、沉重、難以捉摸的暴戾
脾性，終會掩蓋侵蝕余家上下每個人。

　　主人公施仕才是家族中最終唯一倖存的男嗣；象，之於施
仕才是守護者、保護神。小說中，施仕才的生父為何許人，不
詳。然而，施仕才的主要成長經歷都和雨林相關，比如童年妹妹
君怡遭鱷噬死，與伊班人德中同船上溯拉讓江的閱歷，穿梭滯留
雨林間，身體隨雨林詭譎氣候而發生的變化。整座雨林都給予施
仕才各式各樣的磨練，使他這個「雨林之子」蛻變成一個成熟、
完全的男人。

　　小說中，張貴興也將象塑造成施仕才肉體慾望的載體。象
是啟蒙者，導引男孩性慾的勃發，而龐大的動物軀體似是可以容
納無垠的慾望；介於溫馴與暴戾、迅疾與緩慢、輕盈與笨重、呆
傻與睿智、人性與動物性、空泛與飽滿之間，群象也撐起小說結
構的密實、著筆力度的狂放。

　　《群象》情節發展到了末段，施仕才和余家同兩舅甥終於在雨林中發現一群傷痕纍纍的象群。這些亞洲象正在飲水棲息，一隻彷彿是象群中資歷最大的母象，發現他們兩人的存在，而顯露戒慎和攻勢。母象以為舅甥倆會對牠們造成危險。這頭母象，宛若余家和施家兩個為了保護家園不得善終的女人的縮影。施仕才的祖母為了守護家族的秘密，竟被人殺害後棄屍井底。余家同和施仕才舅甥，窮極一生都在尋找婆羅洲雨林內出沒的群象；但最終，都沒完成獵殺，由得牠們離開。這列苟延殘喘的象群，對應的是施余兩家逐漸凋零的沒落和砂拉越共產黨步向瓦解的頹勢。所有蓬勃的慾念和輝煌的嚮往，終究要落入虛無，徒留無法消磨泯滅的記憶存檔。

　　前頭述及，象群在小說中是所有慾望的載體；而鱷魚在《群象》中則可說是罪惡、愧疚、貪婪。小說開始沒多久，童年的男孩施仕才帶妹妹君怡到河邊遊玩，但是，無意之間君怡被鱷魚噬走，死在江中。小女孩的死亡，開始為小說抹上一層罪惡感的氛圍。施仕才的暴力慾望與自疚感，由此而生。他走入叢林，等待鱷魚再度出沒，以把害死自己最疼惜的妹妹的怪物殺死。施仕才也由此初次識得死亡。

　　小說裏的鱷也連接到對於砂共情節的鋪陳。文中描述鱷可擬態成浮木，不易察覺。砂共黨員亦如是潛伏雨林之中，進行游擊戰。砂共最輝煌時期，曾經吸引了大批的華裔青年男女加入。遠大美好的為「祖國」效勞的理想憧憬，號召了這批人。然而，當起先的幻想淪為泡影，砂共內部組織也出現分裂，為了各自的利益進行虛妄的鬥爭。演變到最後，成了困獸之鬥。看清楚現實的，紛紛向政府投誠，更轉而背叛、出賣、傷害仍苦苦堅守神

話信仰的「老同志」。

張貴興在《群象》裏將砂共的暴力性、貪婪和虛張聲勢都獸化成灣鱷。小説人物余家同守在拉讓江上游小鎮的「部隊陣營」，豢養了一堆鱷魚。即使自己的糧食都不夠了，還每天狩獵尋找食物，把「鱷魚養得比人好」。余家同將自己的復仇意識和恨意都拋擲進河裏餵食惡獸。獸的飢餓和殘暴都顯示着憤怒和憎恨的龐大，讓人站在岸上也有隨時被吞噬的危機。小説中所描述的砂共的處境，除了倍受現實因素的窘迫所影響，砂共的頹敗，絕大因素是人們傾軋權力架構之中時的脆弱，及人性貪婪的劣根性致砂共最終走向崩潰、滅亡。

小説結束前，施仕才到了前砂共成員王大達開闢的鱷魚園。王大達招募屬下的舊成員來成為自己的員工。王大達以此致富，生活與之前在砂共組織裏的日子大不相同。王大達的得意，與余家同身首分離的下場，相映對照，都是充滿了反諷意味；也促使人們一再省思，砂共的成立與存在，其反殖民、反帝國主義、解放人民的立場，是為着純粹的愛國理想，還是僅為某一群人思想上的自瀆？為了避開英政府的侵害，砂共退守到內陸森林。從此開始過着資源嚴重缺乏，生活條件極為惡劣的日子。所以，砂共的生命會慢慢趨向疲弱消逝，也是必然之勢。

余家同的形象塑造上，也形同砂共的整個發展過程，由開始被英雄化的雄心壯志，壯志勃勃，豐沛精力，殺兵砍敵的風光；到了後期，苟延殘喘，在山中過土皇帝的日子，下場以至遭人砍首殺害兑取英政府懸賞重金；內憂外患的窘境裏，余家同成為這段歷史的最大受害者，革命失敗卻又需要擔負起所有罪行；英雄形象的背後，真相其實是趁同伴犧牲性命時，只顧女色滿足

色心的懦夫。最終，他成為多方人馬：英國政府、砂共黨員和賞金獵人急於捕獵射殺的對象。《群象》演繹了一個英雄的晉升，最後墮落得像一隻喪家狗，失卻生而為人的意義和價值，徹底的失敗者。

砂共和馬共是馬來西亞華人歷史上的一道傷痕。時過境遷，傷痕終究要稀釋淡出、歷史終究是要沒進時間洪流。此刻當下談馬共或砂共，除了是一種緬懷、一種回顧或一種瞻仰，會否又存在着更大的意義？任何事在時間裏封塵，留下來的刻痕和瘡疤會否就此被新歷史問題和處境所掩蓋？《群象》在處理砂共歷史上，其各種書寫是否同樣也僅為「功能需求」進行虛構、想像和創作？假使張貴興對於砂共提供的視角需要再商榷，那或許接下來該做的，便是對砂共文本重新進行整理和耙梳；但那又是完全獨立於本文之外的議題了。

至於，張貴興處理《猴杯》時，賦以極大篇幅處理人性的黑暗，以及早期華人移民抵達婆羅洲後墾荒過程中，同原住民及英政府間的牽扯關係。張貴興在擬設總督這頭獸的種種處理，造成一種魔幻和神話色彩；動物的涉入複雜化《猴杯》的敍事結構，更使得小說所呈現的雨林氛圍更為繁茂。

總督的原型是一隻野生犀牛，在張貴興的誇張想像和添補之下，循着小說對黑暗人性探討的深化，總督也從一隻溫和順服的幼獸，逐漸增大且蛻化成充滿殺傷力，不帶一絲馴良的怪獸。碩大無朋，淫惡猙獰的總督最終仍然不敵人為的屠殺，攻擊，遭遇殺戮。然而，在牠死後，漫天漫地大蜥蜴往人類家園進攻，迫使一個家族走向滅亡之途。

結語

　　相隔許久，2018 年，張貴興的新作《野豬渡河》終於面世。而我，同樣擁有婆羅洲成長背景的土生土長砂拉越之子，長期游移東西馬、對國家與政治傾向有了更明確的認知與解讀，隨着這些年對於個人身分（identity）的建構與追索越加成熟與深入，人生閱歷與經驗也加厚，如今讀張貴興難免存有各種執拗的偏見與異見。然而，最初讀見張貴興的悸動，那樣的感受對他人（甚至小說家本人）也許不具任何意義，卻撐持了我這些年來在文學路上的跌撞與前進。

　　　　　　原文刊於《季風帶》第 10 期，2018 年 12 月，頁 24- 29。

李宣春，1984 年生於砂拉越詩巫。畢業於馬來西亞拉曼大學中文系學士班、臺灣國立中央大學中文系碩士班。目前為一名中文文案員。作品多發表於馬來西亞中文平面媒體。著作：散文集《散散步》。

小說家的絕對孤獨與無情
——與張貴興談砂拉越、留臺與《野豬渡河》

葉福炎

　　9 月 29 日，《婆羅洲來的人——臺灣熱帶文學》新書發表是我第二次見到小說家張貴興本人。這一場發表會有來自「馬來幫」的朋友前來坐鎮，以及與婆羅洲有些淵源的作家。作為會場主角壓軸的他，神情嚴蕭且仔細聆聽每個人的發言，從已故作家李永平的生平、小說與文字，走到從臺灣視角的婆羅洲，再回來張貴興本人漫談自己的寫作，以及砂拉越的華人。在短短的九十分鐘裏，聽眾不斷追跟着他們的話語，重新認識李永平、張貴興以及婆羅洲。

　　張貴興是在 1956 年出生於英屬砂拉越。中學畢業以後，二十歲赴臺留學就讀臺師大英語系，往後一直都在中學教授英文，直到去年才從臺北市成淵高中退休。從最早的短篇小說集《伏虎》（1980）、《柯珊的兒女》（1988），到後來的幾本長篇小說《賽蓮之歌》（1992）、《薛理陽大夫》（1994）、《頑皮家族》（1996）、《群象》（1998）、《猴杯》（2000）、《我思念的長眠中的南國公主》（2001），張貴興早已交出了不少作品。但因家中變故與教學工作，已耗去不少時間，彷彿南國公主一直長眠中。近日《野豬渡河》這部長篇小說的出版，已是十七年後的事情了，卻是回到「最佳的狀態」（黃錦樹語）。

婆羅洲與「豬芭村」的倫理世界

　　《野豬渡河》是一部以「三年八個月」的日侵馬來亞歷史為小說背景。早期華僑移民來馬來半島、婆羅洲，許多都靠着養豬為生而形成的聚落，稱為「豬芭村」。小說中所指涉的「豬芭村」是美里的「豬芭村」（現為「珠巴，Krokop」），而故事書寫的正是日本入侵佔領砂拉越（馬來半島也是入侵對象之一），對於華人的各種嫉惡如仇進行的各種暴力殘害情境、畫面，這一切都在張貴興的筆觸下，不得不讓人驚心動魄，是一段「被展演的三年八個月」（高嘉謙語）的殘酷遭遇。

　　闊別十七年的《野豬渡河》，許多國際文壇、出版人、作家、學者，他們給予相當高的評價。張貴興不僅延續着一貫的婆羅洲書寫，而且題材、文字敍述、風格和視野都是對於過去的超越，「不要重複自己」。在他處訪談中，小説家坦承自己相當注重悲劇色彩。但除了主角關亞鳳以外，幾乎沒有在經歷試煉以後得到自我的提升，反而是死去。這是他自認小説中不足的地方。有趣的是，王德威為小説撰寫的序論中，卻將這幅「死狀」描繪為是張貴興鋌而走險的敍事，並指稱他「寫作的倫理界線在此被逾越了」。不過，小説家對此表示，「如果『倫理』指的是做人的道理，做人的道德標準和行為準則的話，的確如此，那也是我特意製造的。在那種時代和環境，『慘絕人寰』，有啥倫理可言？」

　　在華文文學世界裏，以婆羅洲書寫聞名的兩位小説家，一位是已故的李永平，另外一位則是張貴興。黃錦樹認為，「在婆羅洲書寫方面，張貴興的對手一直是他自己，他的『昔日之我』，而不是任何前輩平輩晚輩」。確實，兩位作家展開的是不

一樣的婆羅洲書寫。李永平虛構出來的小說人物「朱鴒」，一直不斷變換敍述位置，包括未完成的遺稿《新俠女圖》仍然有其影子；而張貴興小說中的動物意象——大蜥蜴、象、犀牛、猴子等，更是立體化整個婆羅洲的熱帶雨林，以及那不為人知的故事和歷史。

馬來西亞與砂拉越的情感／利益糾葛

《野豬渡河》小說中的故事與人物都有其原型，包括為甚麼小說叫「野豬渡河」、「豬芭村」是個甚麼樣的地方，而這地方發生過甚麼樣的事情，以及這些種種如何影響這個地方上的未來發展。這些都有待讀者更進一步去探索，而且它們都牽繫着小說家背後所關懷的砂拉越華人的歷史和處境，包括他自己曾經經歷過的事情。〈彎刀‧蘭花‧左輪槍〉是張貴興於 1983 年發表的短篇小說，是對於「馬來西亞」作為一個概念、地理空間、國家／籍的批判。故事主人公沈不明是一個留學臺灣的砂拉越美里人，畢業後返鄉探親，卻因語言溝通障礙（不識馬來語），不僅被移民局處處刁難，想要與異族借搭順風車，卻也一不小心促成刑事犯案的鬧劇。而實際上，這類似的情境確實馬來西亞赤裸裸的現實。

我本以為，這不過是張貴興的一篇諷刺小說，後來才知道這是小說家本人歷經的真人真事。「中學教書時，陳水扁的臺北市政府鬧出公務人員不可同時擁有雙重國籍的風波，加上回東馬總是被海關人員用馬來話盤詰，我覺得麻煩又無聊，就放棄大馬籍，入籍中華民國了。那時入籍非常簡單，找一個臺灣人擔保就

可以了」。9 月 29 日，張貴興在新書發表會上談論砂拉越華人的
處境及其立場，那或許是對於一個西馬人如我或者臺灣讀者，擁
有一個重新認識「馬來西亞」的機會。

　　張貴興在發表會上分享並敍述自己小學二年級唱國歌的場
景。他說，那時候大家都在亂哼唱，師長們也並未對這一群小學
生進行處分。1963 年 7 月 22 日砂拉越獨立並且在 9 月 16 日，
加入「馬來西亞」的組成。張貴興當時才九歲，也是正就讀小學
一年級的時候。馬來西亞組成以後的十年裏，英語仍然是官方語
言。從華文小學、英文中學到留學臺灣，張貴興對於自己的不
識馬來文，不以為然。砂拉越成為馬來西亞的成員是一夕之間的
事情，小時候琅琅上口的國歌，突然就變成了《NEGARAKU》。
「馬來西亞」之於張貴興的情感，「這個名詞就越荒謬和不合時
宜。我的故鄉是婆羅洲西北部的砂拉越，甚至整個婆羅洲，嚴格
說起來，西馬只是一個異國，不同的是，那裏有和我際遇相同的
華人、我的家人和朋友。」他認為，「在砂拉越提出『砂拉越人的
砂拉越』的理念時，西馬應該了解，砂拉越人已經在『造反』和
『背叛』了」，雖然砂拉越和西馬之間擁有着五十五年的兄弟情，
但也會被霸凌。

留學、寫作與臺灣文學

　　自己作為一個（正在進行式）的留臺生，我和張貴興因環
境、世代的差異，選擇留臺原因必然不相同。「早期的美里（現
在也差不多），落後荒涼，毫無機會（比起那個富裕得不像話的
汶萊，一個盛產石油的城市會這麼貧瘠，我又要怪西馬了）」，

他説，從美里到臺灣唸書的華裔子弟不少，但大部分選擇的還是實用科系。像他選擇唸文又是英語中學畢業的學生，鳳毛麟角。當初，他是以臺灣外文、政大西語和臺師大英語作為前三的志願，最後就讀臺師大英語系。許多知名學者、作家都是這個系所的學生，包括李有成教授、史書美教授、張錦忠教授等。除了貧瘠的環境因素與條件，張貴興在中學時期看了許多臺灣作家的作品，讓他對臺灣充滿了浪漫文學氣氛的想像，而且冷戰下國民黨「南向政策」的成功，於是踏上了一條不歸路。「還有一個很重要的原因，早期的前輩馬華作家，如潘雨桐、林綠、陳鵬翔、李永平、李有成、商晚筠、賴敬如等人（甚至比我早幾年赴臺的神州諸子），走的也是這條路，也就懵懵懂懂栽進去了。」

　　張貴興的寫作開始得早，十四歲的時候已經在砂拉越發表第一篇短篇小説〈復仇〉。二十歲，他留學臺灣正值臺灣的現代主義風潮結束之際，但那卻是以文學獎評量文學為基本視野的時代。〈俠影錄〉、《伏虎》、《柯珊的兒女》、《群象》等等都是參賽作品，許多都是實驗性作品。文學獎評審曾勸戒他，勿再以實驗性的作品投稿文學獎。聊及臺灣文學對張貴興的影響，「早期的小説，如《伏虎》之類，就有朱西寧和司馬中原的影子。更早期在砂拉越的文青時期，臺灣作家（如葉珊）的影響更明顯」。爾後的《賽蓮之歌》、《猴杯》幾乎已是自成一格。身為小説家的他表示，強調自己並非文學評論者，並無法為「好小説」制定一個條件、標準，「可以讓這些小説人物滲透我的血液裏的，我都認為是好小説。」

　　《我們留臺那些年》，張貴興撰寫〈絕對孤獨無情〉回顧自己留臺生活，其中有這麼一段話：「寫作絕對孤獨和無情。不把親

朋好友關在門外，不把俗事墊屁股下，不把兒女私情排除在褲襠外，不『目中無人』，如何專情？」新書發表會的時候，台下聽眾有不少想提問更多小說中的細節，「為甚麼關亞鳳是個多情人？」張貴興似乎總是與評論者保持一段距離，甚至拒絕為作品再詮釋、辯解，「評論者是刀下留情或真槍實彈檢視一個作家的作品，我心裏很清楚。評論者的千言萬語，有時候不如朋友的一句真心話」，雖自稱不搞文學評論，但對於創作這件事情，他是有着屬於自己的一把尺。「創作是很奇妙的東西，我不會為寫作而寫作，一定是心裏有一股騷動不安的東西，才會訴諸文字（或繪畫、音樂等等），這時候，就是憑着感覺和自律，旁人的絮語叮嚀似乎就不存在了。」

馬華作家要有大衛扳倒巨人的豪氣

　　隨着大學畢業以後入籍臺灣，張貴興超過一半的人生也都在臺灣度過了。不管是在砂拉越親友稱自己是「臺灣人」，或者臺灣朋友成為「馬來幫」，他其實都樂意接受。臺灣也早已是他的歸屬。未來的寫作計劃中，他希望最後一個長篇是以臺灣為背景作為報答。如此的雙重屬性身分，其實也常常引起爭議，就是「馬華作家」還是「臺灣作家」？其實，張貴興本人並不太在意評論者怎麼界定。對於既有的「馬華文學」和「婆羅洲文學」，他認為「華」使得其變得複雜，甚至妾身不明。「馬來人當家作主的大馬，馬來語文學是大老婆，華文和英文似乎淪為小三小四。在大馬如此，放眼全球，以華文書寫的共有四塊區域：中國、臺灣、香港和大馬。近十四億人口和大面積土地的撐腰下，焦點落在中

國作家身上，其他三個區塊是被邊緣化的。『文學市場』和其他
市場一樣，大魚吃小魚，這是殘酷的叢林法則。馬華文學還在起
步階段，馬華作家要有大衛扳倒巨人的豪氣。」

原文刊於《季風帶》第 10 期，2018 年 12 月，頁 13- 17。

葉福炎，東海大學社會學系博士生，畢業於國立中山大學社會學系、
國立暨南國際大學中國語文學系碩士班。

張貴興《野豬渡河》與
重審南洋姐歷史熱潮

汪卉婕

一、前言

　　《野豬渡河》是張貴興闊別十七年後重新在文壇嶄露頭角的長篇小說，以野豬渡河為意象，回首婆羅洲日據歷史。新作也建構了布魯克統治時期，生活在豬芭村的以華人移工、印度人移工、爪哇移工、日本移工、南洋姐及土著形成的社群，首次賦予日軍以外、在當地討生活的日本人，尤其是南洋姐，一個較鮮明的形象。故事描寫「籌賑祖國難民委員會」的二十七名關鍵人物，由於支持中國抗戰，在日軍入侵豬芭村後，不但被追殺，妻兒、幫助過他們的村民也被牽連。主角關亞鳳便是委員會的一員，雖在戰爭中倖存，卻在戰爭結束的七年後上吊自殺。小說以關亞鳳之死為第一章，用倒敘的方式揭開讓他走向絕路，以及「籌賑祖國難民委員會」成員名單、藏身地被洩露的真相。

　　張貴興在小說中描述生活化的日本人，乃至南洋姐之舉意義非凡，因為這種書寫往往不被馬來西亞官方歷史處理。他在一次訪談中表示，不太能理解臺灣人對日本殖民者的懷舊心態。[1]

1　張純昌：〈張貴興：砂勞越的百年孤寂〉，《聯合文學》，2018 年 9 月 5 日。下載自聯合文學網站，2019 年 1 月 23 日。網址：http://www.unitas.me/?p=4531；收入本評論集。

的確，在官方書寫及老一輩馬來西亞華人的口中，日本統治帶給馬來亞及婆羅洲的只有傷害，因此後代在回溯日據時期，甚至廣義的「日本人對於馬來亞華人的印象」時，看到的都是恨。帶着這種心情並欲在小說中特別強調日據時期對華人帶來傷害的張貴興，[2] 卻在描寫日軍殘暴行徑的同時，也刻畫了同為受害者的南洋姐以及日軍登陸前的日本人社群，當中的書寫策略值得一究。

　　筆者在追查南洋姐歷史時，針對南洋姐研究，發現幾個現象：一、學界自 2007 年起出現大量重新審視「南洋姐」歷史的研究，而同樣的現象也出現在網絡文章。二、2010 年起，出現大量針對 1974 年日本電影《望鄉》[3] 的影評與研究，網絡平台也在 2014 年上載了近四十年前在中國放映的中文版《望鄉》。[4] 而對比《野豬渡河》、山崎朋子《山打根八號娼館：底層女性史序章》[5] 及 James F. Warren *Ah Ku and Karayuki-san: Prostitution In Singapore, 1870-1940*，可發現三者之間有不少相似之處。張貴興也曾於 2017 年在個人臉書分享了李國樑〈阿姑與南洋姐〉一文，文中亦提到了上述兩本書。

　　三部不同作者的文本，卻都出現了類似的論述，與同時代

2　同上。

3　《望鄉》改編自山崎朋子紀實小說《山打根八號娼館》，講述日本女孩被拐騙到婆羅洲賣淫的故事，小說《山打根八號娼館》在電影上映後，改名為《望鄉》。

4　〔日〕熊井啟導，上海電影譯製廠譯：《望鄉》，1977 年。下載自 dailymotion 網站。網址：https://www.dailymotion.com/video/x253dba。

5　原名《山打根八號娼館》，但因《望鄉》的上映，中譯本皆譯成《望鄉》。為免混淆，往下討論皆使用《望鄉》。

的社會制度、事件等脫不了關係，正如傅柯（Michel Foucault）所說，文學作品「不僅與別的話語模式和類型相聯繫，而且也與同時代的社會制度和其他非話語性實踐相關聯」。[6] 筆者認為，將這些現象放置於傅柯「論述」（discourse）學說下進行解讀，或許能為這些現象賦予意義。

「論述」是傅柯學說中最核心，也是最複雜、難以定義的概念。傅柯的論述分析不像語言分析那般探討特定陳述（statement）是根據甚麼規律形成，也不像思維分析那般，分析論述的深層含義，而是探問：這種陳述如何出現，而為甚麼不是其他陳述？為甚麼這個論述不可能成為另一個論述，它究竟在甚麼方面排斥其他論述？

此外，傅柯在《話語的秩序》（The Order of Discourse）談及限制論述的三種程序。第一種為排斥系統，包括禁忌（prohibition）的論述、瘋狂的區分和真理意志。第二種則為內部程序，包括評論原則、沖淡（rarefaction）原則及學科原則。第三種則是「論述社團」（the societies of discourse）原則。此處，傅柯強調論述的限制與約束，而人們總會在有限的範疇內發表論述。

本文首先將於第一章討論張貴興首次在作品中描述日本移工社會之舉如何作為複數的歷史，為回看日據歷史提供新的面向。第二章則討論南洋姐研究的兩波熱潮，以及熱潮發生時周邊的歷史事件，並參考傅柯論述分析的方法，去解讀熱潮與歷史之間的關係，再進一步推論這些論述欲對抗的權力。第三章參考傅

6　海登‧懷特：〈評新歷史主義〉，載張京媛主編：《新歷史主義與文學批評》（北京：北京大學出版社，1993年），頁95。

柯提出的限制論述的排斥系統，去對比《野豬渡河》、《望鄉》及 *Ah Ku and Karayuki-san*[7] 中的南洋姐論述範疇，探討南洋姐論述所強調及排斥的範疇。此章亦會討論張貴興在南洋姐第二波研究熱潮中所扮演的角色。

二、複數的歷史：初見婆羅洲日本社群

相較於臺灣、朝鮮漫長的日本殖民統治經驗，日軍在馬來亞及婆羅洲的佔領期只有短暫的三年零八個月[8]。談及日軍在馬來半島及婆羅洲的治理，史書總會談到他們如何榨取當地的物資、強徵慰安婦、針對抗日團體展開報復式屠殺，並推行日本化運動及日語教育。在馬來西亞的歷史課本及馬華作家的筆下，日本人總是以殘暴的侵略者現身，就像一陣長達三年多的暴風雨，突然降臨、造成破壞，再揮袖離去，彷彿除了那三年零八個月，其他時期的馬來亞及婆羅洲都與日本人無關。但是，果真如此嗎？

根據 Ooi Keat Gin 所著 *The Japanese Occupation of Borneo, 1941-45* 及原不二夫針對英屬馬來亞的日本人之研究顯示，早在 19 世紀末 20 世紀初已開始出現到當地謀生的日本人，雖然與印

7　雖然，《野豬渡河》、《望鄉》及 *Ah Ku and Karayuki-san* 分別於 2018 年、1972 年及 1993 年發表，並非同一個歷史時期，但學界在近十年不斷引用《望鄉》與 *Ah Ku and Karayuki-san* 的現象，仍能構成三者平行比較的可能。

8　1941 年 12 月 8 日日軍由泰國南部的宋卡、北大年和馬來亞吉蘭丹的哥打巴魯登陸。隨後展開統治，直至 1945 年 8 月，美國先後在日本投下兩顆原子彈後，日軍於同月 15 日宣佈無條件投降。參考自廖文輝：《馬來西亞史》（吉隆坡：馬來亞文化事業有限公司，2017 年），頁 309-318。

度移民、中國移民相比，他們在當地移工的所佔比率非常小，但在當地也形成了一個個小社群，並將日本文化帶至當地，在當地居民之間產生影響。然而，我們無法在官方歷史課本上看到這樣的歷史，這或許是因為 1941 年前的日本移民數量不足以讓他們被史書記載，也可能是因為三年零八個月的傷痕太深，以致不斷被史書放大，所以此前與印度人、華人一起在當地為生計揮灑汗水、一起生活、嬉笑怒罵的日本移工們只能退居在後，被人們淡忘。日本人在馬來亞歷史上被單一化為「殘暴的侵略者」，後人在史書上只能感受到當時本地人對日本人的懼怕、憤恨，除此之外再無其他情緒。

張貴興在《野豬渡河》同樣也描寫了日軍登陸婆羅洲後，對當地人的施虐，包括強迫啟民醒民兄弟吞食蝸牛、[9] 將馬婆婆與小孩們困於鐵屋中活活燒死、[10] 要求黃萬福和高梨互相殘殺、[11] 虐殺孕婦、[12] 強徵慰安婦等。日軍的血腥暴力在張貴興毫不客氣的渲染下，每一幕都刻畫得驚心動魄。然而，在刻畫殘暴日軍的同時，張貴興也描寫了日軍登陸前生活在豬芭村的日本人：

一九〇九年，一小撮東洋人移民砂州拓墾橡膠園。一九一一年，清朝覆亡，企業家……嶋本企業在砂州三馬拉漢扎根，自設行政區、商店、小學、藥局、醫療所。一九二九年，日本儲植國力軍備，秘設海外部，攝取海外

9　張貴興：《野豬渡河》(臺灣：聯經出版，2018 年)，頁 86。
10　同上，頁 210。
11　同上，頁 151。
12　同上，頁 192。

天然資源，吃苦耐勞的沖繩人移民婆羅洲，開鋪擺攤。[13]

在豬芭村就有針灸家和草藥家小澤龜田、攝影師鈴木、牙醫渡邊、火柴小販且會説客家話的大信田、雜貨商小林二郎及一群南洋姐。他們與絕大部分在豬芭村的華人、印度人、爪哇人一樣，離鄉到婆羅洲謀生，思鄉時會聚在一起吹奏、吟唱日本歌謠，與不同種族來往，為豬芭村帶來了妖怪面具及不絕於耳的日本童謠。

小説中，南洋姐、日本童謠及富士牌自行車成了種族間交流的媒介，例如小林二郎用口琴吹奏的〈籠中鳥〉、〈滿天晚霞〉、〈赤蜻蜓〉等日本童謠，也被當地各族小孩傳唱。從七七事變前、到日軍登陸、再到日軍戰敗，小孩們都穿着各式各樣的妖怪面具、唱着〈籠中鳥〉玩抓迷藏，同樣的情節貫穿了整個故事。[14]

另外，在亞鳳小時候，父親紅臉關、原住民、礦工、爪哇苦力都「迷戀上」日人雜貨鋪的富士牌自行車，在紅臉關貸款買下自行車後，也引起了日本居民的關注：「針灸家和草藥家小澤龜田看見父親騎自行車載亞鳳上門治感冒，鞠躬道謝，分文不收。自營攝影館的鈴木半路攔下父子，支開像手風琴的機器盒子，噗哧噗哧留影。……牙醫渡邊借騎，繞行豬芭村一圈

13　同上，頁 34-35。

14　小説中出現了大量日本曲目，如〈拔刀進行曲〉、〈軍艦進行曲〉（頁 31）、〈滿天晚霞〉、〈赤蜻蜓〉（頁 31，256）、〈請通過〉（頁 32）、〈雨夜花〉（頁 31，89）、〈火車阿兵哥〉（頁 35）、〈東京夜曲〉、〈夜霧的馬車〉、〈支那之夜〉（頁 37）、〈春風雷雨〉、〈太湖船之夢〉、〈荒城之月〉（頁 38）、〈籠中鳥〉（頁 32，158，160，165，170，353）。大量的日本曲目被不同種族傳唱的情節值得探討，尤其〈籠中鳥〉在當中的符號性，惟礙於篇幅關係，待日後另作討論。

……」。[15] 這些描述都反映了當地各族（包括日人與華人）都共享着特定的文化記憶（童謠），並為同樣的事物（富士牌自行車）着迷。

　　從紅臉關等人對富士牌自行車的態度，可看出當地居民對日本人的態度經過一番轉變。在自行車最初出現的場景裏，紅臉關與村民們常會駐足東洋人店鋪，「比手劃腳談論寫字、布料、自行車和縫紉機價錢，學了幾句拗口的鬼子話」，[16] 各族人都對自行車愛不釋手；直至「盧溝橋事變後豬芭人排日，紅臉關用帕朗刀削斷了富士牌自行車頭燈，象徵性的砍了頭，沉屍豬芭河，買了一輛英國蘭苓牌自行車。」[17] 紅臉關削斷自行車頭燈的同時，也意味着日人與當地村民的感情開始疏離。

　　儘管感情開始疏離，但仍然無法減少豬芭人發現小林二郎改名為伊藤雄，成為日軍登陸時的嚮導、鈴木成了日軍自行車銀輪部隊的領頭羊時，感受到的背叛與欺騙。之所以感到「背叛」，正是因為曾經認為對方與自己是同一夥人，所以村民如蕭先生才會在戰後回首往事時，「想起鬼子淫穢殘暴，想起龜田渡邊假慈悲、大信田小林二郎假謙卑，想起學生慘死一半」，[18] 氣得吐血身亡。

　　豬芭人面對為日軍效勞的小林二郎等人的感情的複雜性，從亞鳳認出易名後的小林二郎一幕能略知一二：

　　一首〈請通過〉吹到一半，鬼子整隊離去，伊藤雄混在隊

15　張貴興：《野豬渡河》，頁 35。
16　同上。
17　同上，頁 103。
18　同上，頁 39。

伍中，從背囊抽出河童面具，罩住後腦勺，他可能發覺，認出他的不只亞鳳，孩子王曹大志、果農黃萬福也對他訕笑指點了。亞鳳對曹大志和黃萬福説：小林，別來無恙，燒成灰也認得你那隻被猴子啃去了半殼的耳朵，你像椰子樹一樣佝僂的脊梁，你走路的熊樣。[19]

　　一方面豬芭人感到受騙的憤怒，一方面也渴望小林二郎知道自己被認出。而在小林二郎死後，亞鳳、曹大志、郭恩廷等人每每看到的幻覺，都不是成了日軍嚮導的伊藤雄，而是「扛着鑿了十八個凹槽吊掛十八種雜貨的十八英尺竹竿，穿着油漬斑駁的背心短褲，趿木屐，晃着布滿鍘痕的平頭，額頭紮一條白色毛巾，吹奏着複音口琴的小林二郎」。[20] 即使最初認識的小林二郎等人已成為日軍侵略豬芭村的幫兇，但他們與村民之間的昔日記憶就如日本童謠和妖怪面具般，直至戰後數年都不斷被記起。

　　本部分點出《野豬渡河》中的日本平民社會及日人與當地村民的情感交流，意在説明，將日本平民、南洋姐、日本對當地的影響等寫入小説對馬華文學的意義。小説作為複數的歷史，向讀者展現外於官方歷史的日本移工社會，而這段歷史的顯現也讓針對當地華人對日本人的情緒之論述不再單一化，折射出他們在面對日軍侵略時的複雜情感。與此同時，描寫日本移工社會的日常，不但讓日本人跳脫出「殘暴的侵略者」的單一形象，而且也説明並非所有日本人都是日據時期的受益者，身為女性的南洋姐

19　同上，頁 32-33。
20　同上，頁 256。

在日軍登陸後處境反而變得更糟——不但被徵召為沒有收入的慰安婦、行動自由也被剝奪、「接客量」也比從前當南洋姐的時候來得更多。張貴興在敍述戰前日本人與日據時期的日本人時也做了一個稱呼上的區隔——戰前日本人被稱為「東洋人」；日據時期的日本人則一律稱為「鬼子」，而南洋姐是當中唯一在日軍登陸後，仍被稱作「東洋人」的日本群體，顯示她們與當地人同為受害者的處境。以下將進一步分析小說中的南洋姐，以及作者將南洋姐納入敍述中的意義。

三、重審南洋姐浪潮

　　1870 年代至 1920 年代，大批日本女性遠赴海外以賣淫為生，形成世界歷史上罕見的賣淫人口大量流動，足跡遍佈西伯利亞、美洲、中國及東南亞地區。這些女性在日語被稱為「からゆきさん」(karayuki-san)，中文譯名則包括「唐行小姐」、「渡洋女」及「南洋姐」等。基於本文分析文本為《野豬渡河》，下文將遵循小說稱這些女性為南洋姐。

　　正如傅柯所說，歷史並非一種連續性的線性歷史，而是具有非連續性和間斷性的小寫歷史，南洋姐研究自戰後至今也曾出現過斷裂，形成了兩波研究熱潮。第一波發生於 1970 年代至 80 年代初，由日本學者主導；[21] 第二波則是 2007 年起至 2018 年，

21　James. F. Warren 自 1980 年代末（即 1987 年），開始發表中國與日本妓女在戰前亞洲流動的相關研究，代表作 *Ah Ku and Karayuki-san* 也在 2003 年發表，惟英文學界中只有 James F. Warren 一人較專注於這方面的討論，因此筆者認為不能稱為一股熱潮，只能視為第一波熱潮的餘波。

中文學術界對過去南洋姐相關研究及電影《望鄉》的重新探討。
而本文的關注重點是第二波熱潮。

　　1970 年代初，受 1960 年代末美國女性運動高漲影響，日本
出現女性解放運動，從而帶動日本學界女性研究熱潮。[22]《望鄉》
的作者山崎朋子便是女性研究學者之一，著作包括《愛與鮮血
——亞洲女性交流史》、《亞洲的女性・亞洲的聲音》及《亞洲的
女性領袖們》，她曾在序章中談及研究南洋姐的原因：

> 我以為，近代日本百年歷史上作為資本與男性的附屬物被
> 損害的是民眾女性。民眾女性中處境最慘的是妓女，妓
> 女中特別悲慘的是「南洋姐」，因此在某種意義上她們可
> 以作為日本女性的「原點」。這就是我選中她們，而不是
> 選絲織業紡織業女工、農婦、女礦工、保姆來做考察而書
> 寫底層婦女史的原因。[23]

　　由此可見，「南洋姐」是作為眾多底層女性職業中被山崎朋
子選中的一個群體，研究多以女性受到的歧視與傷害為重點，以
回應當時的女性解放運動。1972 年出版的《望鄉》讓日本國內首
次關注「南洋姐」議題，不但在出版翌年獲得日本「第四屆大宅
壯——寫實文學獎」，更於 1974 年翻拍成電影、1977 年被上海

22　戰後針對南洋姐的研究，最早可追溯至 1960 年的《村岡伊平治自
　　傳》，由一名誘拐婦女到海外賣淫的人販子撰寫，該自傳也是 1970
　　年代學界研究南洋姐時的參考文獻之一，惟山崎朋子指出，該自
　　傳與現實出入甚大，有許多美化的成分，因而不能採信。

23　山崎朋子著，林祁、呂莉合譯：〈序章——底層女性史〉，《望鄉》
　　（北京：作家出版社，1997 年）。下載自〈雲台書屋〉。網址：http://
　　www.b111.net/novel/13/13791/3343786.html。

電影譯製廠譯成中文在中國放映，引起國際熱烈討論。除了日本學者的研究熱潮，中國方面也出現了劉斯奇〈從《望鄉》想到謝惠敏及其它〉、胡其鼎〈由《望鄉》而及其他〉、盧樺〈斑斑血淚史悠悠望鄉情──看日本影片《望鄉》〉及巴金〈談《望鄉》〉等評論文。然而，南洋姐研究只是回應日本女性解放運動的其中一環，當運動轉向討論其他課題如「主婦問題」、「阿格妮斯論爭」後，南洋姐議題也被擱置一旁，漸漸消退。這也是為甚麼中文學界未因《望鄉》的放映而掀起南洋姐研究熱潮，而評論文也僅針對電影《望鄉》討論，未涉及「南洋姐」歷史的考究。

　　直至 2008 年，網路上首次出現有關「南洋姐」的中文研究論文如李國樑的〈死不望鄉的南洋姐〉（2008）、〈阿姑與南洋姐 Ah Ku and Karayuki-san〉（2013）、中天飛鴻〈從南洋姐到慰安婦──日本女人為國獻身之路〉（2011）、唐向宇《另類新加坡之一──日本人墓地公園和日本早期的南洋姐》（2014）[24] 等；而中文學界針對「南洋姐」的歷史定位研究自 2010 年起也如雨後春筍般突然增加，包括朱憶天〈試論「南洋姐」的生存實態及歷史定位〉（2012）、盧小花〈無力與拋棄──近代中國花豬與日本南洋姐的比較研究〉（2013）、朱憶天〈日本「南洋姐」海外輸出的原因〉

24　李國樑是新加坡的文史工作者，曾在個人部落格「從夜暮到黎明」連續發表了分別以〈死不望鄉的南洋姐〉及〈阿姑與南洋姐 Ah Ku and Karayuki-san〉為題的系列文章。至於中天飛鴻及唐向宇則透過微博新浪發表文章，由於無法確切得知發文者的真實身分，也不宜僅從發表媒體（微博）的發源地（中國）便斷定發表者的國籍。筆者強調發表者國籍，是為了指出南洋姐的論述力量並非僅來自於中國，尤其在 2008 年至今，能以中文發表文章的華人早已遍佈全世界，加上網際網絡世界模糊了國籍的界限，因此不能將這股浪潮視為由中國單方面發起，而須看成華文世界對南洋姐的關注。

（2013）、林博史〈日軍「慰安婦」前史──西伯利亞出兵與「唐行小姐」〉（2015）及朱憶天〈日本早期在東南亞的擴張先驅：妓女「南洋姐」〉（2016）。此外，《望鄉》也在同樣時期重新受到中文學界的關注，其中包括李志穎〈艱難的自我建構──解讀電影望鄉中的南洋姐阿崎婆形象〉（2010）、金進〈電影《望鄉》的背後〉（2011）、高悼杰〈望鄉總有一種不歸的痛感──重溫日本影片《望鄉》〉（2016）及王碩〈山崎朋子的《望鄉》中的「南洋姐」形象〉（2018）等。

　　巧合的是，中文學界在逾四十年後，突然對南洋姐研究感興趣並重新討論《望鄉》，與慰安婦爭議在國際上日漸升溫都發生在相近的時間點。二戰至今七十幾年，慰安婦問題仍未解決，而有關慰安婦的爭議近十年更是越演越烈，尤其在 2007 年 7 月 30 日美國眾議院通過 121 號議案，譴責日本在二戰期間強徵亞洲其他國家婦女充當日軍慰安婦後，[25] 全球各國也開始為慰安婦發聲，要求日本道歉及賠償。[26] 筆者發現，在 2007 年後以慰安婦為題材的電影與研究論文也突然增多，電影方面，1974 年《望鄉》上映至 2007 年以前，只有十一部相關電影，但從 2007 年至今十四年間，卻增加了二十一部相關電影；[27] 中文學術研究方面，中國知網（CNKI）一千一百七十九條「慰安婦」相關研究中，

25　Richard Cowan, "House seeks Japan's apology on 'comfort women'" *Reuters* (31 July 2007). Retrieved from https://www.reuters.com/article/us-japan-usa-sexslaves/house-seeks-japans-apology-on-comfort-women-idUSN3041972020070730.

26　涉及國家或單位包括歐盟、菲律賓、荷蘭、加拿大、臺灣、韓國等，詳見表一。

27　見表二。

只有四成發表於 2007 年以前，餘下的六成都是在這十一年間發表。[28]

　　在各方的施壓下，時任首相安倍晉三在 2015 年 4 月 29 日發表戰後七十年的「安倍談話」，為慰安婦問題道歉，但他在演講中只說日方對過去歷史「反省」，「侵略」、「殖民統治」、「道歉」皆未提及，同月 27 日更以「人口販賣受害者」指代「慰安婦」，迴避日本強徵婦女充當慰安婦的罪行。[29] 韓日兩國政府也於同年 12 月 28 日就慰安婦問題展開談判，並於當天達成協議：日方將撥款十億日圓協助韓國成立支援慰安婦的基金會，且不會再為此議題道歉；韓國針對設置於駐韓日本大使館前、代表慰安婦的少女銅像的去留，表示「將努力透過與相關團體協商，適當地解決問題」。韓方也表示，韓日兩國將在國際社會上，克制對彼此的責難與批判。[30] 日本的處理方式無法讓韓國社會乃至國際買賬，這也是為甚麼 2015 年後，慰安婦爭議持續升溫，相關電影、研究也不減反增。傅柯曾指出：「論述不會一直屈從於權力或反對它，也不會沉默。我們必須意識到話語的複雜性和不穩定性，論述既可以是權力的一種手段和效果，也可以是一個障礙、一個絆

28　此為筆者根據在中國知網（CNKI）關鍵字搜索「慰安婦」，粗劣估計的數據，由於數量龐大，此處將不會附上相關附錄。

29　Sid Weng：〈281 名日本學者連署呼籲「安倍談話」為二戰謝罪、向慰安婦道歉〉，《關鍵評論網》，2015 年 6 月 9 日。下載自關鍵評論網站，2019 年 1 月 25 日。網址：https://hk.thenewslens.com/article/18239。

30　楊虔豪：〈日本與韓國就慰安婦賠償與道歉達成協議〉，《BBC News 中文》，2015 年 12 月 28 日。下載自 BBC News 中文網站。網址：https://www.bbc.com/zhongwen/trad/world/2015/12/151228_japan_south_korea_comfort_women_deal。

腳石、一個反抗點和一個對立策略的起點」,[31] 慰安婦論述的崛起
正是為了要與日本欲淡化慰安婦歷史的國家權力對抗,對極力粉
飾這段歷史的安倍政府提出質疑。

　　日本學者林博史曾在〈日軍「慰安婦」前史——西伯利亞出
兵與「唐行小姐」〉一文中,指南洋姐(即唐行小姐)是日軍在
二戰期間建立從軍「慰安婦」制度的雛形。雖然初期的南洋姐多
數是因家境貧困而遠赴海外賣淫,日本外務省在後期曾以「有損
帝國臣民顏面」為由,實施南洋姐取締政策,日軍卻為了向士兵
提供「慰安服務」同時出於性病防治管理的考量,暫停了取締、
遣返南洋姐的行動。因此,南洋姐從最初的改善家境,到後期
成了慰安日軍必不可少的存在。林博史據此推論,「侵華日軍實
施『慰安婦』制度的雛形,就出自於日俄戰爭及西伯利亞出兵時
期,日軍對『唐行小姐』的管理」。[32]

　　從這層關係切入,便不難理解為何在 2007 年後慰安婦爭議
逐漸升溫的十年間,南洋姐也成為了中文學界熱烈討論的課題。
被視為慰安婦制度雛形的南洋姐,是日本政府更極力漠視的群
體,因為一旦承認南洋姐的存在就相當於承認慰安婦制度源自日
本,承認日方在更早以前便有以「性」酬軍的陋習。因此,中文
學界研究慰安婦的同時,也開始對南洋姐進行挖掘,從而掀起
「重審南洋姐歷史」的研究熱潮。

31　Michel Foucault, *The History of Sexuality, Vol. 1: An Introduction* (New
　　York: Vintage Books, 1990), p. 100-101. 譯文轉引自薩拉・米爾斯著,
　　潘偉偉譯:《導讀福柯》(重慶:重慶大學出版社,2017 年),頁
　　54-55。

32　林博史著,蘆鵬譯:〈日軍「慰安婦」前史——西伯利亞出兵與「唐
　　行小姐」〉,《日本侵華研究》,2015 年第 4 期,頁 107。

四、《野豬渡河》、《望鄉》及 Ah Ku and Karayuki-san 的南洋姐論述

張貴興在《野豬渡河》發表後的一次訪談中，曾表示自己是在「蒐集史料時，發覺珠巴村被佔領前，有一些日本人在當地當牙醫、照相師、賣雜貨，但日軍一來突然全部消失。這些日本人，包括妓女其實都是間諜，他們到砂勞越（砂拉越）是為了與英國人來往以套取軍情。」[33] 張貴興曾在 2017 年，於臉書分享了李國樑〈阿姑與南洋姐〉一文，由於這篇文章提及了山崎朋子《望鄉》及 James F. Warren Ah Ku and Karayuki-san: Prostitution In Singapore, 1870-1940，筆者據此推測這些書籍都成為作者創作的參考來源。

論述實踐的特點在於「界定客體領域，定義知識代理人的合法觀點並確立概念和理論的詳細範疇」，[34] 南洋姐論述也有其範疇，對比張貴興《野豬渡河》、山崎朋子《望鄉》及 James F. Warren Ah Ku and Karayuki-san 後，不難發現三部文本談及南洋姐時，都會着重於她們的情感層面，尤其是女性之間的姐妹情誼、母女情誼。

《望鄉》中，八番娼館的老闆國子雖有自己的女兒朔子，但因個性不合非常疏離，反而跟南洋姐阿咲感情遠超過母女，甚至曾很感慨地對她說：「阿咲，如果我們能永遠在一起不知道該

---

33 張純昌：〈張貴興：砂勞越的百年孤寂〉。

34 Michel Foucault, Donald Bouchard, ed., Donald Bouchard, Sherry Simon, trans., *Language, Counter-memory, Practice: Selected Essays and Interviews* (New York: Cornell University Press, 1977). 譯文轉引自薩拉・米爾斯著，潘偉偉譯：《導讀福柯》，頁 57。

有多好！」當朔子試圖説服母親回天草時，阿咲不但能勸國子留下，甚至在她死後，還親自替她處理身後事。[35]另外，富美子替心上人安谷喜代治兩次產子，但因對方有妻室，娼館又不便養育孩子，只能將孩子分別託付昔日同為南洋姐的霜子和八重子照顧，[36]也展現了南洋姐之間互助的一面。

Ah Ku and Karayuki-san 雖是研究南洋姐的學術專著，卻也對南洋姐之間互相扶持的情景有所記載：「南洋姐之間因同理心而產生的姐妹情誼，往往比親屬關係更加緊密。」[37]《野豬渡河》中的南洋姐之一「巨鱷」在日據時期改當慰安婦，與被強徵為慰安婦的當地女子何芸產生了姐妹情愫，雖然語言不通，但「巨鱷」常常會在河邊為何芸梳妝打扮，用胭脂遮蓋何芸臉上的胎記。即使「巨鱷」是日本人，但在慰安婦的群體中大家不分你我，一起在河邊洗澡、發呆、唱着各自的歌謠。[38]

此外，南洋姐的愛情也是文本注重描寫的部分。《望鄉》中富美子為了心上人兩度產子，即使對方無法替她贖身或迎娶她。《野豬渡河》中的「巨鱷」及「花畑奈美」則分別與鱷王小金及小林二郎譜出一段情。豬芭人小金為「巨鱷」撿回髮釵、每回光顧娼館時，都會帶着「兩塊醃豬肉、幾個水果罐頭、幾個生雞蛋、幾串水果、一碗四神湯或一碗蛇肉湯」[39]如供奉神明般擺在「巨

35　山崎朋子著，林祈、呂莉譯：《望鄉》，頁 84。

36　同上，頁 80。

37　James F. Warren, *Ah Ku and Karayuki-san: Prostitution in Singapore, 1870-1940* (Singapore: Singapore University Press, 2003), p 231.

38　張貴興：《野豬渡河》，頁 224-225。

39　同上，頁 37。

鱷」的床頭、從鱷魚口中死裏逃生後，便即刻到「巨鱷」處尋安
慰，甚至到了最後，「巨鱷」被徵做慰安婦，小金因收到「巨鱷」
託何芸轉交給他的金屬髮釵，而冒死到河邊看她，最終不慎引起
日軍注意死在槍口之下。

《野豬渡河》其中一章節〈沉默〉描寫了兩人的互動：

> 他在朱大帝等人面前呼叫她「巨鱷」，但和她獨處時，他
> 總是用無言的眼神呼叫她。無言的撫摸，無言的環抱，
> 無言的親吻，無言的醃豬肉和四神湯，無言的蛤蟆呻吟，
> 無言的告別。……小金抽完了一包洋煙，思念的豎紋和苦
> 戀的橫皺扭曲了瘦削的臉，六英寸長的髮釵陪着他一夜無
> 眠，在他手掌上輾轉反側到清晨。[40]

花畑奈美則與同為日本人的雜貨販賣商小林二郎譜出一段
戀曲。小林將最好的布料和化妝品留給花畑奈美、為花畑奈美出
氣、帶着她離開豬芭村。豬芭人常常會看到兩人在閒暇時，出現
在豬芭河畔，「花畑奈美坐在小林身邊，間或看着小林，間或凝
視豬芭河，撫額歎息，隨着口琴哼唱，吸引划舢舨和長舟經過的
豬芭人揭槳聆聽，都說小林吹得好，花畑唱得更好。」[41]

每每寫到南洋姐的愛情、姐妹情，張貴興的筆調便會變得
柔軟、溫暖、動人，《望鄉》及 *Ah Ku and Karayuki-san* 也如出一
轍，可見南洋姐論述強調的是對她們感情的渲染，並摒棄南洋姐
身上的工具性。這是因為日本政府由始至終都把賣春，包括南洋

40　同上，頁 269。
41　同上，頁 38。

姐、慰安婦及戰後的潘潘女郎[42]的存在，視為「必要之惡」，把她們當做是用「性」來保護國家、人民福祉的工具。[43]因此，三部文本中難以看到南洋姐唯利是圖或貪婪的一面，更多的是對她們人性之美的讚頌。作者們藉由凸顯南洋姐的有情有義，強調她們並非冰冷的工具，而是感情豐富的血肉之軀，以對抗將娼妓視為工具的日本主流論述。

　　雖然，張貴興曾強調加入南洋姐等日本平民代表人物並非出於紀念，而是「想呈現砂勞越（砂拉越）歷史的多重面向」[44]，但小說中不但花了兩個章節書寫非主要人物的南洋姐，在其他章節也能不斷地看到零零散散的南洋姐的身影。除了提供性服務，南洋姐也是連接各族移工的關鍵角色：

> 勘油井技工有華人和來自爪哇的印尼單身漢，工作服和皮膚沾滿油垢。好像傳說中的油鬼子，被他們睡過的南洋姐，好像被油炸過。……三輪車車伕脖子上也盤毛巾，但多了一頂插着樹子花或七里香的藤帽，毛巾灑了明星花露水，身上噴了進口香水，最怕睡剛被油炸過的南洋姐，這幾種人湊在一起，就像農場裏的雞鴨鵝，除了下的蛋需要分辨，外表一目瞭然。[45]

　　此外，最終背叛豬芭村，導致全村死傷慘重的愛蜜莉也是

42　潘潘女郎是在八重島「歡樂街」向美軍提供性服務的妓女。
43　黑川綠、藤野豐合著，黃耀進譯：《歧視：統合與排他的日本近代史》（臺北：游擊文化，2017年），頁184-196。
44　張純昌：〈張貴興：砂勞越的百年孤寂〉。
45　張貴興：《野豬渡河》，頁105-106。

花畑奈美和小林二郎之女。可見南洋姐的存在不僅為了展現歷史的多面性，她們也是影響小說走向的隱形主軸、豬芭村的慰藉，更是歷史的參與者、見證者。那麼，張貴興的南洋姐論述要對抗的又是甚麼呢？除了受近年國際慰安婦爭議的影響，馬來西亞政府對慰安婦態度的立場或許也能納入考量。

在日本佔領的三年八個月裏，馬來半島及婆羅洲的女性也逃不過被強徵為慰安婦的命運，外國學者如 Nakahara Michiko 及 George Hicks 都曾透過採訪馬來西亞倖存的慰安婦證實慰安婦的存在，並發現慰安所舊址。然而，在各國努力為慰安婦發聲的近十年間，馬國政府卻一直保持沉默、缺席的狀態，不但從未公開追究日方對馬國慰安婦的責任，就連多國聯署譴責日軍在二戰期間的暴行的活動也未參與。

其實，馬國慰安婦曾差點成功透過官方對日本追責。1992 年，巫統青年團秘書慕斯達法耶谷（Haji Mustapha Yaakub）於 10 月在尼泊爾加德滿都出席了探討日本戰爭罪行的國際調查委員會研討會，回國後便呼籲受害者投報，以便在翌年於維也納召開的聯合國人權研討會中公佈調查結果，從而施壓日本賠償、道歉。然而，在收到三千五百項投報後，慕斯達法耶谷卻接到日本大使館來電，聲稱日馬政府正商議賠償事項。慕斯達法耶谷最終不但被命令不得參加相關會議，巫青團也於 1993 年 4 月宣佈，為了與日本維持友好關係，不再追究慰安婦課題。[46] 從此以後，馬國慰安婦議題被排除在馬國政壇之外，不管是媒體或政治人物

46　Nakahara Michiko, '"Comfort Women" In Malaysia,' *Critical Asian Studies* 33:4 (2001), p. 581-589.

都鮮少論及馬國慰安婦。

　　此外，日本近年雖屢次透過官方或非官方的方式就慰安婦議題道歉，但對於發生在國內的南洋姐議題卻從未表態。對於南洋姐的定義，日本官方歷來都是以為國犧牲的角度去強調南洋姐的必要性及功能性，而她們在賣春的過程中所遭到的拐騙、剝削則被刻意忽視。南洋姐不管在國際還是日本國內，都成了僅有少數人知道的歷史，國際上、影壇、文壇都未給予她們足夠的關注，若非中文學界、小說家如張貴興重提她們的故事，她們必將隨着時間的流逝被人遺忘。

　　南洋姐、慰安婦除了是回溯日軍侵華歷史時必定觸及的人物，透過在學界、文壇、影壇不斷地重提，也能引起讀者、民眾對這些戰爭受害婦女的關注，從而製造輿論向當權者施壓。就像不斷重提的慰安婦論述讓日韓就慰安婦議題達成協議那般（雖然民眾不接受這項協議），或許張貴興觀察到了論述的能動性，希望透過自己的文字，為讀者揭開過去南洋姐及慰安婦在婆羅洲、乃至馬來半島的歷史，進而在馬國催生出另一股熱潮，打破馬國慰安婦被消音的現狀，至於是否能讓慰安婦議題重新在馬來西亞國會被討論，讓日本政府正視南洋姐受到的剝削及對日本經濟的貢獻，則是後話。

六、餘論

　　《野豬渡河》是一部集合了多種元素、歷史、意象的長篇小說。張貴興除了在小說首次加入日本平民社群外，小說中的動物敘事，如野豬、鱷魚及長尾猴的意象、傳奇元素，如龐蒂亞娜、

油鬼子、妖刀及無頭騎士、面具的意象都是值得討論的面向，南洋姐只是其中一個值得關注的部分。

南洋姐與慰安婦的爭議涉及層面極廣，由於篇幅局限，有許多問題未能加以討論。例如，為何作為日本邦交國的美國官方，二戰後沉默了六十二年，直至 2007 年才向日本開出慰安婦爭議第一槍？此外，美軍在戰後佔領日本期間，日本政府為保護日本女性遭美軍性暴力，特別為美軍在東京設置了「特殊慰安施設協會」（Recreation and Amusement Association，簡稱 RAA）。RAA 關閉後，美國軍政方又於 1949 年胡差市的八重島地區，強行設置了集中娼婦的「歡樂街」。同樣是涉及「性慰勞」問題，即使是日本主動提供，但仍然不能否認美軍也參與其中的事實。然而慰安婦爭議卻未延燒至美軍身上，當中是甚麼樣的權力控制了論述的走向，也值得思考。

本文的理論操作仍不夠純熟，在闡述張貴興、重審南洋姐浪潮及慰安婦爭議之間的權力關係上不夠細緻，同時也無法完全擺脫傳統歷史學研究的框架。南洋姐論述與慰安婦論述之間的連結，還需要更多的論證去填補。另外，由於筆者的日語能力有限，無法更全面地討論日本學界方面對「慰安婦」、「南洋姐」課題的反應，但根據中文學界對這些課題的關注，仍能看出這些在戰爭中受害的女性們，隨着國際輿論日益升溫，她們的故事也漸漸浮出水面。

汪卉婕，國立臺灣大學臺灣文學研究所碩士生。

附表一：美國通過議案後各方反應

資料引用自維基百科〈慰安婦〉，（來源：https://zh.wikipedia.org/wiki/%E6%85%B0
%E5%AE%89%E5%A6%87）。

年份	國家/地區	備註
2007	菲律賓	菲律賓國會議員提出議案，要求日本道歉。
	荷蘭	11月20日荷蘭議會下院全票通過一項動議，要求日本就二戰期間強徵慰安婦一事道歉，並對倖存者進行賠償
	加拿大	11月29日國會下議院全票通過決議案，要求日本為二戰期間強迫二十多萬亞洲婦女充當軍妓一事道歉。
	歐盟	12月13日在法國斯特拉斯堡討論並通過了決議案，要求日本政府正式就慰安婦問題道歉，並對受害者及其家屬給予經濟賠償。
2008	臺灣	11月11日中華民國立法院通過決議，要求基本政府對慰安婦道歉和賠償。
		馬英九宣佈，為紀念抗戰勝利70週年，將於2015年10月25日在日本成立第一座慰安婦紀念館。
2012	韓國	9月3日國會通過議案，要求日本道歉。
		時任總統朴槿惠2013年10月表示，韓國人民對日本拒絕道歉表示不滿。
		2015年12月28日，就慰安婦問題當做公式，日本首相安倍晉三重新表達道歉與反省之意，並以10億日元作為支援前慰安婦的基金，雙方表示不再重提此爭議。但日本共同社2015年12月30日援引政府消息人士的話說，若日本駐韓國大使館前象徵受害「慰安婦」的少女雕像不被搬離，日本政府將不會向韓國支付此前約定的10億元補償。
未註明	中國	多次對日本就「慰安婦」問題的態度做出批評。
		2014年2月28日，日外交部發言人秦剛在記者會上稱「強徵慰安婦是日本軍國主義的嚴重反人道罪行」。
		2014年3月13日，在聯合國總部舉行的第58屆婦女地位委員會會議上，常駐聯合國副代表王民譴責了日軍在二戰期間強徵慰安婦的罪行。
		2015年10月3日–6日，聯合國教科文組織世界記憶工程咨詢委員會在阿布扎比召開會議，對中國申報世界記憶遺產的慰安婦相關資料進行審核。

附表二：慰安婦題材電影 / 紀錄片列表

年份	國家/地區	電影名稱	譯名
1974	日本	サンダカン八番娼館	《望鄉》
1975	日本	からゆきさん	《南洋姐》
1991	韓國	여명의눈동자	《黎明的眼睛》
1992	中國	《軍妓慰安婦》	–
1994	中國	《慰安婦七十四分隊》	–
1995	韓國	낮은 목소리 1	《微弱的聲音 1》
1997	韓國	낮은 목소리 2	《微弱的聲音 2》
1998	臺灣	《阿嬤的秘密：臺籍慰安婦的秘密》	–
2000	韓國	낮은 목소리 3	《微弱的聲音 3》
2002	中國	《貞貞》	–
2004	中國	《記憶的傷痕：日軍慰安婦滇西大揭秘》	–
2007	日本	ガイサンシーとその姉妹たち	《蓋山西和她的姐妹們》
2008	美國 / 韓國	Comfort Woman	《慰安婦》
2013	韓國	마지막 위안부	《最後的慰安婦》
2014	香港	《鳳凰大視野 最後的「慰安婦」》	–
2014	中國	《中國慰安婦現狀調查報告》	–
2014	韓國	끝나지 않은 이야기	《不會結束的故事》
2014	中國	《三十二》紀錄片	–
2015	中國	《二十二》紀錄片	–
2015	中國	《萬象解密：慰安婦檔案》	–
2015	韓國	눈길	《雪路》
2015	臺灣	《蘆葦之歌》	–
2015	日本	「記憶」と生きる	《與記憶共生》

2015	日本	太陽がほしい	《渴望陽光》
2016	韓國	귀향	《鬼鄉》
2017	韓國	귀향, 끝나지 않은 이야기	《鬼鄉：未完成的故事》
2017	韓國	아이캔스피크	《我能說》
2017	加拿大	The Apology	《等不到的道歉》
2018	韓國	허스토리	《她們的故事》
2018	中國	《大寒》	－
2019	日本	《主戰場》	
2019	韓國	《鬼怪與懷孕的樹》	

引用自網民 mecca 於豆瓣發佈的電影整理〈「慰安婦」題材影視作品〉，網址：https://www.douban.com/doulist/46181663/（2019 年 1 月 23 點閱），部分標題由筆者加入。

石油、野豬和帕朗刀
—— 張貴興的「暗南洋」

陳濟舟

前言

　　1941 年 12 月 8 日東京時間凌晨四點，日本在襲擊美國珍珠港海軍基地前九十分鐘，正式在泰國灣展開了針對東南亞的「離心攻勢」(Centrifugal Offensive)。[1] 日帝國軍第二十五軍司令官山下奉文麾下的三個團全面進攻英屬馬來亞地區。其中，第五師的一個團在泰國的新哥拉和北大年港口登陸；數小時後，第十八師的第五十六步兵團也在馬來半島東北海岸的哥打峇魯登陸，這兩個團沿着馬來半島東海岸迅速南進。與此同時，山下在第二十五軍中又分出一個團用來進攻英屬婆羅洲（即現在的汶萊，馬來西亞的沙巴和砂拉越）和納閩聯邦直轄區。12 月 16 日，此團開始侵略一座位於砂拉越海邊盛產石油的小村莊：美里。

　　日軍第二十五團在馬來半島的雨林中迅速南下，盟軍節節退敗，終於在 1942 年 2 月 15 日控制了馬來亞。司令官山下奉文

---

1 Howard, C. Patrick, "Behind the Myth of the Jungle Superman: A Tactical Examination of the Japanese Army's Centrifugal Offensive, 7 December 1941 to 20 May 1942," *U.S. Army Command and General Staff College*, Kansas (2000): p. 11.

也因此獲得了「馬來虎」這一稱號。雖然馬來半島和新加坡的陷落對於東亞戰場影響深遠，但是日軍在同一時期入侵英屬婆羅洲也是需要注意的史實。登陸婆羅洲後，日軍從 1941 年的 12 月中旬到次年 1 月中旬，向該地區輸送了大量的軍人，控制了這座已有原住民、巫族、印度裔、華人和歐亞混血人居住的島嶼。雖然日軍在婆羅洲的軍事行動不能和其在馬來半島上的規模相提並論，但婆羅洲地底的石油卻在很大程度上確保了日軍在整個太平洋戰場上的能源補給。從能源的角度來看，日帝國軍針對東南亞四大地區（馬來亞、菲律賓群島、荷屬東印度和緬甸）之所以展開「離心攻勢」，「即 1941 年日本與蘇聯簽訂『中立條約』聲明互不侵犯後，加上中國軍隊無力反攻，於是乃將軍力推向這些因歐戰而使得殖民母國沒落的南洋『無主真空之地』」，最終目的是「以期在這些地方獲得更多的資源」。[2] 日軍能在七十天之內攻下馬來亞，這顯示了帝國軍在「大東亞共榮圈」和「南進論」的戰略指導下所獲得的成效。然而對於英屬馬來亞的居民，無論種族和國籍，日軍的入侵則是標誌了一個黑暗時代的開始，即稱「三年零八個月」（1941 年 12 月至 1945 年 8 月）。而本文所要討論的文本正是臺灣馬華作家張貴興基於這段時期的小説敍事。

　　張貴興（1956-）出生於砂拉越（Sarawak），故鄉羅東（Lutong）位於巴冷河（Sungai Baong）河畔美里鎮上游大約十公里處。張於 1976 年負笈臺灣，在國立臺灣師範大學完成本科學

2　曾令毅：〈二次大戰前日軍在臺航空兵力發展之初探（1927-45）〉，《臺灣國際研究季刊》第 8 卷第 2 期（2012 年），頁 85。

業後一直居住在此地，並最終選擇了中華民國／臺灣護照。然而多年來他的書寫一直聚焦於婆羅洲的雨林和多種族文化。從《賽蓮之歌》（1992）、《薛理陽大夫》（1994）、《頑皮家族》（1996）、《群象》（1998）、《猴杯》（2000）、《我思念的長眠中的南國公主》（2001）到《野豬渡河》（2018），雖然長居臺灣四十年，但從80年代開始，張的想像和鄉愁都歸屬於文學的婆羅洲。在這一時期，和張一樣，也有一群由馬赴臺的馬華作家們。不管是李永平（1947-2017）、張錦忠（1956-）還是黃錦樹（1967-），都選擇以臺灣為居所，以馬來西亞為靈感的原鄉。

在這些作家的小說中，「熱帶雨林」作為文學意象佔據了鮮明的位置，而在張的敘事中，婆羅洲的雨林不僅僅只是作為長鬚野豬、食蟹猴、豬籠草、毒箭樹、榴蓮果和紅毛丹生存的故事背景，它更是一塊見證且承載了各類種族和文化，移民和殖民，生物多樣性和生態破壞的鄉土。作為婆羅洲客家人的張貴興，雖然在一定程度上並不能被化約為（甚至認同自己是）西馬（來西亞）或臺灣作家。但是他的東馬主體性也實則佔據了一個獨特且不討好的中間位置：一方面，他的文字體現了砂（拉越）馬（來西亞）人離散的無家感（heimatlos）；另一方面，在一些華語語系文學學者的眼中，他又必須承擔起華人移民在東南亞被視為「定居殖民者」的壓力。[3] 如此一來，張「殖」根或扎根婆羅洲的書寫反而演繹了一種無法追回的逝去與缺失。當張追憶故鄉、狀物繪景的文字越是稠密，他的「砂拉越」就越是在他「離散」和「殖民」的

3　Shih Shu-mei, Tsai Chien-hsin, and Brian Bernards, *Sinophone Studies: A Critical Reade* (New York: Columbia University Press, 2013), p. 12-14.

兩極身分中搖擺不定，更不用說千里之外還有一個如鬼魅般的文化中國，它的存在和影響使得「臺灣」和「婆羅洲」的主體性都變得更加難以形塑。在這些錯綜複雜的文化和歷史作用下，張在睽違十七年後，於 2018 年出版了以前文所述的「三年零八個月」為主要背景的小說《野豬渡河》。雖然作為又一本描寫二戰的小說，並且榮獲了 2020 年的「紅樓夢獎：世界華文長篇小說獎」，而我認為張的故事脫穎而出，是因為作者用去人類中心的視角關注和描摹了動物（野豬）和人造物（單車、帕朗刀）在戰爭中的有感和無感，有作為和無作為，創造出了一個由「暗生態」主導的南洋「後人類情境」。

　　基於小說中跨越有情眾生的後人類生態觀，本文將從四個方面展開關於「暗南洋」的論述。首先，我將主要借鑑張灝的「幽暗意識」和蒂莫西‧莫頓（Timothy Morton）的「黑暗生態學」（dark ecology），從理論層面對「暗南洋」做出一種新的闡釋。我所定義的「暗生態」之「暗」不是色彩的有無，不是光影的明暗，也不是人性的善惡，而是一種「詭秘的」、「回環的」、猝不及防且意料不到的因果律（causality）和其隨之產生的「後人類情境」（the posthuman condition）。因為這種「暗」的存在而使得某些看似毫無關聯的個體和集體、人類和非人類之間某些隱藏的、壓抑的、抽離的（withdrawn）關係得以彰顯，而張貴興的小說給予我們的啟發是，這種後人類情境需要通過三組重要的概念範疇來表現出南洋「暗生態」的特質：地緣和地質（geo）、生命和物種（zoe）、科技與技術（techne）。第二，我將以這樣的「暗生態」視角來審視《野豬渡河》小說中所涉及的隱微和隱藏的地質史（geohistory）。若我們從「地緣和地質」（geo）的角度來檢

視婆羅洲上動物（野豬）的遷徙、石油所招致的侵略，以及大陸板塊的移動，就會發現關於婆羅洲的另一重要地質概念：「巽他蘭」陸地（Sundaland）。第三，本文將聚焦小說中出現的野豬，從「生命和物種」（zoe）的角度來討論當人之間的戰爭對生活在同一生態圈的動物的影響可大可小之時，我們應該如何理解小說中所通過「隱喻」（metaphor）而呈現的有生物和無生物之間的聯類模式。第四，不管主動還是被動，參與戰爭的不僅僅是人和動物，更有各類人造兵器和運輸工具，而這也牽涉到「科技與技術」（techne）的議題，特別是由「技」而產生的「物」。當這些人造物（刀槍和單車）在小說的敘述中展現出一種獨立的能動性時，它們便脫離了簡單的「物皆為人所用」的工具論。而這些人造物原本隱藏或抽離的本體通過小說家的「開物」之法得到側面的彰顯，從而呈現出「物力」（thing-power）之「情」（情況、情實、情志）的方方面面。但在討論張貴興所創造的此種包括人也依賴於物的世界之前，我需要首先澄清「暗生態」、南洋和大地的關係。

一、「黑暗」的「南洋」

在各類國族文學的詮釋範疇內，「南方」不僅僅是一個指射東南亞區域的地理坐標，它也更是一種包涵了多重意義的文學概念。在「南方」幾個世紀以來的轉世和轉生中，它被賦予了無數的名字：對於荷蘭殖民者它是東印度（East Indies），對於馬來（語）族裔它是 Nusantara（中文：馬來世界；爪哇語：群島），對於南亞人它是 Suvarnadvipa（梵文：金色島嶼或半島），對於日本

人和中國人它也叫做「南洋」。[4] 這片擁有多個名字，多種文化起源，多方身分認同的土地、海洋和群島，其實從歷史來看，從來都不太屬於同一「區域」，但在二戰中期它（們）被賦予了一個以便各國在戰略上指稱的新詞：「東南亞」。1967 年的「曼谷申明」又使得跨國性政府組織「東南亞國家協會」在冷戰的意識形態下誕生。[5] 然而，在現當代中國文史的論述中，南洋是邊緣的。

　　可是這個邊緣的南洋，卻因為形塑了一個文學的「南方」而一直和廣義的華語地區保持着千絲萬縷的聯繫。若我們暫且將如張貴興一樣的因各種原因而離開南洋遷至臺灣的馬華作家放置於「南方／南洋作家」這一大的範疇，那麼與之相比，留在南洋的創作者們還有威北華，方修和李天葆。同時，「南來文人」不僅僅包括了因為種種原因從中國大陸而逃亡至香港的蕭紅、劉以鬯、張愛玲、西西、金庸和倪匡，還囊括了郁達夫、方北方、蕭遙天、林玉堂和老舍，是這些文人將「南方」的意象和想像帶入了新馬、印尼和菲律賓等地。不管是「南來」的、「南方」的或「南洋」的，這些文人墨客有的只是短暫的旅居，有的卻在熱帶安家、死亡甚至是消失。本文對於張的解讀是放置在這樣一個歷史和文學的「南洋／南方」脈絡之中。[6]

4　此被學者貝納子（Brian Bernards）稱為對該地區的「群島想像」（archipelagic imagination）。Brian Bernards, *Writing the South Seas: Imagining the Nanyang in Chinese and Southeast Asian Postcolonial Literature* (Seattle, WA: University of Washington Press, 2015), p. 9-15.

5　W. Gungwu, "Wang Gungwu: China, ASEAN and the New Maritime Silk Road," *Think China* (November 2021), From https://www.thinkchina.sg/wang-gungwu-china-asean-and-new-maritime-silk-road.

6　關於文學「南洋」的生成，見朱崇科：《考古文學「南洋」新馬華文文學與本土性》（上海：三聯書店，2008 年）。

　　不管張貴興對於（東西）馬來西亞、（內外）中國（陸港臺）和日本的政治、情感認同是甚麼，他或多或少都在小說裏展示出一種華語語系書寫框架下對於「南方的執念」（obsession with the South），然而這一執念就算是非華語書寫的日本也在特定的歷史語境下表現出了帶有殖民色彩的版本。[7]回歸華語語系研究，我們知道已有眾多從（後）殖民的角度出發，針對中國性、馬華身分認同、「文學的綜理會商」和後遺民等角度所展開的的論述。近來，因為歷史生態學和後人類學的方興未艾，也有學者試圖結合人的政治文化身分認同（如華夷之變／辨）和人類在自然環境中的處境（如風土和人之間的相互影響）從而拓展從「華夷風」研究到「華夷風土學」的新方向。[8]在上述各類討論的基礎上，我選擇借住「暗生態」這一帶有明顯後人類意識的生態理論再檢視這

7　雖然不管中文漢字還是日文漢字，南洋都寫為「南洋」，但是兩者所承接的文學傳統卻其來有自。「南洋」並非中國或者華語語系所特有，有關日本（殖民）文學中關於「南洋」的書寫包括了永井荷風描寫到新加坡的《ふらんす物語》（1909）、中河與一的《熱紀行》（1934）、金子光晴的《マレー蘭印紀行》（1940），以及北原武夫的書寫等等。很多這些作家帶有「南方徵用作家」的色彩。參見土屋忍：《南洋文学の生成：訪れることと想うこ》（東京：新典社，2013 年）及 Faye Yuan Kleeman, *Under an Imperial Sun: Japanese Colonial Literature of Taiwan and the South* (Honolulu: University of Hawai'i Press, 2003), p. 11-16.

8　關於華夷風土學的論述，王德威曾於 2021 年 9 月 23 日和 2019 年 10 月 19 日分別在線上和線下舉行了兩場相關演講，「華夷風土：〈南洋讀本〉新論」（新加坡南洋理工大學）和「南洋的『風』，星洲的『土』——從文學看歷史」（新加坡國立大學）。另參見王德威：〈華夷風起〉，載王德威：《華夷風起：華語語系文學三論》（高雄：國立中山大學出版社，2015 年），頁 36-50 及 王德威：〈華夷之變：華語語系研究的新視野〉，《中國現代文學》，第 34 期（2018 年），頁 1-28。

一片華語語系研究和華夷風土研究都聚焦的「南洋」，從而把執念於人的研究框架再次擴大，使其能在最大限度納入「人物縮結」（human-nonhuman entanglement）中的各類人語和物語（故事）。

　　我對於「暗生態」的理解有三。第一是來自張灝的「幽暗意識」，即「所謂幽暗意識是發自對人性中與宇宙中與始俱來的種種黑暗勢力的正視和省悟」。[9] 此處的「黑暗勢力」是指在道德崩壞後人性中所表現出的各種「真善美」的反面，它的社會表現可以是學絕道喪，於個人它則是人心陷溺。總之，這是一種道德倫理（ethics）層面上體現出的各種人性之惡的「黑暗」。張灝對於幽暗意識的論述，一方面來自政治神學框架下清教徒的互約論（covenantal theology）、西方自由主義的發展，以及對集權主義的否定。另一方面，則取法儒家（孟子和荀子），他認為雖然周初以來儒家已有「憂患意識」，但一直被儒門相信人可臻於至善的樂觀主義壓倒。尤為值得注意的是他認為孟子的生命二元論，經過大乘佛教和道教的衝擊，最終歸於宋明理學中（特別是程朱學派）以「復性」為基本框架的「幽暗意識」。從「憂患」到「幽暗」，張的論述自成一派。儒家學者李明輝和胡平曾批判張的論述，而王德威也試圖將張的「幽暗意識」嫁接到文學批評領域，指出此意識「是一種能在人類價值和信仰看似最為安全的內部或外部，以內外雙重批判的模式擊破問題難點的虛構的力量」。[10] 談

9　張灝：《幽暗意識與民主傳統》（北京：新星出版社，2006 年），頁 24。

10　Wang David Der-wei, Leung Angela Ki Che, Yinde Zhang, eds., *Utopia and Utopianism in the Contemporary Chinese Context: Texts, Ideas, Spaces* (Hong Kong: Hong Kong University Press, 2020), p. 62-63: "a fictional power that facilitates the diacritical thrust of aporia from within, and beyond, the establishments of human values and beliefs where disturbance is least expected."

及張貴興的小說《野豬渡河》，人和動物在戰爭中所呈現的暴力和殘忍最直接的表現了這種道德層面的「暗」。然而，《野豬渡河》中對於此類「暗」的展現，實則超出了人類的範疇，當野豬和婆羅洲中各種其他動物在戰爭中的出現，它們不僅僅展開了一種生態景觀，更是展望了張灝的「黑暗」在以儒家為基礎的人的倫理範疇之外的可能意涵。也就是說，「黑暗」可能並不只是存在於張灝所關心的那個定義並非嚴謹的「人性」中，而同時也可能存在於「宇宙」和生態內部，而我們看到張灝對於「幽暗意識」的論述更注重前者，而並未解釋後者。

　　那麼究竟甚麼才（可能）是（張灝所說的）「宇宙」中的黑暗？對於這一問題的解答，我們不一定要回歸像天體物理學那樣的科學領域，就像張灝對「宇宙」的討論是放置在儒家對「天人合一」的解釋框架之中，而我則認為「生態」是接近「宇宙」的方法之一。我認同張將儒家傳統裏的「天」理解為「存有物的形上基礎」（the metaphysical ground of being）與「意義之源」（the source of meaning），也認同「天」作為「超越本體」（the numinous beyond），「超越自然界和人事界的現實存在」。[11] 但是，恰恰因為這樣的論述過於依賴倫理宇宙和宗教觀下「天」的概念，而並不能進一步體現「天」在「生態哲學」層面的可能性，也無法解釋出「天」或「宇宙」的「黑暗」究竟為何？這恰好為後文引入莫頓的「黑暗生態學」提供了一個契機。

　　但先從張灝論述的內部來看，他將「幽暗意識」和「超越意識」都放置在儒家「內聖外王」的框架下，認為這兩種意識是聖

<hr>

11　張灝：《幽暗意識與民主傳統》，頁 108。

王德治的兩種特質，[12] 強調不管是「超越意識」下的「天人之際」還是「幽暗意識」中的「人性善惡」都是「內聖之學」的「核心問題」。[13]「聖王德治」的大框架之所以成為兩種意識的交集，是因為張灝所想討論的最終問題是「中國傳統之所以開不出民主憲政的一個重要思想癥結」在於「幽暗意識雖然存在，卻未能有充分的發揮」。[14] 但如果我們暫且擱置這一政治命題，而從生態的角度切入，則會發現另一條連結「幽暗意識」和「超越意識」的方法：「天人相應」中巫與生態的關係。

　　雖然張的論述在很大程度上借鑑了儒家「內在超越」的傳統，但也指出「除了天人合一的內在超越形式，尚有『天人相應』的一種形式」。[15] 然而和盛行於晚周到秦漢並在後世的漢儒傳統中一直取得主導地位的「天人相應」相比，張認為「天人合一」的思想一直漸行萎縮。在張灝的思想圖式裏，屬於「外範倫理」的「天人相應」延續了殷商文化所遺留的「宇宙神話」，而產生了關於「禮」的「明堂」制度。然而，屬於「德行倫理」的「天人合一」肇始於軸心突破的躍進和創新，它影響了基於「德」的「王制」。兩者在儒家思想發展中此消彼長，但合其二者則為「天人之際」一體之兩面。[16]

12　同上，頁 45。

13　同上，頁 72。

14　同上，頁 42。

15　同上，頁 47-49。

16　「天人合一」中超越意識的批判性通過「以德抗位」、「以道抗勢」、「以師道抗君道」的方式對政治權威在思想層面產生制衡，此思想傳統在王學中臻於高峰。但是隨着極具外化傾向的「知識主義」在清儒中的崛起，「以禮代理」的思想削弱了「天人合一」中的批判意識，因為「禮以君主與家族制度為核心則無可懷疑」。參見同上，頁 58。

　　而我想強調，在看似外化的「天人相應」思想內部存有另一突破方法，即從巫史傳統中環境和生態的角度入手，將超驗的、非人格神的「天」置換為現當代生態哲學中所強調的大地/蓋亞意識，重新審視「天」究竟是否如張所説「超越自然界」，轉而再探討生態論下的「天」和「人」，從而規避「天人相應」傳統失去的政治批判性，因為此批判性大可從環境、政治和民生之間的關係獲取。[17] 雖然有些「超越」還需「外向」。但是與其完全將尋找這些聯繫的方法限制在思想史（重新論證「內向超越」的不完全）或人類學（通過田野調查了解現存的巫史傳統）的領域，不如端正對待當代華語世界小説所提供的推測視角和虛構場域。其實在各類關於生態危機以及相應而來的人類文化危機的故事中，也存在着涉及「幽暗」和「超越」的演繹，也重組着生態論下「天」和「人」的位置。

　　不管是從「去人類中心主義」、（後）人類學還是宇宙科學的立場來看，近年來華語小説世界中出現了各種歷久彌新的關於

17　若暫時擱置「天人之際」論述中，內「合一」外「相應」的二元圖式，我大膽假設（但需另外撰文小心求證），雖然春秋晚期孔子通過以「仁」説「禮」的「內向超越」進一步消解了「巫」對於「天命」和「祭祀」的壟斷，但這樣的祛魅並不完全，擱置於外的是懸而未決的「巫」和自然生態之間千絲萬縷的聯繫。也就是説，孔子的軸心突破，並不能將巫覡所有的職能和知識，特別是無法將基於某種神秘學的自然觀、生態真知（ecognosis）和生態認知（ecological awareness），內化到孔儒的體系中。此外，張灝對於「天人之際」的關注可與近來余英時先生的論述並舉。雖然「天人合一」是近年來學界經常提及的概念和話題，但不能誤以為「天人合一」為儒學大宗，張灝的研究提醒我們這是小傳統的崛起。關於孔子和巫史傳統，以及「人心」如何轉為「道心」，參見余英時：《論天人之際：中國古代思想起源試探》（臺北：聯經出版社，2014 年），頁 182-200。

薩滿和巫魅文化的敍事。從飼養馴鹿的鄂溫克族人（遲子建《額爾古納河右岸》）到川藏的苯教巫師（阿來《雲中記》），從硅嶼的神婆（陳楸帆《荒潮》）到瓦優瓦優島上相信卡邦的島民（吳明益《複眼人》），甚至是雨林中的馬婆婆（張貴興《野豬渡河》）。我認為，這些角色在歷史和書寫脈絡完全不同的小說家的筆下出現，恰好強調了再檢視「外向超越」的必要。這些敍事中所揭露的各種人性／物性的罪惡也體現出一種人類世下小說界中的「幽暗意識」。

　　沿着這條論述思路，我對於「暗生態」的第二種理解是在張灝「幽暗意識」的基礎上，通過借鑑近來在西方生態人文界方興未艾的「黑暗生態學」而去解決甚麼是「天」、「宇宙」和生態的「黑暗」這一問題。莫頓的理論之所以重要，是他的後人類生態哲學論述中預設了一股將人和非人的生物都化約為「物」（object）的「趨平」（flatten）傾向。這種「趨平」是為了尋求人和非人之間某種共同本體，以其為論述基礎，再而演繹出關於文明、環境、政治和倫理的思考。這種哲學思考路徑雖然受到「向物本體論」（Object-Oriented Ontology）的影響，但是莫頓的貢獻在於他並不執念於「物」本體上的意義而是將其帶入生態哲學（特別是認知論）的討論範疇。這種從「萬物皆物」出發的「黑暗生態學」，不僅有助於我們重審小說中人、動物、人造物和生態的關係，也恰好能與張灝從「人」出發的「幽暗意識」產生對話。

　　莫頓的「黑暗生態學」由三條思想主線構成：第一條主線中強調「生態認知」（ecological awareness）以「回環」（loop）的認知方式出現，而這種「回環」基於人類一萬兩千年來的一種「農

業運籌學」（agrilogistics），它最終帶來當下的環境危機；第二條
主線意在證明此種「農業運籌學」如何壓抑了人與非人之間的關
係，而這種關係又最終是如何通過「回環」的方式得到彰顯；第
三條主線中，莫頓則是採用了遞進式且頗具創意的論證方法，來
說明「黑暗生態學」如何起源於憂傷「抑鬱」（depressing）的情感
和「詭秘」（uncanny）的基調，但最終轉化為一種「樂」（joy）。
莫頓學說對於我們理解張灝的理論或張貴興的小說之關鍵在
於「回環」，此概念不僅僅道出了人和非人之間的一種「怪異的」
（weird）和「超自然的」（magical）連結方式，它也更是建立在「生
態真知」（ecognosis）之上的一種認知和邏輯模式。[18]

　　由此看來，莫頓的「暗」和張灝的「暗」實屬兩套哲學系統，
且各有所指。首先，雖然兩者的「暗」都不取決於光的有無，也
不停留在可見與否的視覺感官，但莫頓的「暗」甚至沒有從倫理
層面關於是非善惡的判斷出發。雖然對環境有害的人類行動，莫
頓持批判與反對意見，但是這和張灝關心的「人性」善惡不同。
其次，莫頓在生態政治學和生態倫理學中所討論的「人」，一是
從作為人類的人（anthropos），二是作為和各類物（或整個生態
系統）在本體和認知層面發生了深層交感的「人」，三是作為個
體心理層面的「人」（且強調個人之心理、主觀情緒感受和生態
之心靈之間的關係）。相比之下，張灝在幽暗意識中對於「人」
的定義繼承並局限於儒家話語體系中作為聖王的「人」、君子的

18　從語言學的角度來看 "weird" 一詞，來自北歐古諾斯語 "urth"，本
　　意為彎曲（成環）。參見 Timothy Morton, *Dark Ecology: For a Logic
　　of Future Coexistence* (New York: Columbia Univercity Press, 2016), p. 5,
　　38.

「人」和希望成德的「人」，而並不特別關注在巫史傳統中作為巫的「人」。再者，如果說張灝的「幽暗意識」想要開啟的是儒家建立在「天人之際」二元體系中「超越意識」自身被壓抑的政治批判性，那麼莫頓的「黑暗生態學」想要展現的則是多重定義下的「人」與「生態」之間被壓抑、被隱藏的「回環」關係，而我認為後者中的「人—生態」關係，實際上可以嵌入前者「超越意識」的論述中。

　　要實現這種理論的嫁接，我們首先要弄清楚莫頓為何反覆強調「回環」？其實他對於「回環」特別是「黑暗—詭秘」（dark-uncanny）的論述上承佛洛依德對於「詭秘」（uncanny）的解析。雖然佛洛依德的「詭秘」意在討論，一種基於精神分析法下，在「個體」意識的下層和上層，某種被壓抑的情感和記憶的猝不及防的「回歸」（the unexpected return of the repressed）。[19] 然而莫頓的「黑暗—詭秘」則是着眼於當個體的所行所感上升到「物種」（species）級別的所行所感後，對於地球的影響。這種影響被莫頓稱之為「地球量級」（Earth magnitude）的影響。它們是「回環」式的，並不是簡單地說這種關係讓某種主體回到了過去（雖然物種的史前史確實是考察的因素之一），而是因為「回環」讓

19　當佛洛依德的「詭秘回歸」（the return of the uncanny）變成莫頓的「黑暗回環」（the loop of the dark ecology），這也使得人的心理（the psychic）和生態（the ecological）發生了關係。所以莫頓在第三條主線中回歸人類的情緒和情感，嘗試將「抑鬱」的「黑暗生態學」通過對「負罪感」、「羞恥感」、「憂鬱」、「驚恐」等一系列情感（在作為集體的人類這一層面的分析），漸漸轉移為關於「樂」的生態討論。這樣的論述是否成功暫且不談，但其論述基調仍然是「黑暗」，這與張灝在儒家樂觀文化的底蘊上討論「幽暗意識」不同。參見 Sigmund Freud, *The Uncanny* (New York: Penguin Books, 2003).

兩個看似毫無關係的主體在某個特定情境下突然地、不期然地相連。

由此反觀宇宙和生態中的「暗」究竟為何這一命題，那麼我的結論不是色彩，不是光影，也不是人性，而是一種因果律（causality），以及由其所產生或主導的後人類情境。[20] 將「暗」視為「因果律」有以下幾處優點。首先，如果我們採納莫頓生態學論述下對「作為物種的人」的關注，也就能夠規避張灝「幽暗意識」中對「人性」的執念，將「黑暗」從人的倫理道德（ethics）中暫時解放出來。稱為暫時的解放，因為關於「黑暗」的討論不一定要以善惡為發端，但也不必避諱以倫理為終點，但此「倫理」應該是超越人且包括各類物的。第二，把「暗」解釋為一種因果律，也能將其從特定的審美情趣和表現形式中解放出來，因為我並不是執念於推崇某種聚焦人性、社會和自然界中陰暗面的文學和藝術表達，即使它們是有批判意識的。第三，作為因果律存在的「暗」還能夠把學者關心的重點從「黑暗」本身是甚麼，如何存在，怎樣存在，轉移到另一個更為重要的命題，即「黑暗」為各類人物、動物、植物和人造物提供了怎樣的存在模式（mode of being）。這種存在模式在本體論上可以回歸到因果律和關係論（relationality）的話語，但是在生態層面則創造出一種「後人類情境」（the posthuman condition）。一言蔽之，我所定義的「暗

---

20 此處的「因果律」可被簡單地解釋為一種因果關係和一種關係模式。但它並不落入固定的對應關係中，好比 A 因對 A 果，B 因對 B 果，而是在不期然間的一個華麗轉身，產生了一種鬼魅般的（spooky）A 與 α 和 B 與 β 之間的聯繫，不知孰因孰果，亦可互為因果。

生態」中的「暗」是一種「詭秘的」、「回環的」、猝不及防的且意料不到的因果律，這種因果律創造且主導着一種特定的後人類情境。是因為這樣的「暗」而使得那些看似毫無關聯的個體和集體、人類和非人類之間所被隱藏的、壓抑的、抽離的關係得以彰顯。

　　由此，我展開對於「暗生態」第三個層面的論述。通過推導張灝和莫頓的理論，我已說明了在「暗」的存在模式下，從生態內部的因果律產生出了一種特定的「後人類情境」。然而，張貴興的小說給予我的啟發是，這種生存情境需要通過三組重要的概念而體現，他所描寫的「黑暗」南洋生態恰好反映了這樣的特質：地緣和地質（geo）、生命和物種（zoe）、科技與技術（techne）。從「後人文主義」（post-humanist）的關懷出發，這些範疇提供了一個切入南洋研究的新視角，即要如何在一個以人為主導的歷史時空中去探討，有生物（人、動植物）和無生物（兵器、工具）怎樣面對突如其來的、或自然或人為的破壞？在作為文學和地理概念的「南洋」下，廣義的「天」「人」關係又是如何通過這三組概念之間「詭秘」「回環」的因果律而顯示出具體而微的結構？

　　首先，地緣和地質的主題關注的是馬來半島和婆羅洲的地質構造，以及這種地質構造的起源和所蘊藏的事物是如何幫助我們理解《野豬渡河》中的戰爭史。雖然此篇論文的關注點將在第二節中移入地下，但這並不只是因為該文要處理地質結構和石油問題如何體現了隱藏在地下、不可見的「暗」，而是因為這些議題在構建小說生態邏輯的同時展現出了一種文本故事內外的「暗」的因果律。換而言之，一方面，某種史前的地質身分（Earth identity）幫助我們思考超人類歷史的「南洋」之意義；另一方面，地殼中石油的有無也是特定族群定居婆羅洲的原因，它也間接、回環地造成了野豬渡河和《野豬渡河》的起因。

　　第二，生命和物種（zoe）的主題聚焦將人類「包括在外」的各種動植物，特別是張貴興小說中的野豬。它們體現南洋的「暗」，並不只是因為動物的殘暴和冷血，或是對人類歷史和暴力的不聞不問。更是因為小說家在描寫這些動物時，通過特定的「隱喻」和諧音字的運用而啟動了某種文字和象徵層面的物類感應模式，從而將一種驚悚、詭秘和回環式的「暗」邏輯在讀者不知不覺的時候編織入了他所構造的南洋世界中。

　　第三、至於科技和技術（techne），則是為了說明小說家對帕朗刀和單車此類人造物在小說中所展現之「物力」（thing-power）的刻畫，是如何體現了「暗」的因果律所呈現的不期而至的物語（故事）。[21] 而對於這些人造物在物質文化層面的討論，雖然它們成為讀者了解這些刀和車的基本前提，但我認為「暗生態」的視角更能夠解釋被壓抑和隱藏在物質文化範疇下的物的意義，這種意義來源於物之本體的情動力，也縮合在人對於這些物的感情之中。這三個範疇之間的「三元邏輯」（ternary logic）姑且可用波羅米昂三環結（the Borromean knot）的圖像來呈現：三環相結，

21　「物力」（thing-power）一說來源於政治理論家珍·班尼特（Jane Bennett）的著作，其中她將「物力」定義為 "Thing-power gestures towards the strange ability of ordinary, man-made items to exceed their status as objects and to manifest traces of independence or aliveness, constituting the outside of our own experience". 參見 Jane Bennett, *Vibrant Matter: A Political Ecology of Things* (Durham: Duke University Press, 2010), p. xvi, 28.

斷其一，則失其全。[22]

　　這種連接方式讓我們發問：以「後人文主義」為導向的「暗
生態」視角如何讓我們重新認知（而並不是簡單意義上的重述）
太古之初帶有神秘色彩的生態觀，甚至是宇宙觀，即「天人相應」
的另一面？張貴興的書寫到底又是怎樣勾勒出這樣一個人物糾纏
的「暗南洋」？要回答這些問題，我們需要「入地」而求索，首先
了解婆羅洲的地質構造。

二、地緣與地質 (Geo)：石油和「巽他蘭」大陸

　　1910 年 8 月 10 日，美里一號油井開鑽，同年 12 月 22 日，
在地下一百三十米處成功發現了石油。[23] 此後，更多的油井在美
里區域被發現，荷蘭皇家蜆殼集團（Shell/Royal Dutch Group）於
是在此設立了砂拉越油田公司（Sarawak Oilfield Ltd.）來管理該
區域的油井。此公司正是現在位於羅東的 PETROS（Petroleum

22　拉康（Jacque Lacan）曾在 1974 年至 1975 年的講座中通過閱讀喬
　　伊斯（James Joyce）而用波羅米昂三環節（the Borromean Knot）
　　來解釋他定義的想像界（the Imaginary）、象徵界（符號界）（the
　　Symbolic）和真實界（the Real）之間的關係。參見 Janina Maris
　　Hofer, "Experiences of Transcendence in the Borromean Knot,"
　　in Philipp Valentini, Mahdi Tourage, eds., *Esoteric Lacan, Reframing
　　Continental Philosophy of Religion* (London: Rowman & Littlefield
　　Publishers, 2020), p.163–182.
23　1822 年，Claude Champion de Crespigny 因為發現了從地底溢出
　　地表的「油苗」（oil seeps）而在美里地區發現了石油。1910 年，
　　Charles Hose 根據 de Crespigny 的報告和記載，提議並且計劃在美
　　里地區勘鑽石油。參見 Rasoul Sarkhabi, "History of Oil: Miri 1910,"
　　GEO ExPro 7.2 (2010): p.44–49.

Sarawak Berhad）石油開採公司的前身 [24]。雖然油田是在美里，但是負責油田運營的大多勞動力卻來自新加坡。1941 年 12 月，日軍登陸前夕，在 1841 年和 1946 年間以王朝君主制度統治着婆羅洲西北沿海地區的布魯克王朝，緊急關閉了美里油井以及位於羅東的煉油廠，並將大部分的文件、可搬運器械和勞動力送往新加坡。然而，不出兩月，隨着新加坡的淪陷（1942 年 2 月 15 日），日帝國軍又將這些文件和生產資料運回美里，建立了保證帝國戰中能源供給的「燃料配給所」。

　　如果說美里地下的石油是歷史和小説中砂華人慘遭侵略和殺戮的間接原因，那麼根據上述的美里石油開採史，我們也可以了解即使是百萬年前的「地質／大地作用」（geological／Earth process）也仍然對近現代的各種歷史產生着影響，而這些緩慢進行中的「大地作用」仍然在不為人見、高壓高磁的地底暗處持續進行着。從視覺角度來看，也正因為這種作用的不可見，使得它被過分關注小説《野豬渡河》中暴力、創傷和戰爭等議題的讀者和評論者所忽略。從「暗」的因果律上來看，作為一種物質的原油在戰爭的特殊情境下突然和地表上的婆羅洲人類社群產生了直接的、致命的聯繫。對於這些幽微的大地作用正面的審視，實則能夠體現生態知識論的一種下層和內部結構。而當我們回歸「深層生態學」（deep ecology）最為字面的意思，「深層」要強調的不只是歷史的長度和哲思的深度，也是地質的知識。這種知識無時無刻地不在影響着作者和讀者的寫作和閲讀實踐，在「暗」處影響着歷史和故事的選擇、發展和走向。依循此思路我們首先要聚

24　同上。

焦的是婆羅洲油氣盆地（以美里油田為例）和整個東南亞地質板
塊之間的關係。是那些千萬年來大陸板塊的聚合、張裂和錯動，
和那些人類可以計算但無法感受的張力、壓力和磁力，使得石油
成為了可能 [25]。

當我們的視線從地表的人為暴力轉入地下的自然之力，究
竟是怎樣的地質作用使得石油成為可能？而這些深層的大地運動
是否能夠提供我們觀察婆羅洲的另一個視角，而展現出該地區的
不同身分？其實張貴興對於「大地身分」的關注由來已久。小說
《群象》是以馬共為背景描寫少年主人翁施仕才進入雨林尋找舅
舅余家同的故事。然而小說中也曾出現過了這樣一段關於起源的
敘述：

> 一百萬年前，爪哇原人活躍於東南亞「巽他蘭」陸地（中
> 南半島到爪哇。婆羅洲到菲律賓巴拉望島）。八十萬年
> 前，爪哇原人向北擴展，進入中國南部，是為藍田人。
> 六十萬年前，藍田人再往北擴展，是為北京原人。[26]

這段虛構人種起源論建立了「巽他蘭」陸地和古人類學範疇
下的「中國人」這兩個概念之間的聯繫。不管這樣的聯繫是憑空
捏造的想像，還是基於某些曇花一現學說的假設，這段文字的大
膽預設即為，「中國人」人種的發源地在「巽他蘭」，「中國人」其
實來自東南亞。現在的婆羅洲也因為它曾是這片大陸的一部分，
而成為了「中國人」的人種原鄉。從張的人種起源論觀察「南下」

25　同上。
26　張貴興：《群象》（臺北：麥田出版，2006 年），頁 296。

的移民和「南來」的文人，可以説不管是誰，他們的移動都弔詭
地變成了某種意義上的歸鄉之旅。然而，小説家虛構的人種溯
源論完全跳脱出了諸多關於南洋移/遺民表述中基於宗族傳統和
家庭血緣意義上的尋根情結和報本反始的忠孝情義，而是從人在
還未成「人」之時就去追尋人類物種的源頭。在這種「生物量級」
的思考角度下，小説側面展現了「巽他蘭」的「大地身分」（Earth
identity）和支撐小説故事的地質架構。但究竟何為「巽他蘭」陸
地？

　　「巽他蘭」大陸（Sundaland），又稱「巽他」大陸，是一大片
從越南一直延伸到印度尼西亞峇里島的已被部分淹沒的大陸。從
地理上講，它是東南亞大陸的核心，包括馬來半島、婆羅洲、爪
哇、蘇門答臘、巴拉望以及許多相鄰的環礁、地峽和島嶼。從地
質上看，它構成了歐亞板塊的東南角，包括緬甸、泰國、印度支
那（老撾、柬埔寨、越南）、馬來西亞半島、蘇門答臘、爪哇、
婆羅洲和「巽他大陸架」（巽他陸棚）。它同時也處於印度—澳
大利亞、菲律賓和歐亞板塊的匯聚帶（zone of convergence）。[27]
淺水區域的「巽他蘭陸棚」包括爪哇海、泰國灣和部分南海。簡
單來説，由於更新世以來的海平面變化（特別是大約在十二萬年
前左右）使得這個區域的巽他蘭陸地開始經歷週期性的乾旱和洪
水。[28] 從地球時間（Earth time）的角度去試想，這一塊時而滄海
時而桑田的「巽他蘭」，不管是它在地質概念上所產生的認知，

27　Ian Metcalfe, "Tectonic Framework and Phanerozoic Evolution of
　　Sundaland," *Gondwana Research* 19.1 (2011): 3–21.

28　Peter S. Bellwood, *Prehistory of the Indo-Malaysian Archipelago*, Rev.
　　ed. (Honolulu, Hawaii: University of Hawai'i Press, 1997), p.31.

還是萬年以來的地貌特徵上來說，和今天我們稱之為「東南亞」的這個區域可謂有天壤之別。

　　從史前史的角度再審視人類區域史，我們發現原來「南洋」非「洋」，而應該叫做「南陸」。[29]對於這一片蘊藏豐富油氣資源的「南陸」，[30]它所擁有的陸界的（geo）、岩石的（litho-）和史前的（ancestral）地質身分卻一直被只是聚焦華語語系研究下地緣政治（geopolitics）的論述所忽視。而我認為，從「異他蘭」的地質身分來形塑婆羅洲、南洋和中國的關係，不僅可以擺脫人類中心的視角，還可以製造出更多的討論空間：這樣基於地質和地殼的非人視角會如何補充或衝擊現有關於東南亞和南洋的各種地緣政治學和地緣詩學？人文和社科學者執念於「地緣」的同時是否忽略了「地」（geo-）在最為物質且自然層面所能帶給我們的思考空間？而一旦重新發掘這個空間，它是否又能改變我們閱讀和解析文本的方法？

　　我在張貴興的南洋文本中重提「異他蘭」大陸，是在小題大作的同時因應後人類論述中各類「向地思考」和「與土共存」的號召與轉向。如果唐娜‧哈洛威（Dona Haraway）的「怪物世」（Chthulucene）是由「各類或遠古或當下的源於大地的生命體」

29　有研究也指出淺層的「異他蘭陸棚」正持續地陷入地幔。若將時間向人類或許已經消亡的十萬年後投射，可能婆羅洲和南洋又已經全部沉入水下，而這樣的想像，是否也會改變我們現在對該區域的認知？參見 Anta-Clarisse Sarr, et al., "Subsiding Sundaland," *Geology* 47.2 (2019): p. 119–122.

30　Robert Hall, "Hydrocarbon Basins in SE Asia: Understanding Why They Are There," *Petroleum Geoscience* 15.2 (2009): p.131–146.

構成，[31] 那麼張貴興小説中的「大地生命體」（chthonic）就是石油，一塊沒有特定形狀的「流質黃金」，一片由有生物死後在高磁高壓的環境下形成的油氣儲層。石油蘊藏且流動在婆羅洲雨林的地底深處，見證且聆聽着這塊熱帶土地上人人，獸獸和人獸之間的廝殺，它那如夢魘般漆黑的顏色和粘稠的質感在暗中召喚起人類的貪婪，以及他們對能源的無盡慾望，從而助長了無盡的殺戮和擴張。於是在人與動物，還有日帝國的侵略者與在地的各色人種之間，形成了層層統治和被統治的關係，為婆羅洲的雨林帶來無盡的傷痛。除此之外，這些分佈於油田油井中的石油，不正是莫頓在另一部着作裏所提到的「極物」（hyperobjects）？它是物（體），是事（件），也是（現）象，它「龐然地散佈於時空之中，以一種非局部性的效果拒斥着地點與時間性，它亦可被分割成無數的局部而不喪失其一致性。」[32] 而在「極物」和「暗」的因果律之間，因為都存有「地球量級」的思考角度，而使得兩者也產生了對話可能。首先，作為一個從「智人」開始就已經存在了至少二十五萬年，並且遍及這個星球各個角落的物種，人類不也是一種「龐然地散佈於時空中」的「極物」？那麼，婆羅洲上的原油開採和戰爭，是否可以被看做是因為作為「極物」的原油和「極物」的人類之間被壓抑的「暗」關係，在一個詭秘的回環和特定的歷

31　Donna Jeanne Haraway, *Staying with the Trouble: Making Kin in the Chthulucene* (Durham: Duke University Press, 2016), p. 2.

32　Timothy Morton, *Hyperobjects: Philosophy and Ecology after the End of the World* (Minncapolic: University of Minnesota Press, 2013), p. 47: "massively distributed in time and space, exhibiting nonlocal effects that defied location and temporality, cuttable into many parts without losing coherence".

史時間裏的偶然展現？

　　另外，對於哲學家甘丹・梅亞蘇（Quentin Meillassoux），石油或其類似物質標識了一種代表「原始現實」（ancestral reality）的史前的事件，它「不但先於人的出現，也先於任何一種地球生命體。」[33] 對於石油是否先於地球生命體而出現，這屬於科學的範疇，至今學界中仍有懸而未決的石油有機成因說（依靠生命體）和無機成因說（不依靠生命體）之爭。[34] 而我想關注的是，這種「物」和「事」的原始性（或史前性）其實凸顯了一種關於地球的、不涉及人類的「原始見證」（ancestral witness）。梅氏認為這種「見證」的成立基於地質學的科學依據，但也需要「思辨的（或推測的）關聯主義」（speculative correlationism）。對於像梅氏一般的思辨唯物論者（speculative realist），他們認為康德超越式的「關聯主義」錯誤地將獨立存在的客觀現實和人的感知／意識聯繫在了一起。然而，「思辨關聯主義」則拒絕這種基於人類中心的對「現實」的理解，反而強調地球或者大地也可以作為一種客觀現實存在的見證者／物。[35]

　　所以，不管是從人類史前或後人類的角度去閱讀張的文本，都要求讀者在了解馬來半島和婆羅洲關於地下／地質的、極

33　Quentin Meillassoux, *After Finitude: An Essay on the Necessity of Contingency* (London ; New York: Continuum, 2008), p. 10-11: "anterior to the emergence of the human species – or anterior to every recognized form of life on earth".

34　郭望、周俊林合著：〈油氣成因漫談〉，《中國礦業報》，2020 年第 8 期。

35　Quentin Meillassoux, *After Finitude: An Essay on the Necessity of Contingency*, p. 1-27.

物的和原始的特性之外，也要能夠直視在「幽暗意識」和「黑暗
生態學」交匯之處產生的關於「暗」因果律、倫理和情感的種種。
我認為不管是這些來自自然科學的環境知識還是人文學科的生態
哲學，實際上它們都一直存在於張貴興雨林書寫的文本內外。作
為評論者和讀者的我們，一方面需要透過運用「後人類視角」，
在跨物種的層面去思索這些「後人間情境」中的生態邏輯；另一
方面也要多方運用哲學、宗教研究和文學理論中的生態觀去展
開多種閱讀張貴興小說的可能性。如此一來華語語系文學下「南
方」、「暗生態」的維度才能被最大限度地打開。[36] 至此，我已從
「地緣和地質」的角度分析了承載婆羅洲歷史和張的小說，接下
來，讓我們的視野從地下回歸地上，來關注「生命和物種」在張
的「暗生態」中所承擔的角色。

三、生命和物種（Zoe）：豬

在《野豬渡河》的開頭有這麼一段解釋人豬為何結仇的描
述：

> 一九一一年豬芭村發現石油後，大批華人技工和移民湧
> 入，木板店鋪林立，野豬棲息地被大量侵蝕，野豬騷動不
> 安，由一頭體形如牛的豬王帶領，開始頻繁和有計劃的驅

---

36 Victor T. King, Zawawi Ibrahim, Noor Hasharina Hassan, eds., *Borneo Studies in History, Society and Culture* (Singapore: Springer, 2017). 作為婆羅洲研究的最為全面的書籍之一，這本論文集中也暴露了過去在婆羅洲研究中人文和社會學學者因為過於關注人類「歷史」、「社會」和「文化」的一種人類中心主義。

逐人類，半年內敉平農地無數，奪走三個小孩、兩個女人和一個老嫗性命，死者不是被踐踏成肉醬，就是被呼倫啃食，村民組織了狩獵隊伍，但成效不彰，直到朱大帝、鍾老怪、小金、鱉王秦等獵手定居豬芭村。[37]

　　小說中描述的野豬是一種生活在馬來半島、蘇門答臘和婆羅洲地區的原生物種：長鬚豬（Sus barbatus）。作為一個物種，牠們於「更新世」在地球上出現，這與「智人」（homo sapiens）出現的地質時期相同。[38]長鬚豬家族包含兩個亞種，現在主要出現在蘇門答臘和婆羅洲，根據國際自然保護聯盟的瀕危物種紅色名錄（IUCN Red List）顯示，牠們被評估為「易危」，且由於「棲息地的廣泛喪失和破碎化，牠們的種群數量繼續下降」，而就在1950年以前長鬚豬曾廣泛的分佈於馬來半島的南、北、中部，然而現在牠們幾乎已經在馬來半島和新加坡滅絕。[39]

　　這種長鬚豬全身覆蓋着深棕色的皮毛，臉上有明顯的白色鬍鬚，且擁有目前所有豬種中最纖細的軀幹和最長的頭。因為長長的耳朵和鼻子，長鬚豬具有極好的聽覺和嗅覺，豬鼻上形成的一對長尖牙是從其下犬齒長出的。這種強大而敏捷的動物可以活

37　張貴興：《野豬渡河》（新北：聯經出版，2018年），頁65。

38　Laurent Frantz, et al.,, "The Evolution of Suidae," *Annual Review of Animal Biosciences* 4.1 (2016): 61–85.

39　然而，在2020年一批長鬚豬真的「野豬渡河」，游過柔佛海峽，來到新加坡東北部的榜鵝區，並造成多位居民受傷。從1985年到2010年，長鬚豬的森林棲息地面積縮小了百分之二十三，整個在婆羅洲的生存區域也縮小了百分之二十四。參見 Kae Kawanishi Tigers, et al., "IUCN Red List of Threatened Species: Sus Barbatus," *IUCN Red List of Threatened Species,* from https://www.iucnredlist.org/species/41772/123793370.

到十六歲，體長可達一米八，體重可達一百五十公斤。牠主要生活在森林、泥炭沼澤和紅樹林中；這種豬科最獨特的特點是有時數百隻豬會聚在一起進行大規模游牧遷徙。

　　雖然張在小說中準確地描寫出了長鬚豬遷徙的特性，但仍有兩點值得注意。第一是石油在豬芭村（因村人養豬而得名）的發現是造成人豬衝突的主要原因，即人的遷入導致了豬的生存地的喪失。張在小說中分別描述了發生在 1911 年，1920 年 2 月和 1945 年的三場「人豬大戰」，而對 1911 年戰役的描寫最為詳盡。三場戰役的時間橫跨了日軍的入侵和退兵，也橫跨了黑暗的「三年零八個月」，這表現出一種獨立於二戰史之外的人豬之爭。其次，張對於小說中野豬獸性的描寫極盡暴力敘事之能，豬的狡猾、兇殘和記仇的性格被刻畫得入木三分，它們甚至嚙噬人肉、當眾交媾、為所欲為。但從科學意義上來說，這種長鬚豬是一種以水果，菌類、無脊椎動物和烏龜蛋為主食的雜食性動物，並無主動攻擊人類的野性或食人的嗜好。那麼讀者應該如何理解這種虛構的暴力和兇殘本性？小說中渡河的野豬是否就真的是科學意義上的婆羅洲長鬚豬呢？

　　其實婆羅洲的原生動物時常在張的小說中登場，如鱷魚、大象，野豬和獼猴等，而我認為，這些託生於小說中的動物時常通過小說家的想像、思辨和推測而被賦予了象徵性（或符號性）的意義，使得它們不再簡單地等同於科學層面和現實中的同名物種。譬如小說中 1920 年的那場人豬大戰，有七百到三千頭野豬浩浩蕩蕩在月夜渡河進攻豬芭村。而村民憑藉多年的鬥豬經驗，也早有防備，於三天前就在村莊四周築起了八碼高、兩千五百英尺長的木柵欄，並設有四座保家禦豬的高塔。十日已過，豬群只

是隱藏在靠近村莊的雨林之中而無動靜，直到 2 月 19 日夜，牠們才發動了豬的「攻勢」(offensive)，當時是：

> 月色黯淡，使得成億上兆的螢火蟲在兩岸莽叢形成的兩條漫長的螢囊十分顯眼。在兩條火紅色的螢囊照耀下，紅臉關看見河面漂浮着似瓢非瓢、似鱉非鱉的大物，像首尾相連的竹筏，像支離破碎的漂流木，像揚起梭鱗和尾鬣的鱷群，攪動兩岸山嵐瘴氣，驚醒水域裏所有濕生卵化的妖魔鬼怪。豬群從豬芭河上游泅水順流而下，越過柵欄後，兵分兩路上岸，抖擻豬毛擲掉泥水，發出恐怖咆哮，湧向豬芭村。[40]

「隱喻」(metaphor)成為此段文字中貫穿有生和無生、物種和物種之間物類屏障的關鍵。不僅僅此處描寫的「野豬」本身被比喻為「鱉」或「鱷」等其他動物，牠們也被比喻為無生的物件比如「瓢」、「竹筏」和「漂流木」。更為重要的是，張在小說中「動」物(to animate a thing)的方式是在運用隱喻的同時又不斷試圖削弱這種通過隱喻而達成的對應關係，使得本體和喻體兩者都變得曖昧。這種隱喻的曖昧性以及物的游離性和運動性通過「似……非……」這樣的詞組而得以彰顯，也通過三個在分句中連貫出現的「像」而呼之欲出。如此一來，讀者在被引導着去相信小說中的野豬就是科學物種意義上的長鬚豬的同時，這種堅固的對等性也在被不斷地被消解。其結果便是通過「隱喻」(和聯物模式下)創造出來的位於虛實之間的一種「野豬」的文學本體，這誠

40　張貴興：《野豬渡河》，頁 70。

然是新物種的誕生。更進一步，當文學中以「隱喻」為表達方式的「物類感應模式」介入「暗生態」中詭秘回環的因果律，那麼它製造就不僅僅是現實中的豬和其他動物或物件之間意想不到的突然連接，而是在這種連接的過程中創造出新的生命和物種，新的本體。

　　既然小說中的「豬」不僅僅是生物意義上的豬，那還能是甚麼？是否「豬」中仍有意義待解？回歸張貴興的小說，我們發現作者在小說中通過運用同音字來發散聯想，至少延伸出關於「豬」的三重意義：作為村名的「豬」、人名的「朱」和誅殺的「誅」。首先，「豬芭村」本來便因為村人獵豬、養豬、被豬殺而得名。「芭」是南洋華人社群中常用字，它來自於馬來語的 paya，原意為充滿灌木的沼澤，後隨「山芭」一詞的出現而用來指射「村莊」。[41]所以豬芭村不僅是「養豬的村莊」，更是「豬村」本身。其次，「朱」也是小說中一重要角色，即獵豬人「朱大帝」。朱大帝一生發奮獵殺豬王，但是反諷的是，他卻在獵豬的過程中變得越發像豬。如果説作為野豬三次渡河幕後主使的豬王被描寫為狡猾、機警且毒辣的動物，那麼這些詞彙也恰恰可以用來形容朱大帝本人。小說中關於主人翁關亞鳳母親葉小娥的一段齷齪公案在文末揭曉，原來二十五年前當野豬渡河之際，正是朱大帝潛入葉家高腳屋霸凌葉小娥之時。此外，張貴興反覆描寫朱大帝與妻子牛油媽的房事，也將其妻比喻為一頭發情的母豬來強調朱家的豬化。其實除去朱家，小說中諸多角色，都能找到他們原型動物的隱喻

41　河洛郎：〈燒芭點燃南洋華人詞彙〉，《聯合早報》文化版，2013 年
　　7 月 7 日，頁 22。

形象，譬如：老怪把母親誤看為一頭野豬而錯殺，[42] 女子阿彩和
從日本來到婆羅洲且被俗稱為「南洋姐」的慰安婦們也被比喻為
「鱷」或「巨鱷」，[43] 而長期受到獼猴報復性騷擾的日本軍官吉野，
在身中達雅克人的毒箭後竟然變成了一隻大烏龜（王八）。[44] 動物
與「動」物（becoming animals）是小説中的主旋律，也是讓人關
注雨林中的物變和人變的方法。然而，我並不認為小説這樣的
安排是為了在懲惡揚善的倫理角度去建構一種「詩學正義」，因
為書中「動人物」（humanimal）的作為有超越人世倫理的面向，
它不僅超越張灝在善惡意義上的「幽暗」，也把我們帶到第三個
「誅」的意義。

「豬」者，「誅」也；討也，殺也。在王德威為小説作的序言
中，他借用魯迅「失掉的好地獄」來襯托張對於婆羅洲黑暗的「三
年零八個月」的恐怖記憶和懷舊敍事。[45] 對於王，張在殘酷的戰
爭史和侵略史中創造出了屬於婆羅洲的「傷痕文學」。若更進一
步來說，我認為張的文字實則是將整個婆羅洲的雨林變化為了一
種「暗生態」，期間不管是處於求生或侵略、道義或貪婪的各種
殺戮和誅罰永不停歇。「誅」的延續性成為小説倫理宇宙中一股
不可抑制的內在「慣力」（inertia）：好比那些死在南洋的日軍銀
輪部隊的戰士，即使魂魄已化為騎單車的鬼魂，可仍無法擺脫被
達雅克人追殺的宿命；[46] 又好比陣亡在海上變成鬼的日本海軍，

42　張貴興：《野豬渡河》，頁 142。
43　同上，頁 261-269。
44　同上，頁 348。
45　同上，頁 12-13。
46　同上，頁 330。

因其鴉片癮發作，他們在進入豬芭村時，又被來自馬來黑巫術的飛天人頭所獵殺。我們應該如何解釋「誅」的「詭秘」且「超自然」的「回環」和「回歸」？

　　任何完全基於人類中心的倫理價值和道德判斷都註定迷失在小說雨林的「暗生態」中。「暗生態」有其自成一體的倫理，它指射一種無關於人類價值判斷的「後倫理」（post-ethics）。這裏的「後」並非意味着「無」倫理或者「反」倫理，也不是指射倫理的終結或者對人性和自然界中陰暗面的價值肯定，而是強調將「倫理」的範疇擴大到生態、「世界」和宇宙等概念中。張的小說中人/物相殺、鬼/巫相殘的生態觀和倫理觀，實際上是在提醒讀者，我們之所以會認為小說中的野豬如此殘暴兇狠，很大原因是因為牠們對於人的災難和死亡漠不關心，而這種期盼，恰恰暴露了人類中心意識。豬，何須為人而生？因人而感？既然「豬」不以人為中心，那麼「誅」是否也可以擺脫基於人類道德的懲戒和質疑？這種無關倫理的「誅」最能體現出「暗生態」中「暗」的因果：殺戮可以沒有道德理由，只因求生求存；野豬也將反覆渡河，無論人世已幾經傷痛沉淪。

　　如果我們從以上由「豬」到「誅」的倫理討論，回溯《群象》中由（大）象入（意）象的過程，則會發現早在 2010 年，白安卓（Andrea Bachner）就用「相似的修辭邏輯」（logic of resemblance）來解析象和「象」的意義。[47] 貝納子（Brian Bernards）和陳榮強

47　Andrea Bachner, "Reinventing Chinese Writing." In Jing Tsu and David Der-wei Wang, eds., *Global Chinese Literature: Critical Essays* (Leiden, The Netherlands; Boston: Brill, 2010), p. 191-193.

（E.K. Tan）也分別在關於張的研究中提及象和「象」的張力。不同之處在於，貝納子從生態詩學的角度分析作為文學意象的「雨林」是如何在小說中成為「原鄉」，而陳則從元小說（又名後設小說）的角度來審視野象群的命運（神話起源、遷徙和現狀）是如何影射了馬來西亞華人的命運。[48] 然而，我想聚焦的是「屍象」的出現。

在小說《群象》結尾，神秘的婆羅洲野象群終於不再是少年施仕才夢中的意「象」而顯露真「身」。然而更讓人驚悚的是，他和舅舅余家同發現這些野象早已不是雨林中的巨獸，而變成了殭屍：

> 甥舅現在看到的不像是象，而是一塊會行走的腐肉。一個像波浪正在翻騰的傷口佔了母象整個臀部，漫至整隻右後肢。後肢已近潰爛，骨骼露出，使牠行走時一顛一拐。[49]

稍後，舅舅在他的《獵象札記》中記錄下，1947 年 7 月 12 日，他發現在十三頭婆羅洲野象之中，只有三頭看似健康，「其餘惡疾纏身，皮脫毛落，遍體爛瘡壞疽」。[50] 屍象的出現誠然是現當代華語小說中獨一無二的情節，但它在一定程度上也是《野

48　Brian Bernards, *Writing the South Seas: Imagining the Nanyang in Chinese and Southeast Asian Postcolonial Literature*, p. 127-130; E. K. Tan, *Rethinking Chineseness: Translational Sinophone Identities in the Nanyang Literary World* (Amherst, New York: Cambria Press, 2013), p. 128-135.

49　張貴興：《群象》，頁 164。

50　同上。

豬渡河》中日軍鬼魂回歸的跨文本伏筆，這兩種借屍還魂的「回環」都指向了一個在此生此世的故事終結後，其內部某種慣性和邏輯的綿綿不絕。不管是作為犯下諸多惡行的日軍，還是隱喻着馬來西亞華社處境的野象群，生命的終結或者身體的腐爛都不能阻止宿命的延續。兩者的不同之處在於，前者魂魄的「回歸」代表了一種由人間倫理轉為後倫理的突變，而後者「屍象」的出現意味着在滅絕與繁衍都模稜兩可的時候，一條生非生、死非死的出路。

在和張貴興同時代的馬華小說敍事中，不管是黃錦樹的〈魚骸〉還是李永平的《朱鴒書》，其中都出現屍體、遺骸和還魂等主題。然而不管這些關於（非）人的或（非）物質的「回環」與「回歸」是否透露出馬華作家們在書寫南方「暗生態」時的屍戀情懷，我都認為這些文字的用心之處可能並不是「屍身」或「殘骸」這些有形的實物，而背後依附着的一種「漸腐的詩學」（processual poetics of decay），且這一詩學最終和游移在「驚恐」、好惡和「賤斥」（abject）之間的曖昧的感情結構相結合，編織出暗生態中人的內心感情底蘊。這種「漸腐敍事」在身體和實體的物質性將要被消解的那一瞬間，展現出其關於非物質性的幽冥徘徊之意。不管是黃錦樹筆下主人翁在沼澤黑水中摸索大哥的骸骨，還是張貴興筆下雨林深處時而入夢的屍象，這些或人類或動物的物質殘骸都指向了大地（土和水），揭露另一種「向地」或大地意識。

野豬也好，屍象也罷，我最後想討論的是究竟應該如何理解閱讀過程中切身感受到的「驚恐」或者「恐怖」等等體驗？這些體驗又如何和我所謂的「暗生態」與「物種」發生關係？這些問題首先涉及到個人心理的感受和生態情感之間的聯繫，其次也涉及

到物種之間的距離。首先，當我們回到莫頓「黑暗生態學」中精神分析的面向，就會發現即使在「暗生態」中，我們需要從「物種」的層面去解析小說和歷史，但是對於莫頓來說，個人心理的感受（the psychological）並不能被完全排除在外。他反而強調就算是從極度私密、局限和個人的感知出發，也可以通過層層反思而達到某種生態認知。[51] 而我更進一步認為，在閱讀過程中所產生的人的情感，完全具有超越「人」和「情感」的雙重可能性，而小說中所呈現的各種無情（對戰爭和暴力的無感），通過與閱讀者的多情（悲痛、哀傷、驚恐）發生聯繫，則會產生出絲絲幽情（經過反思後的人文情懷和關懷）。這些都屬於生態情感（eco-emotion）的範疇，而這些情感中消極的成分也從側面體現了西方哲學中的「幽暗意識」。

　　總之，豬也好，象也罷，這些「生命和物種」在小說中的作用都不僅只是從非人的視角去見證戰爭的殘酷，而是以其自身的存在來不斷重新規劃人類暴力、倫理和情感的邊界。而起到類似作用的因素，在小說中更有它者：看似無生的人造物。

四、科技與技術（Techne）：帕朗刀和單車

　　有生者，可以是動物和人類，但是物自有「力」，小說中看似無生的人造物，譬如被特定東南亞社群當做日用工具的帕朗刀和二戰時被「銀輪部隊」用來攻佔馬來半島的單車，也能夠在文

51　Timothy Morton, *Dark Ecology: Fora Logic of Future Coexistence*, p. 136-140.

本內外體現出自身的「物力」。[52] 首先我想討論這些被當做工具的人造物其實並不能完全的被納入「工具」的範疇，然後再利用「工具」本身的曖昧性去思考如今學界各類關於「工具本體論」（tool-ontology）的討論。雖然對於「技」（techne）的討論，實屬「技術哲學」的範疇，在現當代的西方理論中，它涉及到至少從海德格開始對於「科技」（techne）的分析，[53] 也涉及到近年來許煜從新儒家（特別是牟宗三）對於「道—器」的分析來嫁接西方科技哲學的嘗試，[54] 但是我的重點是假借「科技和技術」之名，來探討由它們而創造出的人造物在文本內外的意義，我的關注點在「物」，而暫時不涉及「技術哲學」本身。

那麼我們首先聚焦的第一個人造物就是帕朗刀，且究竟何為帕朗刀？無論是華族、巫族還是土著，婆羅洲人都很熟悉「帕朗刀」（parang）（又稱「巴冷刀」），它是一種帶有加重尖端的長刀。帕朗刀通常被用作叢林開荒或狩獵的工具，但有時它也可以成為戰鬥中的武器。「帕朗」的分類在人類學領域仍然存在爭議。[55] 它雖然通常被稱為刀，但學者們又可以將其分為彎刀、砍

52　此處對於「物力」的理解延續前文闡述的班尼特的定義。

53　Martin Heidegger, *The Question Concerning Technology, and Other Essays* (New York: Harper & Row, 1977).

54　Yuk Hui, *The Question Concerning Technology in China: An Essay in Cosmotechnics* (Falmouth, United Kingdom: Urbanomic Media Ltd, 2016).

55　Robert Walter Campbell Shelford (1872-1912) 將達雅克族的各類刀劍分為十個類別，而今天的「武器學」（hoplology）學界對於達雅克刀劍的分類，仍遵循前者。參見 Michael Heppell, "Two Curators: A Classification of Borneo Swords and Some Swords in the Sarawak Museum Collection," *Sarawak Museum Journal* 68.89 (2011): p. 1–40.

刀、劍和切肉刀，顯出「帕朗」的多功能性。由此可見，它確實是一種從日常（家務、開荒）到鬥爭（狩獵和戰鬥）都可以使用的萬能刀。[56] 雖然從詞義上看，「帕朗」的原始含義仍未確定，但有學者認為它可能與涉及某種鐵、製鐵術或冶煉術的非常原始的語言和知識有關，而該知識的存在其實早於鐵技的實際使用（例如南島語言學中的製劍術）。[57] 在印度尼西亞群島，諸如 berang、belo、lopu 和 todo 等詞都被用來指稱「巴冷」，但是這些刀具的長度、形狀和用途各不相同，這使得「巴冷」一詞更加多義。[58] 具有諷刺意味的是，雖然帕朗刀是當地人生活不可或缺的物件，但此刀卻一直未能引起學術界的廣泛關注。在關於婆羅洲的物質文化研究中，與紡織品（特別是伊班紡織品）、木雕、陶器和籃筐相比，金屬製品和金屬加工物（例如帕朗）仍然屬於「不太受歡迎」的類別。[59] 因此，為了更多地了解帕朗刀，我們還需要從物

---

56 Robert Blust, "Formosan Evidence for Early Austronesian Knowledge of Iron," *Oceanic Linguistics* 52.1 (2013): p. 255–264.; Ian Caldwell, Kathryn Wellen, "Finding Cina: A New Paradigm for Early Bugis History," *Bijdragen Tot de Taal-, Land- En Volkenkunde* 173.2/3 (2017): p. 296–324.; Philip Hindley, "Join Us for Lunch: Iconic, Indexical, and Numeric Signposting Used by the Penan for Communicating in the Rainforest," *Anthropos* 112.1 (2017): p. 75–93.; Nathan Porath, "The Orang Batin/Orang Sakai in the Malay Kingdom of Siak Sri Indrapura," *Asian Ethnology* 77.1/2 (2018): p. 285–306.

57 Robert Blust, "Formosan Evidence for Early Austronesian Knowledge of Iron."

58 Donn F. Draeger, *Weapons and Fighting Arts of the Indonesian Archipelago* (Rutland, Vt.: C. E. Tuttle Co., 1972), p. 190, 206, 231.

59 Bernard Sellato, "Material Culture Studies and Ethnocultural Identity," in Victor T. King, Zawawi Ibrahim, Noor Hasharina Hassan, eds., *Borneo Studies in History, Society and Culture, Vol. 4, IAS Asia in Transition Series* (Singapore: Springer, 2017), p. 62.

質文化中的刀轉向小説中的刀。

　　雖然帕朗刀反覆在張的小説裏出現，但在《野豬渡河》中它卻佔據了舉足輕重的位子。當關亞鳳的母親葉小娥在初遇未來的丈夫紅臉關（關耕雲）時，她隨身攜帶了五把帕朗刀（兩把大帕朗和三把小帕朗）。大的兩把被小娥送給了丈夫，此刀後又傳給了兒子亞鳳。此處，作為禮物的刀，固然是維繫婚戀關係的信物，但它們也是聯繫夫婦母子紐帶的祖傳物。但是小説中帕朗刀的重要性並沒有停留在人類學和物質文化的範疇，而是進入了物（類）學的領域。刀不再只是被動的贈予物、祖傳物或者信物，而變得能夠主動且積極地參與到人的活動之中。在〈帕朗刀〉一章裏，父親耕雲第一次將獵豬的技術傳授給亞鳳，耕雲向兒子解釋致勝的關鍵並不在於完全依賴手中的刀槍，而是將自己融入到荒野之中和萬物產生共鳴。簡單的説，要當一個好獵人，就要首先「變成豬」，變成獵物。[60] 然而改變的豈止是人，在接下來一段關於狩獵的描寫中，亞鳳佩戴的帕朗刀呈現出一種擬人化和擬物化的屬性：

　　亞鳳掂了一下重得像一甕水的大帕朗刀，又拍了拍兩支小帕朗刀。他握住刀柄，刀一出鞘就不高興的用刀刃眨着凶光。刀身像一尾魚，處在一種激流的游弋中……亞鳳拍了拍帕朗刀刀背，好像徵求它的同意……帕朗刀露出荒唐神色。亞鳳發覺第一次殺戮，就和帕朗刀互動崎嶇。[61]

60　張貴興：《野豬渡河》，頁 48-49。
61　同上，頁 50。

　　如文所述，張再次通過「隱喻」的運用而使無生物（刀）和有生物（魚和人）之間的幽微、壓抑且隱藏的聯繫狀溢目前，也使得帕朗刀的「物力」（能動性）清晰可感。亞鳳輕拍帕朗刀的動作更是在某種程度上承認了刀的「物體性」（objectivity）和自主性。在狩獵中，獵人不僅僅只是使用刀，更需要徵求刀被使用的同意。

　　這種非人類中心的生命活力也被作者通過其他對於想像的或真實的人造物的描寫而不斷強化。另一章節中，日帝國軍的參謀長吉野真木和憲兵隊曹長山崎顯吉正在搜捕（獵殺）曾為中國抗日而籌款賑災的砂拉越居民。他們最終拿到了所有人員的名單，即小説中「山崎的名單」，並逼迫兩位老友高梨和黃萬福用帕朗刀表演生死對決，以供取樂。決鬥以雙方的陣亡而告終，兩人的帕朗刀在同一時間各自砍入對方的頭顱和脖子。隨後，日軍殺死了在場的十四位兒童。當讀者正為這慘絕人寰的殺戮而髮指之時，也不能忽視黃萬福和高梨隨身佩刀所表達的「物力」。萬福的帕朗刀，「刃口的光華皎潔如新月，刀身深藍如無翳的碧天，刀尖亦動亦靜，像潛伏的豹眼和奔跑中的豹尾」。[62] 而高梨的刀，「刀身斂伏着幾隻守宮形的紅色鏽跡，從刀莖延伸到刀尖，刀刃和刀背盤着有肉墊的小趾，長者疣鱗和褶襞的皮膚像樹皮，因為這個鏽跡，高梨剛才從老家牆壁卸下帕朗刀時，以為有一群守宮在刀身上擬態。押解他的鬼子用指頭抹了一下刀刃，高梨聽見守宮尖鋭嘲諷的咯咯聲」。[63] 此處再次佐證作者對刀的描寫手法

62　同上，頁 149。
63　同上，頁 148。

是通過「隱喻」將特定物件帶入「物類感應模式」，從而揭露其本有的「物力」，更值得注意的是「守宮」是日本民間傳說中的一種酷似小型蜥蜴的動物，據說它們由死去武士的靈魂化成。

這一日本元素的出現，提醒了作為讀者的我們，在張貴興的南洋「暗生態」中，東亞地區的各種文化都在無時無刻地影響着砂拉越，而「動」物（活的人造物）的出現又何嘗不是源自這些文化的交融和匯集呢？不管守宮是否真的出現在帕朗刀上，在日本武士刀的歷史文化中向來就有一種將重要的刀視為有生物件的活物傳統，而張確實也將日本正宗刀和村正刀的傳說和歷史納入了小說中。[64] 故事中的兩大反面角色一人手持一把武士刀：吉野佩正宗刀，山崎佩村正刀。雖然日本的製刀術和武士道文化不是本文分析的重點，但讀者也應該留意代表原住民文化的帕朗刀和殖民文化的武士刀在小說中的對比和差異。

不管是砂拉越文化還是日本文化，刀都可以是一種超越工具而存在的活物。若只用簡單的二分法看來，在小說中，如果說武士刀代表的是殖民和殖民者，那麼帕朗刀就代表了反殖民和婆羅洲居民。由此一來，對於「物力」的關注，就成為了對殖民歷史的審視，反之則不是。對於張，日本武士刀被描述為「妖刀」而「帕朗刀是婆羅洲原住民生活基本工具，也是對付白人殖民者和日寇的戰鬥神器」。[65] 雖然「妖刀」和「神器」的劃分使得作者的政治認同和民族情懷不言而喻，但被稱為「基本工具」的帕朗刀又怎能，或者說在何時，成為「神器」的呢？張的小說，為我

---

64 同上，頁 77-78。
65 同上，頁 47。

們開啟以下疑問：首先，我們當然可以依循「向物本體論」的方
法，用清晰的圖式將物和物性分為「實在的」（real）和「感官的」
（sensual），並以這個圖式為基礎來討論可適用於一切的「扁平的
本體」（flat ontology）。[66] 雖然這種「扁平」是哲學家哈曼（Graham
Harman）「齊物」的一種方法，而且這種方法也確實被莫頓運用
到「黑暗生態學」中去，但小說裏的帕朗刀卻總是展現出一種遊
移在物和物性之內外的曖昧狀態。這種曖昧的存在又依附於日常
的、生態（觀）的、文化歷史的和宗教的多重賦予，使得「帕朗
刀」和其他的人物或者動植物實則處於一種「不齊之齊」的狀態
中。即在萬物因有「力」而平等的層面外，帕朗刀又顯示出其獨
特之處。而「向物本體論」中過於規範的解析圖式，反而無法呈
現出文學中物之存在的瑰麗面貌。其次，張在這本小說中所表現
的反日立場毋庸置疑，但在如此強烈的民族情緒面前，文本中又
透露出一種「天地不仁」（特別是從野豬的角度）的後人類情境。
兩者之間存在的巨大的張力也發人深思：若人已經擺脫為人的束
縛，成為後人類，那麼民族情懷和戰爭創傷又應何處（或是否需
要）安放？不管是作為工具還是物之一種的「妖刀」或「神器」，
不管是殖民殺戮的兵器，還是反殖民革命的武器，這些所有的抗
爭和革命，都依賴於「物」的日常（工具運用）和非常（神性和物
力），但也必須面對世間萬物的「無常」（impermanence）。佛教中
的物論雖然並不作為本文着重分析的對象，但這種非虛無主義的
無常觀，也反襯了諸多學者和作者多多少少對物在本體和現象上

---

66 Graham Harman, *Object-Oriented Ontology: A New Theory of Everything* (London: Pelican Books, 2018), p. 54-58, 80, 160, 184.

的執念。

如果將視角從「刀」轉向小說中的另一件人造物「單車」，我們會發現其實小說在一定程度上還通過解構的手法，回應了物的「無常」，即一切堅固的事物都會煙消雲散「瞬息性」（impermanence），但我認為這樣的「無常」在文本中的表現實為：不落虛無的解構。在《野豬渡河》的開頭，小說就以倒敍的方式呈現了很多年後自斷雙臂的亞鳳騎單車搭載兒子的場景，由此可見單車在故事中的重要性。[67] 此外，亞鳳和父親耕雲，妻子惠晴以及情人何芸之間也圍繞着單車發生了許多故事。[68] 然而從小說情節上來講，最為關鍵的單車敍事發生在 1941 年 12 月 14 日，即日軍登陸美里前兩天。是日，豬芭村的「籌賑祖國難民委員會」組織了「義踏」活動來為「祖國」（中華民國）籌款。委員會不但成功地發動了全村參加這場幫助中國抗日的募款活動，村裏的華文老師蕭先生更寫了一齣關於孫悟空的現代戲讓村民於「星期六下午」在豬芭村中學的禮堂上演。[69] 義踏當日，村民們牽着百餘輛插有中華民國國旗的英國造「鐵馬」（單車），從豬芭村出發：

67　張貴興：《野豬渡河》，頁 24。

68　同上，頁 35, 94, 99。

69　同上，頁 120。撇開情節真實與否不談，這段故事極為符合當時南洋的歷史。僑社領袖陳嘉庚曾在《南僑回憶錄》中就描述了「南洋華僑籌賑祖國難民總會」和位於東南亞各地區（如菲律賓、馬來亞、印度尼西亞和香港等）的分會為中國抗日籌款的許多事件。盧溝橋事變一周內，總會便在新加坡成立，除籌款外，委員會也曾思考如何在馬來亞十二邦的範圍內動員全民抗日，而義踏或者演戲成為當時募捐和動員的普遍方法。陳嘉庚：《南僑回憶錄》（上海：上海書店，1991），頁 42-68。

義踏隊伍排成一個縱隊，沿着豬芭河畔遊行。豬芭河河
水暴漲，水舌舐咂着高腳屋支柱，漫到隊伍經過的泥路，
腳踏車鏟起四片水翼……水翼像長在輪輞上。鏈罩、車
蹬、車架、前後花鼓、前後擋泥板瀰漫水漬，在陽光下閃
爍着魚鱗光輝。鋼絲被河水洗滌得晶亮，淌下無數水珠
和水簾，好像腳踏車敞露出來的筋膜。水翼忽大忽小，
忽有忽無，像魚鰭。魚鰭光輝閃糊了車體。鋼絲像呼吸
中的鰓巴。一百多輛腳踏車接駁成一條蜿蜒的脊椎骨，
像一尾肌肉透明的巨大水禽在水面滑行。[70]

　　書中描寫單車涉水，車輪碾過淺潭生「翼」，輻條遇水化
「魚」，鐵馬不再是鐵，「筋膜」、「肌肉」、「脊椎骨」都歷歷在目。
雖然此段文字通過生動的引譬連類方式行雲流水地綰合了單車與
其他物類，但其主要的表現邏輯則是解構與肢解的。作者將單車
機械部件（鏈罩、車蹬、車架、花鼓、擋泥板）的描述和生物的
器官和骨骼（鰓、翼、脊椎骨）相聯，也將人的「筋膜」組織代入
其中，這誠然是庖「張」解「物」的透視法，文學的解剖學。此例
並非單一，而存在於多處關於單車和兵器的描寫中。在這種極具
手術感，通透、精準，看似冰冷的描述背後，烘托出村民在義踏
過程中一種活潑歡喜的情感，從而又反襯日後村民被圍剿追殺的
殘酷事實。

　　小說通過對「物」的解剖，再再烘托出「情」的感覺結構。對
於單一物件（如單車）的解構，其實並不能帶來物的消散，也更

70　同上，頁 125-126。

不會落入虛無，就像「暗生態」下的生存境況並不只是落入大勢已去、無力回天的禿然。相反，現代人對於物的認知，因為過於建立在一種他者意識和物的不可分割的整體觀上，而阻礙了我們對於各種可見與否的物類連接模式的想像。然而，小說家張貴興為我們提供了又一條認知物的路徑。那就是將整體性的物進行拆分和解剖，然後通過局部的「隱喻」，使之展開（open）內在的物力、活力和動力，再與人或非人的各種情感和情動力縮合，從而催化「情物」的產生。此處的「情物」當然不是說「單車」具有人的感情，它指射的首先是單車作為物件所具有的情動力的潛能。而如果我們將「情物」中的「情」字看做動詞，「情」也就可以被解釋為「動」物的「動」（to animate）和「開物成務」的「開」，即一種將人和非人之「情」注入「物」中之後的婉轉和留駐。這是在看似「俱往矣」的莫頓「黑暗生態學」之消極底蘊上，將「物」全然解構之後，再回歸物類感應模式之時的柳暗花明和絕處逢生。

結論：「暗」中「物化」

至此，本文從「幽暗意識」、「黑暗生態學」以及後人類學出發闡釋了張貴興在《野豬渡河》和《群象》中展現的南洋「暗生態」。如前文所述，作為詭秘的、回環的「暗」的因果律使得地緣地質、生命物種和科技技術這三個主題範疇以波羅米昂三環節的形式在張貴興的小說中緊緊相連。從本文對小說的解析來看，不管是張貴興對於隱喻的自如應用而建立起的物類模式，讓我們想起傳統文論中「詩人感物，聯類不窮」的觀點，還是通過對某種物力感人說，讓我們想起（比）「類萬物之情」（實）的法則，

張的文字中無時無刻不在大中華文學傳統的內部和外部，透露出「後人類」的真知灼見。雖然它們也呈現了一種看似老生常談的「物化」觀，但這種「物化」也不失為另一不依賴倫理判斷和審美情趣的因果關係，它也存在於「黑暗」南洋生態的內部，展現出「暗」中「物化」的過程。

　　當一切血腥的殺戮都歸為沉寂，一切殖民的或者移民的故事都重新回到承載起這些物與事的大地婆羅洲，小說《野豬渡河》在最後還有一段敘述要講，而這段敘述恰好可以用來佐證「暗」中「物化」的存在。1945 年日軍投降後，砂拉越的野豬獵人們繼續着自己內部的鬥爭，而這一次要解決的是 1920 年野豬渡河那夜朱大帝對關耕雲之妻葉小娥的侵犯。二十五年後朱的惡行終於被公諸於世，耕雲在雨林中追殺朱大帝但卻被其所傷。獨自一人行走在仍有日軍殘部逃竄的婆羅洲雨林中。此時，關耕雲因為鴉片癮發作而陷入幻覺，當他的身體在潛意識的指引下而行走於雨林中時，雨林也將自身千變的幻境展現給他：

> 他看着自己身處的夾脊小徑，發覺自己即使站着不動，豬芭村也逐漸遠離自己，像處在激烈的板塊運動中，他甚至聽到了屬於白堊紀的盤古大陸分裂的轟轟隆隆巨響，茅草叢竄流着鱗角暴凸的巨大爬行動物搏擊撕咬的怒吼……荒野無風，萬物糾結不成形，他看到了遠古時代鬱鬱蔥蔥的綠洲、蓬勃的裸子和蕨類植物、噴發着灰雲和從火山喉溢出熔岩流的活火山……[71]

71　同上，頁 365。

這是關耕雲被潛伏中的日軍軍官山崎砍下項上人頭之前所看到的最後景象。在不自知的生命最後時刻,耕雲所洞悉的大自然其實早已超出作為人類個體的他所能理解的範疇。不但「白堊紀」、「盤古」、「遠古」這些詞彙再再指向了「暗生態」中先於人類之前的史前性,而且張通過抒情的筆調也描寫出了在地殼的運動、史前生物的活動、地質運動的爆發和人的主觀位置之間的張力。那一刻耕雲所看到的並非只是自己一生中的傷痛或喜悅,而是從古生物和地質的角度,洞悉了從古至今承載自然歷史和史前歷史的「巽他蘭」大陸。所以,這些看似人或非人之間的變化,最終都回歸到所有有生物和無生物在「本體溯源之初的縮合」(entanglement of the onto-original)。然而,這種「縮合」卻不必是和諧的統一,而是在「暗」中「物化」過程中的賊害勝服。它不僅是在關耕雲、「巨大爬行動物」、「蕨類植物」和「活火山」之間突然出現的、意想不到的回環聯繫,它也警示了這種「暗」之「回環」裏的危險,正如此刻耕雲命懸一線的狀況。

在此危機時刻,我們回到本文開頭的張灝的「幽暗意識」與莫頓的「黑暗生態學」的交匯處。當我們聚焦張灝所說的「人性中與宇宙中與始俱來的種種黑暗勢力」,是否又忽視了自然界裏「暗」中「物化」的危機和危險?當我們沉浸在莫頓「黑暗生態學」中基於「生態情感」的無盡「憂傷」「回環」中無法自拔,是否又需要「暗」中的「物化」來提醒我們「自然」本來如此?

最後,我要說明「暗」中「物化」的力量並不來源於超越或者超然的姿態,而指示了在生態的內部和外部,存在着一種多變的、囊括各類物種和無生物的、或共存或競爭的「社會性」(sociality)。對於「社會性」的解釋,在此我只能指出未來可能

研究的方向，而不展開仔細討論。從生態哲學的角度出發，我在
前文中對於「暗生態」的理解是基於由「因果律」而產生出的一種
「後人類情境」，然而「暗」中「物化」的過程卻讓我們發現張貴
興小說中所呈現出的對「生態」的理解是基於某種廣義的「社會
性」而達到的一種萬物情境。這裏所說的「社會性」並不局限於
因為人的群聚而產生的各種生存形態，而是將其放置在「地緣地
質」、「生命物種」和「科技技術」的框架下去看待人和非人的共
同生滅狀態。

　　對於這種「社會性」的理解需要引入「群」的概念。從最字
面的意思來看，群者，朋也，類也，它似乎只是指射了一種「聚
集成群」（gathering），然而它也曾被荀子用來當做區分人和動
物的重要標準之一。[72] 然而，張貴興的小說卻提醒我們，「群」或
者「社會性」的存在無需用來佐證「人」的獨特性，反而「群」是
一種包括了野豬、野象、帕朗刀和單車的各類「物」的「聚合」
（gathering）。同時，它也並不取決於人的倫理抉擇，而是一種
在「暗」的詭秘且回環式的因果律中所產生的一種多方牽制、相
互依賴的共生／共滅狀態。

---

72 荀子用「氣」、「生」、「知」和「義」等條件來區分從水火、草木、
　　禽獸和人之間的區別。然而人能達到「義」的關鍵在於人能通過
　　「群」，而形成一種社會性的組織，再在此種組織中「分」工合作，
　　從而能「一」。「水火有氣而無生，草木有生而無知，禽獸有知而無
　　義，人有氣、有生、有知，亦且有義，故最為天下貴也。力不若
　　牛，走不若馬，而牛馬為用，何也？曰：人能群，彼不能群也。
　　人何以能群？曰：分。分何以能行？曰：義。故義以分則和，
　　和則一，一則多力，多力則彊，彊則勝物；故宮室可得而居也。
　　故序四時，裁萬物，兼利天下，無它故焉，得之分義也。」Roel
　　Sterckx, *The Animal and the Daemon in Early China* (Albany: State
　　University of New York Press, 2002), p. 89.

從「群」的非人類意義上來說，學者在關注張貴興小說《群象》中的「象」(大象、意象、象形) 時，不能忽視了「群」。「群」在展開新的「社會性」討論的同時，也讓我們用「後人類」的視角更新上個世紀初中國現代小說肇始之時梁啟超所強調的小說與群治的關係。[73]「群治」再也不是對於「人」的治理，更是關於「物」的。但不管是「物化」還是「群治」，不管是黑暗的南洋還是光明的南洋，讓我們回到關耕雲站在夾脊小徑上的那一刻。當小說家張貴興寫到「荒野無風，萬物糾結不成形」時，他或許是在提醒我們，在文學的世界裏，或許本無風來也無「力」，人／物早已糾結不清。

陳濟舟，美國哈佛大學東亞研究系博士生。

---

73 Qichao Liang, "On the Relationship Between Fiction and the Government of the People," Kirk A. Denton, ed., *Modern Chinese Literary Thought: Writings on Literature, 1893-1945* (Stanford: Stanford University Press, 1996), p. 74–81.

殖民批判與戰爭反思
——論張貴興《野豬渡河》中
日本歌謠的意象隱喻

盧敏芝

一、引言

　　暌違十八年，張貴興（1956-）繼《猴杯》後再次交出驚艷評論界的長篇小說《野豬渡河》，小說一如既往以作家的出生地婆羅洲砂拉越的熱帶雨林為故事舞台，展演出二戰期間日軍佔領三年零八個月（1941-1945）的戰爭和殖民歷史。評論普遍以砂華史為前提，着眼於小説中所訴説的一段海外華人痛史；本文則另闢蹊徑，圍繞小説中日本歌謠的意象隱喻，試圖解讀張貴興在小説中所暗藏對於日本在二戰期間海外殖民和戰爭的歷史所作出的深層批判和反思。

　　在奪得香港浸會大學第八屆「紅樓夢獎：世界華文長篇小説獎」首獎的網上講座講稿中，張貴興花了不少篇幅批判日本長期以來逃避二戰的歷史責任，並特別點出幾部直面回應這段歷史的日本文學作品，包括森村誠一（1933-）的《惡魔的飽食》、石川達三（1905-1985）的《活着的兵士》、堀田善衞（1918-1998）的《時間》和村上春樹（1949-）的《刺殺騎士團長》等。[1] 由此，本文認

1　張貴興主講，張仙驤整理：〈南國幻境——我在婆羅洲的文學初戀（上）〉，《明報月刊》2021 年 3 月號，頁 31-33。

為張貴興寫作《野豬渡河》時並不純然從自身作為砂拉越華人的角度出發展演一段受害史，而是從更宏闊的人類史的眼光去思考作為侵略者的日本的歷史角色。事實上，《野豬渡河》中出現了不少日本人的角色，書中對參謀長吉野真木少將和憲兵隊曹長山崎顯吉等人兇殘暴虐的刻劃固然展示了張貴興對二戰期間日本戰犯的高度譴責；然而張貴興對於小林二郎和愛蜜莉這兩個日本人的角色設定，則相當耐人尋味。小林二郎和愛蜜莉父女是影響全書氛圍和情節走向的兩個關鍵角色：化名小林二郎的伊藤雄在第二章〈面具〉已經登場，指引日軍登陸豬芭村，雖然出場不久即已離奇被殺，讀者亦從未與他直接照面（不像〈山崎的名單〉和〈吉野的鏡子〉有專門的外傳式情節），其陰魂卻似籠罩全書；至於愛蜜莉既是男主角關亞鳳孩子的母親，也是引發各種事件的關鍵人物，書中亦有〈愛蜜莉的照片〉和〈尋找愛蜜莉〉兩章專門以她命名，當所有疑團水落石出，書中第一章關亞鳳的自縊原因亦不言而明，全書由此形成環狀結構。

　　倘若張貴興在《野豬渡河》中對婆羅洲熱帶雨林中的原始景象，以至人世中的原始情慾和殺戮是通過繁複濃密的文字作視覺上的極致呈現，全書在聽覺上縈繞不去的則是小林二郎用「一支鈴木十六孔布魯斯複音口琴」[2] 所反覆吹奏的各種日本歌謠。小說第二章〈面具〉尤其值得注意，當中提及小林二郎所吹奏的日本歌謠多達十五首，包括〈軍艦進行曲〉、〈拔刀進行曲〉、〈月夜的沙漠〉、〈滿天晚霞〉、〈赤蜻蜓〉、〈雨夜花〉、〈籠中鳥〉、〈請通過〉、〈火車阿兵哥〉、〈東京夜曲〉、〈夜霧的馬車〉、〈支那之

2　張貴興：〈面具〉，《野豬渡河》（臺北：聯經出版，2018 年），頁 30。

夜〉、〈春風雷雨〉、〈太湖船之夢〉和〈荒城之月〉，這些歌曲在
之後各章中亦被反覆提及。這裏不妨以陳映真（1937-2016）最
早植入歌曲意象和隱喻的著名小説〈將軍族〉作為參照：〈將軍
族〉中植入了〈荒城之月〉、〈馬撒永眠黃泉下〉、〈遊子吟〉、〈綠
島小夜曲〉和〈王者進行曲〉五首歌曲，其中〈荒城之月〉是近代
日本家喻戶曉的民謠，而日據時期的臺灣年輕人也大多會哼唱並
偏愛這首歌曲。趙牧認為陳映真「看似不經意但卻別有用心地強
調殖民地記憶即使在光復後的臺灣仍無所不在，滲透到『臺灣的
內部』，成為日常生活中無可逃避的一部分」，[3] 並指出作詞的日
本詩人土井晚翠（1871-1952）在 1901 年為〈荒城之月〉作詞時，
勾起對日本「戊辰之役」的慘烈戰事的聯想，在歌中通過往昔與
今夜、戰爭與和平、華堂與廢墟的多重對照，表現東洋式的無常
觀，而陳映真亦可能藉着此曲承載其左翼的反戰寄託。[4] 張貴興
在《野豬渡河》中加入如此詳盡的日本歌謠名單，定必做過相關
資料搜集和考證，故本文亦將這種密碼式的解讀方法應用於小説
分析中。

　　本文首先着重解讀整篇小説中最為重要的日本歌謠〈籠中
鳥〉，以及小説中連繫這首歌曲的相關情節和意象，討論小説中
對日本在海外的殖民擴張的批判；接着解讀〈面具〉一章中所提
及的各首日本歌謠，通過梳理歌曲背景及分析當中隱喻，討論
小説中對於身分認同和戰爭責任的深刻反思。由此，本文希望

3　趙牧：〈文本內部的日本——論陳映真小説中的殖民記憶〉，《中國
　　現代文學研究叢刊》2018 年第 4 期，頁 166。
4　同上，頁 167。

指出張貴興《野豬渡河》超越馬華文學，而是作為華語語系文學
（Sinophone literature）的重大意義。

二、殖民主義的批判

　　嚴格說來，《野豬渡河》講述的不單是二戰期間日軍佔領砂
拉越三年零八個月的歷史。〈面具〉一章描述日軍登陸豬芭村，
同時回溯小林二郎已在婆羅洲流浪了十八年，並與賣木柴的大信
田、開藥草店的龜田、牙醫渡邊、攝影師鈴木同樣都是潛伏於豬
芭村的細作。小說中加插了一段歷史描述，表明日本的殖民野心
尚可追溯到更早以前：

> 一九〇九年，一小撮東洋人移民砂州拓墾橡膠園。
> 一九一一年，清朝覆亡，企業家嶋本石井向砂州布洛克王
> 朝租貸一千七百英畝土地種植橡膠，嶋本企業在砂州三馬
> 拉漢紮根，自設行政區、商店、小學、藥局、醫療所。
> 一九二九年，日本儲植國力軍備，祕設海外部，攝取海外
> 天然資源，吃苦耐勞的沖繩人移民婆羅洲，開鋪擺攤。[5]

　　《野豬渡河》中最重要的日本歌謠是〈籠中鳥〉（〈かごめか
ごめ〉），它在小說中彷彿無處不在。〈籠中鳥〉是日本兒童玩捉
鬼遊戲時會唱的一首童謠：一個孩子負責當「鬼」，蒙着眼睛蹲
在孩子群中，其他孩子圍成圓圈，邊轉圈邊唱着〈籠中鳥〉，如
果鬼能在唱完時猜出正背後的是誰，被猜中的人便要接替鬼的

5　張貴興：〈面具〉，《野豬渡河》，頁 34-35。

位置。這裏順帶一提，小說中提到的另一首日本童謠〈請通過〉
（〈通りゃんせ〉）也牽涉類似的捉鬼遊戲，兩個孩子當鬼，雙手
搭成一拱形，然後其他孩子排隊穿過，當歌停止時，鬼的手會放
下來，而被抓到的孩子就會變成鬼。小說中多次將〈籠中鳥〉的
捉鬼遊戲呈現出來，並加添了書中具有關鍵意義的面具意象：

> 傍晚時分，小林二郎卸下一竹竿雜貨後，揣着鈴木十六孔
> 複音口琴，坐在一根被野火燒毀的樹腰上，掏出口琴，
> 拭了拭琴蓋，舔了舔琴孔，吹奏日本童謠〈籠中鳥〉，曹
> 大志等孩子戴着小林二郎的塑膠面具圍攏過來，玩捉鬼遊
> 戲。當「鬼」的孩子蒙着眼睛蹲在中間，其他孩子手拉手
> 圍成圓圈，一邊轉着圈子一邊聽伊藤雄吹奏〈籠中鳥〉，
> 音樂停止時，當「鬼」的孩子就要說出身後孩子的妖怪面
> 具，被猜中的孩子接替「鬼」。玩久了，孩子熟悉旋律，
> 隨着口琴嘰哩呱啦哼叫。吹得疲乏了，小林二郎也會用
> 鬼子話哼唱。聽久了，孩子甚至不需口琴伴奏和小林二
> 郎帶唱，也可以用鬼子話哼唱。[6]

　　「鬼」在小說中指涉小林二郎（以至愛蜜莉）的身分：他（她）
是日本「鬼子」，也是令人猝不及防、引狼入室的「內鬼」。小林
二郎在小說中未曾正面登場，都是通過他人的敍述，而且小說在
他甫出場的第二章〈面具〉已交代「小林二郎後來命喪毒箭，頭
顱不知去向，無頭屍具出沒豬芭村，那支複音口琴在他脖子上飛

6　張貴興：〈龐蒂雅娜〉，《野豬渡河》，頁 158。

旋，間或發出悠悠的琴聲呢」，[7] 之後小林二郎和他吹奏的〈籠中鳥〉如同鬼魅般無所不在，可視為象徵着日本殖民主義無孔不入的海外滲透。如王德威所言，「隨着小林身分的曝光，所謂的本尊證明從來也只是張面具。知人知面不知心，比起野豬的齜嘴獠牙，或在地傳說中女吸血鬼龐蒂雅娜飄蕩幻化的頭顱，日本人不動聲色的面／具豈不更為恐怖。」[8] 侵略者伊藤雄戴着賣雜貨的攤販小林二郎的面具，通過東洋器物籠絡人心，小說藉此帶出日本在發動戰爭之前早已深謀遠慮：「小金和朱大帝等嫖客耗費在小鱷大鱷身上的殖民地紙幣，亞鳳父親的富士牌自行車貸款，曹大志等孩子買妖怪面具和玩具的零碎錢，讓日軍入侵東南亞的炮火強大。」[9] 戰爭期間，由十五個小孩組成兩個縱隊殺鬼子，嚴恩庭（書中部分地方誤作顏恩庭）和曹大志在樹林中狩獵，前者竟自行琅琅上口地哼唱日本歌謠和戴上日本面具：

> 嚴恩庭〔……〕哼着小林二郎慣常吹奏的幾首日本童謠和大志朝鹿湖走去。〔……〕恩庭蹲在他身後，無聊的哼着日本童謠〔……〕大志和恩庭看見遠方一棵欖仁樹下，小林二郎扛着鑿了十八個凹槽吊掛十八種雜貨的十八英尺竹竿，穿着油漬斑駁的背心短褲，趿木屐，晃着布滿銅痕的平頭，額頭紮一條白色毛巾，吹奏着複音口琴，身後跟着彈弓王錢寶財、游泳高手賴正中、蟋蟀王梁永安、紅孩兒紅毛輝等一批小孩，牽拖着一群狸妖、傘怪、天狗、河

7　張貴興：〈面具〉，《野豬渡河》，頁33。
8　王德威：〈序論：失掉的好地獄〉，載張貴興：《野豬渡河》，頁9。
9　張貴興：〈面具〉，《野豬渡河》，頁38。

童、九尾狐，繞着欖仁樹轉圈子⋯⋯[10]

小林二郎在小説中的形象猶如西方童話中的「魔笛手」，孩子對日本殖民教育無批判的接受，就像鼈王秦的兒子秦雨峰對日軍的鋼盔愛不釋手，以至熟練地做出日軍要求的標準鞠躬和説日本語。即使戰爭過後，小林二郎的影響力仍然沒有動搖：

> 他（關亞鳳）吃驚地發現那二十多個小孩，半數以上戴着小林二郎的妖怪面具，似笑非笑、半憂愁半憤怒的凝視着大地。亞鳳仔細端詳，看見了幾個陌生面具，不知是那（哪）裏蹦出來的妖怪。兩個小孩似乎尖聲娃氣的哼着〈籠中鳥〉。鬼子走後，孩子陸續回到豬芭村，帶回他們寸步不離的彈弓、馬婆婆的鐵皮玩具和小林二郎的面具。[11]

小説後部，一個「神似嚴恩庭的女孩」，還有幾個「在鬼子入村前就和家人遷徙內陸，過着半套茹毛飲血的生活，保住一條小命，對豬芭村遭受的摧殘一知半解」的孩子，[12] 仍然掛着面具，渾然不知日軍的兇殘，目睹此情此景的關亞鳳只有感慨苦笑。小説第一章是故事的後傳，時間是 1952 年，關亞鳳的兒子柏洋和孩子們找出一箱子的妖怪面具和面具，被關亞鳳喝令他們拿下面具，再縱火焚毀，然而小説寫道：「關亞鳳過世後，柏洋和孩子回到波羅蜜樹下，在殘薪灰燼中尋找西班牙鐵皮玩具餘骸，令他們喜出望外的是，半數以上的鐵皮玩具上了發條後，依舊嘰嘰呱

---

10 張貴興：〈朱大帝的高腳屋〉，《野豬渡河》，頁 255-257。
11 張貴興：〈草嶺上〉，《野豬渡河》，頁 352-353。
12 同上，頁 359。

呱的蹦跳爬竄，好像一群小鬼的幽靈。」[13] 張貴興似乎要以反諷的口吻指出，沒有歷史記憶，再血淋淋的暴行和教訓也會在轉瞬之間被沒有經歷過的下一代輕易遺忘，由此亦反證出他在《野豬渡河》中的歷史書寫承載着莫大的重要意義。

小說最後一次出現〈籠中鳥〉，張貴興更將全首歌詞寫出，再次印證這首日本歌謠在小說中的重要性。小說中另一具有互文意涵的元素是《封神榜》和《西遊記》，以兩大中國神話中的神妖交戰故事暗喻華人與日軍之戰。在這段文字中，〈籠中鳥〉和《西遊記》的意象匯合到一處，唐僧師徒被唱着〈籠中鳥〉的日本妖怪啃得淨光，加上小說中蕭先生的死亡，似乎意味着日本的文化殖民在當時的全面勝利：

> 布滿炮彈坑的草地上，亞鳳看見一個孩子拿着一根木棒，一個扛着釘耙，一個牽着一頭白狗，一個兩手合十，裝扮成打尖的唐僧師徒，走向一座茅草屋化緣，茅草屋裏窩着一群活蹦亂跳、戴着妖怪面具、準備活捉和烹煮他們的妖魔。〔……〕唐僧師徒好像被妖魔啃得淨光了，二十多個戴着妖怪面具的孩子繞着一個雙眼緊閉的孩子奔跑，邊跑邊唱〈籠中鳥〉，玩小林二郎的捉鬼遊戲。孩子真神奇，他們已經可以用含糊不清的日語吟唱〈籠中鳥〉。

> かごめかごめ
> 籠の中の鳥わ
> いついつ出やる

13　張貴興：〈父親的腳〉，《野豬渡河》，頁 27。

夜明けの に
鶴と亀が滑った
後ろの正面だあれ？[14]

　　除此之外，〈籠中鳥〉一曲的歌詞，在日本文化中具有多重
解讀，而這也似乎呼應着《野豬渡河》中的不同情節。解讀之一
是「遊女説」，「籠中鳥」指的是妓女，歌詞表達的是她們失去自
由的悲哀。《野豬渡河》中花了不少篇幅描繪了南洋姐花畑奈美
（小林二郎的相好、愛蜜莉的母親）和小金的相好「巨鱷」，以及
何芸作為慰安婦的故事。解讀之二是「陰謀説」，「籠中鳥」指的
是孕婦肚中的孩子，《野豬渡河》中有不少孕婦角色，如亞鳳的
母親、後來難產而死的葉小娥，以及被日軍殘忍剖腹的牛油媽、
周巧巧和黃惠晴。[15] 以上兩個解讀均指向女性角色在小説中的重
要性，結合歌詞最後一句「背後的那個人是誰呢？」，均指向小
説主線的結局：愛蜜莉是出賣整個豬芭村的背叛者。然而所謂
「背叛者」是從華人的角度出發，不論是小林二郎還是愛蜜莉，
其原本就是日本人，何來「漢奸」之説？接下來的一節則從小説
中提及的其他日本歌謠着手，討論張貴興對於民族身分和戰爭責
任的深刻反思。

14　張貴興：〈草嶺上〉，《野豬渡河》，頁 356-357。該章註釋 28 列出
　　了這首童謠的中譯：
　　竹籠眼啊竹籠眼
　　籠子裏的小鳥喲
　　甚麼時候飛出來
　　即將黎明的黑夜裏
　　鶴與龜滑倒了
　　背後的那個人是誰呢？
15　張貴興：〈龐蒂雅娜〉，《野豬渡河》，頁 193。頁第 360 頁誤作林惠晴。

三、身分認同和戰爭反思

除了〈籠中鳥〉外，《野豬渡河》在〈面具〉一章中有不少文字描述小林二郎吹奏過多首日本歌謠。本節會解讀兩段重要引文中所提及的日本歌謠的歷史文化背景和當中暗藏的意蘊，並由此引申到張貴興在《野豬渡河》中對於身分認同和戰爭責任的深刻反思。

以下是小說中最初提及小林二郎吹奏口琴的詳細曲目的一段：

> 伊藤雄坐在一棵椰子樹下吹奏口琴，奏了一首〈軍艦進行曲〉，又奏了一首〈拔刀進行曲〉，又奏了〈月夜的沙漠〉、〈滿天晚霞〉、〈赤蜻蜓〉，奏完，亞鳳驚覺吹奏口琴者就是鬼子登陸前在村子裏叫賣雜貨的攤販小林二郎。[16]

以上提到的日本歌謠中，〈軍艦進行曲〉（〈軍艦行進曲〉）和〈拔刀進行曲〉（〈拔刀隊〉）是日本在戰爭中使用的著名軍歌；這裏可順帶連繫小說中另一處提及小林二郎所吹奏的〈火車阿兵哥〉（〈汽車ポッポ〉），[17] 最初於 1937 年發行，是為乘坐蒸汽火車被送往前線出征的士兵而創作，這幾首歌曲都是日本軍國主義之下的產物。至於〈月夜的沙漠〉（〈月の沙漠〉）、〈滿天晚霞〉（〈夕燒け小燒け〉）和〈赤蜻蜓〉（〈赤とんぼ〉）則是日本家喻戶曉的童謠，描寫月夜沙漠或晚霞餘暉美麗蒼涼的景色，以此抒發淡淡

16　張貴興：〈面具〉，《野豬渡河》，頁 31。

17　同上，頁 35。

的思鄉愁緒。吹奏〈軍艦進行曲〉和〈拔刀進行曲〉的「伊藤雄」，身分是「指引鬼子登陸路線」、「搜緝『籌賑祖國難民委員會』成員」、「戴着草黃色戰鬥帽，穿着土黃色戰鬥服，肩擔有坂九九式步槍，腰拷南部十四式手槍槍套和馬皮彈藥盒」的二等兵，[18] 是被日本軍國主義意識支配號召的戰犯；吹奏〈月夜的沙漠〉、〈滿天晚霞〉和〈赤蜻蜓〉的「小林二郎」，是「最受小孩和南洋姐歡迎」、「童心爛熳（漫）」、「佛面善心」的攤販，[19] 是已經融入本地但偶爾流露思鄉之感的普通外國僑民。伊藤雄和小林二郎是二而一的矛盾體，在國家／個人和非人性／人性之間，最終前者凌駕後者。過往評論大多指出《野豬渡河》如何書寫日軍的凌虐，但從這裏可見張貴興對於戰爭中的加害者不光只有譴責，而是有着更深一層的人性和道德反思。若非軍國主義的洗腦和國家觀念的對立，原先僑居於此的外國人也可以和本地人和諧共處。〈吉野的鏡子〉一章描寫吉野在對豬芭村人大開殺戒之後的幻覺和讕言妄語，正是希望暗示戰爭加害者在喪盡天良的殺戮之後，自身亦必然承受良心道德反噬的巨大代價。

　　另一段涉及大量日本歌謠的引文，則和南洋姐有關：

　　二十年前乳鱷初抵豬芭村後，小林二郎的〈雨夜花〉吹奏
　　得更花俏憂傷。乳鱷芳名花畑奈美，瘦小標緻，像個十
　　歲小學生，來自南洋姐大本營山打根，倔強傲慢，只招
　　待洋人和華人，不做馬來人、爪哇人和原住民生意。小

18　同上，頁31。
19　同上，頁31。

林二郎把最好的布料、首飾和化妝品留給花畑，將那根十八英尺竹竿掛在娼館走廊，坐在矮凳上，兩手捧着口琴，吹奏一首又一首令南洋姐魂牽夢縈的日本歌謠，〈東京夜曲〉、〈夜霧的馬車〉、〈支那之夜〉，聽得南洋姐肝腸寸斷。破曉時分，南洋姐聚集豬芭河畔散心聊天洗衣淨身，小林二郎坐在豬芭河畔兩棵椰子樹下，面對嘰嘰喳喳的南洋姐，看着悠悠流向西北方的豬芭河，兩手捧着口琴，像召喚故鄉的白雲山巒和草原流域，吹奏一首又一首令南洋姐沉思低吟的日本歌謠，〈春風雷雨〉、〈太湖船之夢〉、〈荒城之月〉……[20]

〈雨夜花〉（〈雨の夜の花〉）原本是日治時期的臺灣新文學健將廖漢臣（1912-1980）在 1933 年為臺灣兒童所寫的一首兒歌〈春天〉，交由有「臺灣歌謠之父」之稱的鄧雨賢（1906-1944）譜曲；1934 年，臺語流行音樂作詞家周添旺（1911-1988）在酒家聽到一位淪落風塵的酒家女訴說她的悲慘故事，而將〈春天〉的旋律改填為悲涼的〈雨夜花〉，成為鄧雨賢和周添旺合作的第一首曲子。小説中小林二郎對南洋姐吹奏〈雨夜花〉，而這首歌在小説中亦一直與南洋姐的相關情節扣連，[21]符合〈雨夜花〉本身的歌曲背景，小説中的〈雨夜花〉可視為南洋姐的象徵。另一值得

20　同上，頁 37-38。
21　小説中另一處提及〈雨夜花〉的引文同樣連繫南洋姐：「朱大帝和小金看見小林二郎的無頭屍體扛着竹竿走過紅燈區，口琴騰空飛舞，一根紅色的大舌頭舔着琴格，響起〈雨夜花〉旋律，竹竿上睡過南洋姐的骷髏發出嗚嗚咽咽的笑聲，像一群禿鷹盤旋南洋姐赤裸蒼白的肢體上。」張貴興：〈妖刀〉，《野豬渡河》，頁 89。

注意的地方是，〈雨夜花〉曾經過幾次改編，1938 年，日本人將
這首歌曲改為鼓勵臺灣人民響應「聖戰」（第二次世界大戰）的進
行曲〈榮譽的軍夫〉（〈譽れの軍夫〉），1942 年改編成日文〈雨夜
之花〉（〈雨の夜の花〉），又曾被中國大陸和香港改編成華語版
的〈夜雨花〉和粵語版的〈四季歌〉（羅大佑編曲，林夕填詞）。倘
若把以上的背景回置到小說情節，〈雨夜花〉所象徵的南洋姐在
南洋的進駐和潛伏，本身就是為了「聖戰」而服務。另外，這首
歌在殖民和戰爭的過程中經歷了複雜的跨地域和跨文化流轉，以
至其原為臺灣作曲家和作詞人的作品的事實反而遭到遺忘，似乎
寓意着小林二郎和花畑奈美的「憂傷」的原委：兩人在日本殖民
的長期洗禮下早已融入當地，被遺忘本身的身分，但到了戰爭的
非常時期，受本身民族身分所圍，最終盲目地遵從敵我邏輯，忠
於自己的祖國而背叛寓居之地。

　　引文中提到的〈東京夜曲〉（〈東京夜曲〉）、〈夜霧的馬車〉
（〈夜霧の馬車〉）、〈支那之夜〉（〈支那の夜〉）、〈春風雷雨〉（應
為〈春風春雨〉）（〈あたしを抱いて〉）、〈太湖船之夢〉（〈夢の
太湖船〉）和〈荒城之月〉（〈荒城の月〉）等日本歌謠可以進一步
解釋這種身分矛盾之悲：它們均是中國抗日時期的知名女歌手和
電影演員李香蘭（1920-2014）的著名歌曲。李香蘭原名山口淑
子，雙親均為日本人，是純正日本血統，但生於中國也長於中
國，從小說得一口標準漢語。1931 年九一八事變爆發，在撫順
居住的山口一家遭受身邊中國人的懷疑，父親山口文雄只好拜託
中國好友兼義兄弟李際春將軍接濟他們一家到奉天生活，淑子被
收養為乾女兒，在十三歲起使用李香蘭的名字。日本侵華期間，
李香蘭被日本的國策會社滿洲映畫協會（簡稱滿映）看中，迅速

走紅；1942 年她到上海發展，被譽為上海灘「七大歌后」之一。
二戰結束後，李香蘭被指斥為文化漢奸，遭受軍事法庭的審訊，
因自己的日本戶籍得以證明而被撤銷控罪，遣返回國，並恢復使
用山口淑子的舊名。[22] 小說中愛蜜莉這一角色的身世和李香蘭頗
有互相對應之處，愛蜜莉同樣有着純正的日本血統，小林二郎在
花畑奈美因霍亂去世後，將愛蜜莉交由內陸傳教的鄒神父撫養，
小說最後揭曉愛蜜莉是假名，「盧溝橋事變後，豬芭人對東瀛人
的歧視，讓騎自行車也擔心輾到螻蟻的鄒神父隱瞞着愛蜜莉的身
世」。[23] 在小說中，愛蜜莉出於個人民族身分之故，加上父親小
林二郎的離奇死亡，因而選擇出賣豬芭村人，多次把豬芭村人的
情報密告給日軍，促成日軍對豬芭村人的多次大開殺戒，而她最
終也因無法面對豬芭村人，通過白孩把孩子交給亞鳳，離開豬芭
村。由此可見，小說中藉着小林二郎、花畑奈美和愛蜜莉的兩代
日本人角色，有意批判民族身分盲目認同的遺害和虛妄，由此衍
生的仇恨和暴力成為戰爭責任之源頭，釀成人類史上不可挽回的
歷史悲劇。

四、總結

　　過往評論基本上一致認為張貴興在《野豬渡河》中刻劃了砂
拉越人在二戰期間遭受日軍侵略的痛史，本文則試圖通過對小說

22　有關李香蘭的身世，可參考山口淑子著，陳鵬仁譯：《李香蘭傳：
　　戰爭、和平與歌》(臺北：臺灣商務印書館股份有限公司，2005
　　年)。

23　張貴興：〈野豬渡河〉，《野豬渡河》，頁 399。

評 論 選　201

中的日本人角色和日本歌謠等細節的分析,希望指出張貴興超越民族身分的偏頗,站在更為宏觀的歷史和文學視野,書寫人類史上兩敗俱傷的戰爭教訓。事實上,張貴興早已指出,「我不認為它(《野豬渡河》)是抗戰小說」,[24] 作為祖籍廣東龍川、出生於砂拉越、求學和長期居於臺灣的「華語語系」作家,其複雜的身世經歷自能超出民族身分之圍,而這種難以定義不正是華語語系文學的難能可貴之處嗎?這裏且再次引用張貴興自身的說法,作為本文對《野豬渡河》分析的總結:

> 書寫和重建這些歷史場景有甚麼意義呢?戰爭沒有贏家,沒有輸家;在戰爭中,好人會變成壞人,壞人只會變得更壞。原則上,戰爭中沒有好人和壞人,沒有仁慈和憐憫,沒有道德倫理,沒有對錯是非,只有不斷膨脹的殘暴和盲目的殺戮。透過戰爭,可以觀察歷史是如何殘酷地嘲弄人類,而人類是如何被命運和時代牽着鼻子走。[25]

盧敏芝,香港都會大學人文社會科學院人文、語言與翻譯學系研究助理教授。

24　張貴興主講,張仙驤整理:〈南國幻境——我在婆羅洲的文學初戀(上)〉,頁 31。
25　同上。

第八屆「紅樓夢獎」評審過程

第八屆「紅樓夢獎」評審過程

2019 年 11 月	邀請合資格出版社及初審委員提名作品參選
2020 年 1 月 17 日	截止提名
2020 年 3 月 5 日	第一次初審委員會會議
2020 年 5 月 20 日	第二次初審委員會會議
2020 年 6 月 4 日	公佈第八屆「紅樓夢獎」入圍作品名單
2020 年 7 月 28 日	決審委員會會議
2020 年 7 月 30 日	新聞發佈會公佈首獎

香港浸會大學
第八屆「紅樓夢獎：世界華文長篇小說獎」
得獎名單

首獎

《野豬渡河》	張貴興 〔馬來西亞砂拉越 / 臺灣〕	聯經出版〔臺灣〕	2018 年

決審團獎
（依作品名稱筆畫排序）

《雲中記》	阿來〔四川〕	北京十月文藝出版社〔北京〕	2019 年
《愛妻》	董啟章〔香港〕	聯經出版〔臺灣〕	2018 年
《匡超人》	駱以軍〔臺灣〕	麥田出版〔臺灣〕	2018 年

專家推薦獎
（依作品名稱筆畫排序）

《織巢》	西西〔香港〕	洪範書店〔臺灣〕	2018 年
《群島》	胡晴舫〔臺灣〕	麥田出版〔臺灣〕	2019 年

第八屆
「紅樓夢獎：世界華文長篇小說獎」
決審會議紀錄

日期：2020 年 7 月 28 日

形式：Zoom 視像會議

召集人

林：林幸謙博士

決審委員

鍾：鍾玲教授

思：陳思和教授

義：陳義芝教授

黃：黃子平教授

劉：劉慶先生

羅：羅鵬教授

決審入圍作品（依作品名稱筆畫排序）

《匡超人》	駱以軍（臺灣）
《野豬渡河》	張貴興（馬來西亞砂拉越 / 臺灣）
《雲中記》	阿來（四川）
《愛妻》	董啟章（香港）
《群島》	胡晴舫（臺灣）
《織巢》	西西（香港）

會議開始，召集人林幸謙博士先向決審委員簡介第八屆「紅樓夢獎」概況。

林博士首先介紹「紅樓夢獎」章程的新增條款，以釐清「紅樓夢獎」的作品參選和獲獎資格：「如作者已過世，其作品不予提名。決審中獲最高票者若在頒獎典禮完成前過世，將獲頒發榮譽獎；由次高票者獲得『紅樓夢獎』首獎。」新增條款經第八屆「紅樓夢獎」籌委會共同議定，一致同意由本屆開始即時生效。

其後介紹初審委員。本屆初審委員共十六位，包括雜誌的主編、作家及學者。其中十三位是往屆委員續任（包括兩位在第七屆未能幫忙，至第八屆才再續任的學者），加上三位新委員。新委員是浸大的周耀輝教授、學者及作家吳美筠博士及期刊主編周潔茹女士。籌委會則由林幸謙博士、周潔茹女士、周耀輝教授、吳有能博士及吳美筠博士所組成。

關於作品提名，籌委會一如以往邀請中國內地、香港、臺灣以及馬來西亞的重要出版社推薦一至三本作品參選。當中有中國內地出版社十八家、臺灣十二家，香港三家及馬來西亞一家。

本屆收到出版社提名作品共三十本，刪掉五本因為出版年份和其他技術問題不合格的作品，這一屆由出版社推薦的合資格作品共二十五本。另外籌委會參考過去兩年兩岸三地重要文學獎的得獎名單，還有中國內地、香港和臺灣的重要出版社所出版的長篇小說的書目，篩選過後，提名三本加入初選書目。本屆的初選書目總計共二十八本，約六百六十八萬字。

經過兩次初審會議，十六位初審委員選出六本入圍作品交由決審委員評閱。

其後，林博士向決審委員簡述第六屆開始採用決審時複選投票機制，決審委員確定會繼續沿用。

報告過後，林博士協助六位決審委員選出鍾玲教授任是屆決審委員主席，然後退席。六位決審委員開始討論。

評胡晴舫《群島》

鍾： 按照往例，我們由決審會議前各委員評分分數最少的一本開始討論。討論的順序就按照我們現在屏幕上排的名字次序：發言第一位是陳思和，然後是陳義芝、黃子平、劉慶、羅鵬、鍾玲，這是講的順序。每一本書由一個人開始，下一本的時候就由第二個人開始講，所以每個評審都有機會第一位去講評一本書。因為開始講的人可能會甚麼都講，後面的人就不需重複了。現在這六本書裏，分數最低的是《群島》。現在請陳思和老師開始講。希望盡量簡潔。

思： 好的鍾老師，我簡單地匯報一下。《群島》我排在比較後面，但是我自己有點猶豫。因為這本書的特點是寫當下臺灣年青人的生活狀態，當下年青人的交流工具，都是臉書、微信等新媒體。因為我是不玩新媒體的，所以對很多描寫感到陌生。但整個故事敍述還是流暢的，引人入勝，作者的文筆也不錯，可能是我對小說描寫的內容不太了解，我很難讀進去。本來我還想聽聽大家的意見，或者看看初審評委的推薦意見，再做決定。但是後來發現，大多數評委都把它放到最後，那我就放心了。

鍾：《群島》陳思和放在倒數第二，其他的人都是最後一名，所

以名次是比較低。羅鵬是放第四名。現在請陳義芝。

義：作者描寫網路時代人的工作態度、情愛關係，對於媒界訊息的取得與傳播。小說裏有一些臺灣的現實狀況，包括大家關切的網路霸凌，或者網路所謂的鄉民的反應，世代的對立、族群認同的對立、非我族群的攻擊。這一本作品的優點是它有一把銳利的社會學的解剖刀，解讀時代的潮流，描寫這個時代的一些特性，是雄辯滔滔的。它採用了後設的手法，方便怎麼樣說出這些東西，確實是現實社會的投影。如果要挑剔的話，就是看起來像是文化分析。我生活在臺灣，完全可以了解它裏面所寫的，也就是說它把很多人說不出來的這些社會的轉變、特性等都說出來了；但是呢，它不是一個個小說角色鮮活生動所構成的情境，感覺上，有時候小說角色只像傀儡一樣來轉達作者這個創作主體所想要表達的。

鍾：謝謝你，講得很好，因為你比較熟悉臺灣。現在請黃子平老師。

黃：這本是六本中最好讀的，我讀得特別痛快，文字也特別明快。它是叫作「網路時代的戀人絮語」，他們出版社推銷的時候概括得很好。基本上讀起就是一個文化研究或是網路的人類學那樣的一份很長的研究報告，所以它裏面牽涉很多人物，也變幻敘事呀等等等等。但整個來講它這條線就是比較單一，比較單薄，所以雖然讀起來是非常的痛快，但是我給它的名次不是太高。

鍾：好，謝謝黃子平老師。劉慶老師。

劉：各位老師好。在開始發言之前，我還是先跟黃子平老師、陳義芝老師、還有陳思和老師、羅鵬教授、鍾玲老師報個到、打個招呼。因為一直沒有正式的跟你們說道謝的話。去年，我成了首獎得主，感謝各位老師的看重。很遺憾，如果我在香港見到你們會更好啦，非常可惜，現在就等以後有機會再拜訪各位老師。

說到了小說，我的感覺跟陳老師、黃老師是一樣的。我在讀這部小說的時候一直會有衝動，想要把故事跟議論部分切開，看看它是怎麼樣，我估計各佔二分之一。小說用故事來講述和論證當下時代的荒謬困境，網絡人或者是臉書人的現實世界人格化，現實世界臉書化和符號化，每一個人都是另一個人。小說中對虛擬世界和現實世界的關係和思考都非常有見地有意義。社交放逐和呼喚網絡文明，重新認知世界和重組世界的無奈和無力感都給人留下了深刻的印象。但感覺故事的轉折有一點突兀，似乎有點概念化，人物和故事像是作者認知的道具和論據，更像是作者表達觀念所舉的例子，故事隱秘交織，像游進論述大海裏的魚，若隱若現，時隱時現，強觀念，弱故事，讓《群島》成了另一種小說，或是新類型小說。胡晴舫的寫作對我個人很有啟發。

鍾：好，謝謝，下面請羅老師。

羅：各位好。這部小說作者我也見過，這小說我覺得有後現代

的味道，用臉書探索私人跟公共身分之間的關係。我也覺得小說好讀，像黃教授說的一樣。我的排名比各位稍為高一點的原因之一，是因為我在排名的時候發現……這所有作家我都喜歡、都特別感興趣，我都有研究過，但是我排名的時候把駱以軍、張貴興、阿來、董啟章排得比較高，兩位女作家就排得比較低。然後我就發現近兩屆「紅樓夢獎」得首獎的都是男作家，當然前面有王安憶、黃碧雲，就是我發現好像所有的首獎、決審團獎比較多男性，所以我開始擔心有一點偏心男作家。而且我也發現評委大部分也是男性，當然鍾玲教授她把兩個女作家都排得最低。所以這個也是一個事實。反正這也是我考慮的一個因素。把兩個女作家排得最低是比較難看。我也在考慮這個因素。

鍾：謝謝羅老師。現在論到我了。這本小說我覺得剛剛各位講的都很有道理，好像主角是網路，不是裏面的人。但是主角又寫得比較像一些議論，不是很活的寫法。幾乎所有的角色都是平面、沒有變化。比如說男主角憲宏就是利用網路來出名以獲得利益；開始是這樣，結束也是這樣。這個人就平淡而且是 stereotype，就是很典型化。唯一比較有變化、也用了一些技巧的就是阿榮。因為一開始就有「我」敘述者，到中間你才知道，那個「我」是其中一個角色叫阿榮，他是有變化的。我們一開始因為不曉得他就是其中一個角色，之後才慢慢發現他跟主角的關係。比如說慢慢發現他是男主角的秘書，最後也發現他是同性戀，喜歡男主

角憲宏；然後他又起了變化，因為在太陽花運動看到男主角的面目很醜陋就不再喜歡他了，不再是他心目中的偶像跟情人了。之後又有一段遭遇，遇到所謂其中一個最自由最有理想的人，但因為發現他是真實世界認識的人，又分開了。其中個性有成熟跟轉變的只有阿榮，其他所有的角色通通是平面的。作為小說的話，即使在今天我覺得人物鮮活還是很要緊的。

下面要討論的是西西的《織巢》。《織巢》的排名思和是第四、義芝是第四、子平是第三、劉慶是第五、羅鵬是第六、我排第五，結果在中下。下面我們請陳義芝開始評論《織巢》。

評西西《織巢》

義：西西是我尊敬的作家。八十年代，她進入臺灣文壇是從《聯合報》副刊開始，我們從香港的《素葉文學》挖掘出她寫的〈像我這樣的一個女子〉，然後西西就在臺灣大量發表作品、出版作品。《織巢》有一本姊妹作，就是早期出版的《候鳥》。這一本《織巢》是六部小說中我最先閱讀的。我覺得西西仍然展示了那一種老派的、手工式的密密用細針，一針一針慢慢編織的筆法。她能夠呈現出眾生相，呈現出生老病死。令我讚歎的是，以一種個人的經歷，局限於個人的經歷眼光，竟然能夠呈現中國人的時代遭遇，也就是上一代、上一個世紀，到達香港的中國人怎麼樣立足的一個過程。這裏面有很多人的心理心願、人情中的變遷跟成

長，也看得出一些細膩的地方是有一代人的集體意識。顯見這位作家，老作家啦，八十幾歲了，她的敘事功夫——就是該由誰說，說甚麼，接着又換人說——節奏掌控得很好，很冷靜，很乾淨。也有一些很厲害的細節，包括寫逃難的、寫婚姻怎麼促成的，甚至小至於倒垃圾的。那結尾呢？這一本小說的意旨也很深沉：經歷二十世紀的離亂，叩問真正的家園在哪裏？從這個角度看，其實它還是打動了我。當然它跟後頭那些非常繁複的、或者一些技法比較現代的來比的話，或許我們會覺得這一本可能比較靜態一點。這是我的看法。但我還是覺得，從另外一個不同的角度評斷，它是一本好小說。

鍾：謝謝陳義芝。你不愧是主辦過很多次文學獎的人，就是「聯合報文學獎」，評得很中肯。請子平老師。

黃：西西這本是讀得最親切的一本。因為她講的就是我們身邊發生的事情，而且用西西一貫的非常平淡但是又非常綿密的這種筆法。因為之前是發表在專欄，專欄受到限制，所以變成小說以後她利用字體的變化，所以用四種字體，置入了四種敘事的角度，讀起來特別的有味道。而且她處置到很多我們現在都會會心一笑的一些細節，比如剛才義芝也提到逃難的問題：我們已經逃了一輩子，那現在又要逃了嗎？我們就是「貧賤不能移」那怎麼辦呀？最後就是待在香港等等。所以她寫到六七暴動、「菠蘿」等，但仍是用非常日常生活的寫法，不是寫那種歷史大事件的寫法，所以讀起來特別親切。整個呈現出來的就是西西一貫的一種，

我把這叫作「後殖民都市的日常生活史」。但總的來看，就是義芝剛才講的，不是西西最好的一本，但仍是一本很好的小說。

鍾：謝謝子平老師。講很貼切，後殖民生活史，而且很親切。現在請劉慶老師。

劉：我讀得還是很認真，這小說在這幾部書中有它的獨特性。雖然它不是寫一個家族史，但也是寫一個家庭的歷史。小說敍述很平實，但裏面透着一種緊張，小人物的生存、掙扎。所以我讀這個香港的歷史的時候，多了很多新的了解。這個故事雖然它沒有太大的波瀾，但是它這種平靜的敍述和平常的故事，透着內在的無奈和緊張，小人物的生存，底層人的掙扎，寫得心酸，傳奇性在平淡和平靜中流淌出來，這是一個憂傷像入水的鹽粒一樣的小說，故事沒有太大的波瀾，卻能感受到生存在時光中的動盪，平常的故事，平靜的講述，不像歷史的歷史，平常人家在大的歷史事件中隨波逐流，如鳥在暴風雨中織巢，溫暖的巢隨時可能傾覆，傾覆後的重建同樣艱辛。

我覺得小說也有一點遺憾，開篇時的童年視角和有限的認知給敍述上帶來了壓力，孩子的視角給故事留下很多的空白點無法填補，不能盡性表達，語言無法開張。小說似乎自始至終沒有走進姐姐的世界，姐姐的性格不鮮明，像是一個模糊的身影。我覺得這部書仍然是很獨特的小說，像以上兩位老師說的那樣，是一部好小說。

鍾：好，謝謝劉慶老師，現在請羅老師。

羅：我比較同意大家的觀點。這本小説我讀得很舒服，內容很有意思。我最感興趣是它怎麼反映這個家裏不同的人，就是母親跟姊妹不同的聲音、她們不同的視角，她們這樣一種感情跟對話的關係。所以總的來説我挺喜歡。

鍾：《織巢》這本書，用傳統的觀點跟角度 point of view 來寫。它的觀點包括妹妹妍妍、姐姐素素、然後媽媽、媽媽在大陸的妹妹、還有一個沒有出聲音的阿彩，替她們洗衣服的那個人。因為她在裏頭作主，作了很多決定，很多決定是由她下的，雖然她是所謂的傭人。

有趣的是所有發聲音的都是女性，可見這是一部女性主義的作品。也許不該説女性主義，而是由女性角度來寫的作品。當然西西掌控得很好，除了我覺得那個小朋友，可以寫得再幽默一點，因為小朋友看的世界可以寫出很多很幽默的東西。其中有一些片段寫得非常好。比如説那個媽媽。我們完全不能想像為甚麼她一定要醫生出診到家來看病，就是不肯去醫院。即使公立醫院很便宜，她就是不面對現實，跟不上時代，有一點自閉症。然後她怎麼走出來？因為她一開始的時候就説我快要死了，我病得快要死了，結果她活得最長。她的轉變過程也是心理上的，心理描寫的掌控寫得非常好。

她又把香港史跟流離逃難的歷史寫進去。尤其是它的名字《織巢》很有意思。我算過，她（主角）共有四個家，每個

家都不一樣，家的轉變也是有意思的。一開始那個家不是家，只是租一層樓然後分租，還跟人家合用廁所。到第二個開始有一點自己家的感覺。第二個是替人家看家，替一個攝影店看家，姐妹已經開始佈置櫥窗，就好像佈置自己的家一樣。第三個家，因為她（姐姐）買了樓，就開始真正是家的感覺，佈置那個家會有置身其中的感覺。第四個家就是妍妍跟那個比較有錢的加拿大華裔僑胞結了婚，他在半山買了六百平方呎的房子。這個雖然小，但在香港這就很不得了。他們那邊就變成一個真正的小窩了。所以這整個「巢」的演變也是很有意思的。最後到思和。

思：我簡單説幾句。因為大家都已經説得很充分，我沒有甚麼好補充。我一開始拿到了這六本書還沒讀的時候，我對這本作品就有期望，因為西西是香港一個非常重要的、可以説是一個大作家。我們「紅樓夢獎」評到現在，她一直沒有參評過。所以我第一個就讀這個作品，我把它放在一個比較重要的位置上。讀了以後我覺得它確實是寫得非常好，它裏面的幾個文本的關係很簡單，四個人，幾個文本，但包容了 49 年以後的大陸再加上香港的早期移民過程，都寫得非常生動。有點不滿足就是敍事比較平淡，所以後來跟其他幾個作品相比較，我就覺得這個作品顯得單薄一點，我就把它放到後面啦。大概就是這樣的一個情況。

鍾：因為西西作品的水準一向都是很高。「紅樓夢獎」有「紅樓夢獎」的一個標竿，我們雖然沒有寫在章程中，總是希望作品能夠呼應《紅樓夢》般的大敍述，grand narrative。

思：希望複雜一點，有一點史詩的感覺。因為小說有一個問題，第一敍事人是個孩子、學生，所以她的口氣不可能把這個歷史講得非常複雜。小說雖然寫得很好看，語言非常純淨，但我覺得跟我們這個獎的標準好像不是最吻合吧。

鍾：對，的確是這樣。好，我們現在講下一本，就是《匡超人》。陳思和是給了第六，義芝是給了第五，子平是給了第二，劉慶是給了第三，羅鵬是給了第二，鍾玲是給了第四，好像差別蠻大的。我們現在輪到是黃子平開始嗎？由子平開始。

評駱以軍《匡超人》

黃：這是第二本麥田。這次麥田兩本，聯經兩本，這兩個出版社真的很厲害。駱以軍已經是隔了一屆還是兩屆的「紅樓夢獎」的獲得者，這本跟他上次獲獎的《西夏旅館》一樣是很有份量的鉅著。這次他更加的放開了，完全是放肆揮灑他的人渣世界觀，把身體、傳說、術數全都攬在一起，其實非常吸引人，非常精彩的一部大著。它的寫法到後面馬上會看到一個很隆重的一個拉美作家的影響，波拉尼奧的《2666》這本書非常隆重的影響，就跟一會我們要討論的《愛妻》那邊有一個很隆重的叫作 Barnes，這邊的是波拉尼奧。他這種寫法可以把任何文本都很自然地編輯進去，完全可以不用考慮怎樣的過渡、怎樣的結構，所以是一個非常自由的寫法。出來的這本書我覺得是非常精彩的一本，也算是鉅著吧。

鍾： 謝謝子平老師，下一個是劉慶老師。

劉： 駱以軍這本書拿起來就能感覺到他的才氣和高度，一種噴薄而出的感覺。這本書不好讀，閱讀當中我幾次放下，因為你必須想一下他想寫的是甚麼，這是一部後現代小說，情節駁雜跳躍，內地還沒有一個這樣寫作的作家，或者很少見到這樣的寫作。《西遊記》和現代生活的拼接，《儒林外史》的人物假借，科幻和想像，歷史和當下，過去和現在，作者身在其中又隨時抽離，感同身受又旁觀議論。小說的主線若隱若現，故事之間的聯繫似有還無，似斷還連，各種寫作手法雜揉其中，寫實細膩，比如對東北夜場的描寫，思維跳躍飛揚，比如關於《西遊記》戲仿和美猴王的翻騰與時間的漏隙。

因為它是一種拼貼式的，我感覺到他是把一些中短篇小說放在一起，裏面有科幻、有想像、有歷史、有現在，還有《儒林外史》人物的假借，還有《西遊記》和現代生活的拼貼。但讀的時候，小說的結尾幾乎可以看做是個人的生活隨筆，感覺像後記，直接做為小說的最後一部分，因為寫得很精彩，讀者閱讀的時候會跟隨作家的情緒走，等讀完再想和小說主體的關係，多少有些牽強，這段跟前面的整個文本到底有怎樣的關係，我一直在尋找這種關係。

這本書我會再讀一遍，希望能更多地把握小說的精髓。還有一種感覺，就像一個很高很大的一個人蓋了一張短被子，然後他整個敘述要把整個小說概念包入，這些我都在思考。這本小說還是值得我學習的一部小說。

鍾：你剛才最後一句講甚麼？

劉：我的最後一句是值得我學習的一部小説。

鍾：那個之前。

劉：之前我説就像一個巨人，很高很大的一個人，但是配了一張短被子。那張短被子，既蓋不住頭，又蓋不到腳。我一直在找整個小説的思考的脈絡，但感覺它太紛雜、太龐雜。

鍾：好，了解。下面一位是羅老師，羅鵬老師。

羅：這本小説是一部怪怪的小説。圍繞這種怪病，並描寫得特別詳細，可是一直沒有講清楚他的病根到底是甚麼，到底是甚麼病。

然後就是這個，畢竟描寫特別詳細，也是有很多象徵性的意義。這個病變成一種黑洞，變成一種創作的出發點，這樣的話就象徵整部小説的一種啟發，一種特點，就是小説自己可以被看成是一種症狀，一種創作或者社會的一種症狀。像是十九世紀二十世紀初的「東亞病夫」，《匡超人》這本小説把這種病癥、病根、象徵性的授權和創造性轉變成一種場所。

這部小説從結構來講也許有很多毛病，像各位説的一樣。但我覺得這部小説本來講的是一種病，這些毛病就變成這部小説的特點跟意義的一部分。所以這些我也挺喜歡。

鍾：好，謝謝，下面是我。
第一是題目「匡超人」。匡超人是《儒林外史》的一個人

物，一個人的名字，講他由頭到尾慢慢道德上沉淪。但是這部小說裏的敍述者他不是沉淪，他是發現自己有很大的缺陷，就是所謂的雞雞有破洞。到後來他反而悲天憫人想要拯救世界，跟原著的匡超人好像不是太合。匡超人是沉淪，但是小說本身的那個主體那個我，並不是沉淪。

第二就是我不知道駱以軍以前有沒有用那麼多中國古典小說，這一次是引用中國古典的東西多過引用西方的電影跟文本。他大量引用《西遊記》裏的情節來改寫，就是intertextuality，互涉文本用得非常多。有講《金瓶梅》、《儒林外史》、《西遊記》，大概只缺《紅樓夢》。

然後這裏頭的人物他常常就是非常混淆的，不是混亂，就是混淆、混同，混在一起的人物。像是「我」的話，一下又是天上的二十八宿，星宿裏的其中一顆星星，然後他又變成有破洞、變成豬八戒，之後他又去射猴，像后羿射太陽一樣，他去射猴子。忽然一下又變成駱以軍，駱以軍就替政府的一些文藝機構，接見一些得獎者，為他們的計劃給意見。這些可能是他生活中發生的事，他把自己生活中的事情寫進故事去了，大概他平常就是這樣寫。當然還有一個主角，就是孫悟空。孫悟空又化成現代的人和物，一下是打工仔，一下又是夾娃娃機裏頭的小猴子，一下子他又變成日本漫畫的人物，就是變來變去。

說實話我比較喜歡《西夏旅館》，我覺得沒有超越《西夏旅館》。《西夏旅館》的震撼性比較強，這邊是把很多東西組合跟混合在一起。它裏頭的人物也是浮光掠影，像是「大小

姐」應該跟蔣家有關係的，裏頭也講了一段蔣家第二或第三代的歷史。還有帶團到北京去的大陸人跟帶團到北京去的臺灣人，怎麼跟大陸的文壇互動，這大概是他把自己生活裏的一些體驗寫出來。

整體來説我覺得還是情節比較散，整體比較亂，跳躍的幅度比以前大。也許有些人把這當作是一個突破，其實他一向寫作都是這樣，只是跳躍的程度有點不一樣，散漫的程度有點不一樣，這個是寫得比較散比較亂的一本。下面就是思和。

思：好的，我接着鍾老師補充幾句。我把這本書放到最後不是因為這本書不好，是因為這本書沒可能得獎。所以我想既然沒可能得獎，就放到最後。為甚麼？是因為駱以軍前面已經得過獎。第二次得獎，在我心目中如果一個作家，在短短幾年間能夠連續拿出兩本力作，而且都得「紅樓夢獎」的首獎，那總得有個更高的標準，肯定要超過前面的作品。其實應該是這樣。同一屆的作品裏要有明顯的「超出」這樣的一個特質，那我們還可以把它放在首獎上。但我讀這本小説沒有達到這個標準。

當然這部小説有它的努力、它的特點、我覺得《西夏旅館》是一個比較精神性的東西，雖然裏面沒有甚麼具體的人物、情節，但是整個作品寫得言辭伶俐，非常有力、非常飽滿。這個作品從體量來説，涉及到的世俗層面來説，它的故事性很強，不止故事性，而且接觸社會面它比《西夏旅館》要多。如果説《西夏旅館》是一部精神性的高標，這個

作品應該說是駱以軍用以表達他對世俗生活的一些看法。
這故事有點模仿《儒林外史》，都是一批文人，而那些文人
都是一個故事一個故事這樣的，拼接起來的。

但是我覺得這些故事太簡單。它每一個場景都是在吃飯，
不是餐廳就是咖啡館，反正其他主要場景的聚會也是跟吃
飯聯繫在一起的。但是這個場面太簡單，在表達上我覺得
就是變化不大。主人公這個意象是挺有意思，作為一個敍
事人的甚麼破雞雞，有意思、也有象徵性的。但是我對臺
灣社會不太熟悉，可能義芝作為臺灣人肯定會更了解裏面
寫的很多複雜的社會內容。我是感受得到，但我不能直接
把它弄清楚。因為我想它不太可能再次得獎，所以我就把
它放到後面了。

鍾：好，謝謝。到下面是義芝。

義：我的排名也跟思和兄的考慮一樣，還有包括鍾玲老師說不
如《西夏旅館》，有相同的因素。我雖然覺得《匡超人》的
手法、題材又翻新了，但整體藝術效果好像不如《西夏旅
館》。駱以軍是不斷創造的，他每一本書，每一本著作都
很吸引人，都引起議論。從他《西夏旅館》得了紅樓夢長篇
小說獎之後，他大概又出了超過十本書，包括散文，也有
長篇小說，所以他是一位創作動能非常強的人。可以講在
臺灣大概是一個專業作家。其他的寫作者都必須有一些工
作，唯獨駱以軍似乎能夠專注於創作。《匡超人》有幾個筆
法上的特色，一個就是它有二十二篇，一個故事連着一個
故事。但是這個故事又是一種反常規的敍述結構，不是整

體脈絡非常嚴謹的一部作品。當年的《西夏旅館》駱以軍是用手寫的，一個字一個字寫的；創作《匡超人》，他已經會用電腦，在電腦上打字，我在想，手寫跟電腦寫是不是在手法上就會有些不一樣。

我同時聯想到，美國有一位小說家大衛·福斯特·華萊士，Wallace，他有一部作品叫 Infinite Jest，《無盡的玩笑》，或說《沒完沒了的玩笑》。那部小說我沒機會讀，但聽人介紹過。《匡超人》的手法與那一本的手法幾乎相同。比如說小說標題有典故，《無盡的玩笑》的標題來自於《哈姆雷特》；《匡超人》是《儒林外史》。二者同樣是反常規的敘事結構，設計很多主題，都是當代生活百科全書式的情節，很多東西都寫進去，同樣也借鏡許多文學作品，包括神話、電影或者是複雜的其他的一些甚麼材料。駱以軍的閱讀視野寬廣，我想他也許知道也許不知道，無論如何，從這些相似的特色來看，駱以軍還是有他天才的那一面。但是我不認為這部作品會在這一屆得獎，因為這一屆還有其他很厲害的作品。

評阿來《雲中記》

鍾：謝謝義芝，我們這一輪講完了。下面講《雲中記》。《雲中記》，陳思和老師排第一，義芝排第三，子平排第四，劉慶排第二，羅鵬排第五，鍾玲排第三。這中上吧。請第一個講的是劉慶。

劉：我把對這本書的想法跟各位老師分享一下。《雲中記》這本書在內地應該獲得差不多所有的獎，所有的排行榜幾乎都是第一名。這個故事的背景是汶川大地震，多年以後，有一個祭師去安放靈魂這麼的一個主題。首先是故事背景是汶川大地震和多年以後巫師安放靈魂的主題，既有着神秘感又喚起了人們的記憶，大題材大主題。阿來在小說裏情節調度和描寫從容自如，雲中村是一個大的意象，美麗而傷感，有着難以忘懷的親情和絕望，祭師阿巴的內心敏感，眼睛長含淚水，作家的文字細膩，望雲雲來，念花花開，有如一首抒情詩，一首哀歌挽曲。

阿來也是一個久負盛名的大作家。目前評論這本書的文字肯定已超過了這本書的文字量。阿巴回到雲中村，作家要一個一個解開阿巴自設的謎題，比如，他對鬼神半信半疑，回到村子後，他認為自己相信了有鬼神，但又漸漸明白，自己內心深處還是不相信。阿巴內心的謎題設置和解讀謎題在相當長的篇幅裏面，成了推進小說的動力，小說人物內心的緊張和對靈魂的拷問不斷地推動故事的發展。實際上我就一直在關注他結尾怎麼寫。這個祭師他一直不相信，或者是不敢確信有鬼神，這讓我感覺到他給創作帶來一個很大的難題：你如果是不相信或者是不確信有鬼神然後如何去安放靈魂？雲中村故人在雲中村的再現，失去雙腿的女孩後面跟着拍攝者，災難現場成為熱氣球觀光的噱頭，人們不再相信佛教和苯教，只相信錢，成為拜物教，這些戲劇性很強的書寫有的地方像電視劇裏的鏡頭。微信群的使用和媒體危機公關，兩個鄉長之間的明爭和暗

鬥有着很強的中國特色，這些都結合得特別緊密。有一些預言說到了國泰民安的時候，這個雲中村要在世界上消失了，雲中村再一次在地震災害中垮塌。然後阿巴他這個靈魂的昇華，要和雲中村一起消失。這個是危機的思考，不相信靈魂的去安放靈魂，實際上是做了一件不信而信的事。這給安放的過程增加了難度系數，也給創作提高了難度系數。我一直在想，阿來在創作的時候肯定有很多超出寫作本身要克服的問題。

鍾：謝謝，今年的《雲中記》跟去年你的那一本其實主題有點像。

劉：有一些。

鍾：下面是羅鵬老師。

羅：其實特別巧，今天 7 月 28 日是唐山大地震的週年紀念日。這本小說，當然是汶川大地震。來自四川的阿來，好像特別適合這個題目，不知道他為甚麼等了十年才把這個情況寫下來，因為他其他小說都發生在四川，出生長大，現在就是生活在這地方。我們談到地震的時候，我們經常談到前震跟餘震之間的關係：地震之前有一些前震，之後有餘震。我覺得這就是阿來把阿巴，這個最後的祭師作為主人公，這個選擇特別妙。因為他，也許他在小說裏就是探索了前震跟餘震之間的關係。小說結構一部分是一天一天講的，但同時他不停的，就是往後看往前看——這就是靈魂、鬼，本來就是世間交叉的一種表現，所以這部小說我也是挺喜歡的。

鍾：謝謝羅老師。我想《雲中記》其實有兩個主角，一個主角
　　是祭師阿巴，另外的主角就是雲中村滑坡，這個坡本身也
　　是一個主角。小說越到後面，它這個角色扮演就越來越
　　重要，到最後就是它壓倒一切。它好像還有跟阿巴的互
　　動。到最後大家擔心的是這滑坡到下面會不會把河對面的
　　幾個村子也蓋住，就是滅村，把山下的和旁邊的村子也滅
　　掉，結果它滑到江邊就停下來了。好像是呼應祭師阿巴的
　　祈禱，就是叫它到此為止，不要再傷害下去了，到他的村
　　子就好。所以到後來還是蠻感動的，我覺得文學作品還是
　　要感動，最後把阿巴的精神跟滑坡的精神，滑坡就代表大
　　地，都寫出來了。這個作品蠻感動人的。

　　我覺得這部小說就是寫得清清楚楚，人物神獸該上場就上
　　場，表現的應該怎樣就怎樣。就像是那個在跳舞的女孩，
　　在大地震中，腿斷了，被壓斷了。然後她就變成了明星，
　　因為是很特殊的受災戶，作輪椅表演舞蹈。她就有點沖昏
　　頭，回到故鄉都還有電視台跟着。最後她整個崩潰，內心
　　崩潰了。祭師見到她上山就替她的未來打算好，把他在新
　　的村子裏自己的房子，送給這個跳舞的女孩子以後居住，
　　因為他是為她的未來設想。這些細節都安排得很好。

　　這部小說也處理了大自然跟科技的對立跟互補。一批一批
　　上山的人，其中一批就是地質調查隊，專門調查滑坡的，
　　當中有一個余博士。余博士跟阿巴的對話，安排得很巧
　　妙，表現出一個真正的科學家，對於他不知道的東西他是
　　尊重的。所謂他不知道的東西包括宗教、信仰，所以他會

傾聽阿巴講的話，覺得阿巴掌握的東西可能比科學掌握的還要超前，像這些都是在他們對話裏頭寫得非常好。另外還有一個很重要的角色，就是鄰村的、由他們村子出去的雲丹，也寫得非常好。雲丹原來只是一個賣馬的同鄉，到後來變成認同阿巴的一些概念、觀念，也變成了牽連整個村子跟阿巴之間的橋樑，變成一個接火種的人。

而且《雲中記》的語言很詩意，尤其是寫滑坡，就是阿巴死亡的那一段。在 382 和 383 頁，稍為唸一下作為結束：「阿巴聽到掛在牆上的鼓不捶自響，鈴鐺也不搖自響。聲響從歲月最深處傳來，閃爍着天和地從一片混沌中漸漸分離時那種幽渺的光芒。阿巴聽見了一聲轟然巨響，他知道，那是屹立千年的石碉倒下了⋯⋯阿巴端坐不動，他看見兩匹馬也昂起頭來，端立不動。黑蹄和白額都仰起頭來，像在傾聽，像在思考。它們都隨着整個滑坡體移動。⋯⋯他感覺到的下墜就像是下面有甚麼東西空了。不是物的空。而是力的空。突然失去向上支撐的空。」

這段寫得很詩意。我覺得這本書，整體來說，寫得很好，可是我很同意劉慶所講的，就是這個祭師不信有鬼，懷疑是不是有鬼，那他怎麼做祭師呢？根本，他回去的那個立足點都不穩。是不是因為他不敢寫，因為是政治的關係不敢寫——寫了就有問題，就變成相信鬼神——是不是因為這個原因？這本書我沒有辦法給它更前了，就是因為這個原因。怎麼可能有一個祭師是不信鬼神的？或者是沒有靈感，沒有靈感怎樣做祭師？開玩笑，這個不可能。（笑）接

着是陳思和老師。

思： 好的，我接着鍾老師講下去。我現在把《雲中記》放在第
一，其實我最早排名時第一名不是這部小説，當時麗冰
（**編按：秘書**）催我，21 號就要排，我當時大部分作品都
沒有看完——我是每本作品先看三分之一，然後先作一個
判斷，再繼續讀完。當時我排的第一是張貴興的《野豬渡
河》，第二名才是《雲中記》。但是後來我改了，關於《野豬
渡河》我回頭再説。《雲中記》我一開始看的時候，沒有把它
放在第一，但讀了《野豬渡河》以後，我突然感到《雲中記》
確實有很多一般作品很難達到的藝術高度。為甚麼？

第一，這部作品是一部非常乾淨的作品。本來阿來寫這樣
的作品，以大地震為題材，是有很多悲慘的事情、或者煽
情的故事、或者很豐富的事情可以寫，那是太多了。但是
他把所有的故事都刪掉，他就寫一個人，面對了一座山，
或者是面對了剛才鍾老師説的一個滑坡，一個雲中村。就
是已經消失了的村子。這樣的描寫，幾十萬字的一部小
説，我覺得是很難寫下去的。它裏面幾乎沒有甚麼傳奇的
故事，也沒有甚麼曲折的情節。但是他寫下了，而且引人
入勝。那幾十萬字寫下了一件事，就一個人面對一個自然
的廢墟。我就想到了海明威的《老人與海》，就是一個人
對着一條魚；中國也有作家寫過這樣的東西，是閻連科，
他當年寫過一個中篇叫《年月日》，他就寫了一個農民對着
一棵玉米，他在旱災時節種一棵玉米，作家為這棵玉米創
作了許多奇奇怪怪的故事。而阿來在這個作品裏，他首先

給我們一個非常清澈的，或者說不在我們這個人世間的，一個乾乾淨淨像天堂一樣的氛圍，這樣一個故事。我覺得是很了不起。如果說，作品沒有巨大的藝術含量，作家一定要用故事，或者用奇奇怪怪的東西來補充。何況，這部小說寫了地震還寫宗教，這就可以寫出很多傳奇故事。但阿來沒有這樣做，他故意刪掉枝枝丫丫，最後保留的是甚麼？是一個「空」，一個清空，這個清空的內容是有的，非常充實。我覺得這個空，它已經表達了一個強烈的精神性的問題。像剛才劉慶所講的宗教，為甚麼就特別寫宗教？我覺得他寫的不是宗教，而是精神。就是人類面對災難、面對自己的命運、面對那種根本沒法解脫的厄運，他必須要一個自己的精神支柱，這個支柱是來自哪裏？我覺得這個就是這個作品要表現的，通過這一個老人面對災難、還有即將消失的世界之間的關係。這是我第一個感覺。

第二個感覺就是剛才劉慶跟鍾老師都提到的問題，就是宗教。因為主人公是祭師，而他來工作是來安撫靈魂，那就是他說的：現實層面是由政府管，靈魂就由我管。那麼按照這個道理來說，這部作品應該是一部宗教意識很強的作品。但是，我們這裏看出來，當然我覺得鍾老師剛才說的一個觀點是有道理的，因為在中國大陸是不可能寫一個宗教故事的。完全不可能寫，阿來也知道這個情況，但我覺得這部小說之所以能夠公開出版就是它超越了宗教，就是說他自己在消解，把它變成了一個民間的故事。這個老人本來不是祭師，他的爸爸是祭師，世世代代做祭師，但他自己不是。他是一個搞科學，是一個搞電力的，是一個相

信科學的人。可是後來因為我們需要所謂的文化、一個非物質文化的傳承，就把他頂上去了。所以他本來是不相信的。但是在這一個大災難面前，他主動去承擔安撫靈魂的工作，因為他確實在災難面前感到了宗教的重要性。所以他其實是有宗教的，這個宗教是苯教，他不是一個那麼執着的宗教徒。但是當他去履行這個宗教使命的時候，他這個工作的本身，包括他對有沒有鬼神的問題，他是有懷疑的，而且也不止是懷疑，他也害怕有鬼神。有了這樣一個前提，他再去從事宗教工作，實際上他的工作已經超越了宗教。

這又回到剛才我所講，實際上強調的是人類的精神，這種精神包含宗教，或者說精神大於宗教。他已經包含了很多神祇，他也寫了很多神祇，但他不是用一種奇奇怪怪的方式去表現，而是很自然地寫。他寫到一些鹿，寫得令人非常感動。那些鹿本來要消失了，是被人類都殺光了，但後來又慢慢出現了。大自然生態也是這樣，作者寫到他慢慢的種樹種花，各種植物都重新生長。被毀滅的大自然又重新變得生機勃勃了。即使在滑坡之後，我們也相信這個世界還會存在下去。大自然的生命是生生不息的。寫到這裏，他就講了人跟大自然之間的溝通、互動，而且融合為一體，人在大自然之中也有精神，這種精神跟生命的上升，生命自身的傳承，是連在一起。這部作品我越讀到後來越被一種巨大的精神性所吸引，這個非常難寫，跟一般我們寫故事寫傳奇都不一樣，它非常實在、又非常抽象。你說精神是抽象，但它又是通過很實在的現象來表現，我

覺得很有力量。所以它比其他的故事，比如說作者所描寫的那些外界來的、比如外界那個被資本支配的社會，連地震連災難連那種非常悲慘的命運都可以被當作資本，變成賺錢的手段。可是一切對這個老人來說，都已經不重要了。他完全進入到另外的一個狀態，而這個狀態我覺得也有現實基礎的。中國現在也是在一個非常令人絕望的狀態，我們自己也有一系列的問題，也好像都有一個絕望的漠視感。可是這裏所描寫的這個老人，給當下的中國人提供了一個方案，一個出路，就是說我們有另外一個面對災難、面對絕望的狀態，這種狀態讓我們非常安定，非常沉靜，這是一種人文的力量。從這點來看，它不是一個宗教題材，而是把宗教儀式轉換成人的精神、人的力量，所以我覺得這是一部非常好的作品。

鍾：謝謝思和老師，由一個不同的角度來看，把這部作品放在整個中國在精神上來探討這本書。義芝？

義：我對這部作品印象也很深，也非常喜歡。因為汶川地震發生前幾天，我還在都江堰參加一個李冰的紀念活動。地震之後有一些朋友的連繫是非常痛心的。

我覺得阿來的《雲中記》是一首壯闊的頌歌，歌頌土地跟民族；也是一首壯闊的悼歌，深具現實哀悼紀念的意義。他不止是寫賑災，而是一個族群的地方誌，生活習俗都表達了，情景描寫也清晰乾淨。很特別的回憶就在於小說的主角「阿巴」這位祭師，他能夠回到時間中的過去，他那種招魂的儀式，在現代小說中非常少見。我會聯想到《楚辭》屈

原的〈遠遊〉，這種南方的、神奇的、超越性的表現，在後來的詩裏也不多見。而今在現代小說能夠看到這種招魂情節、招魂儀式，我自己很感動，覺得很新鮮。

另一點，他描寫的雲中村，村人的祖先是從西向東遷徙的。我作為一個讀者，覺得跟《詩經》裏描寫的古公亶父，率領周朝子民，遷徙到周代的一個平原，找到安居的地方，又產生了讀者閱讀感受的連結。我這樣讀，於是就覺得作品有一種民族文化的血色脈搏。這本書如果得獎的話，我也覺得很應該。我再三比較，難以取捨，但是它還是我相當推崇的排名前面的幾本。

鍾：謝謝義芝。子平老師。

黃：這本就是一首安魂曲。阿來選取了一個非常好的角度來描寫地震，十年前的地震。從大地的震動，然後往上升升到雲中。這麼一個，非常精彩的一部小說。我覺得最有意思的就是他選了這個敘述者，或者敘述視點是一個不太相信有靈魂，但是又因為派給他一個非物質文化傳承的一個角色，所以慢慢他就從半信半疑中，到最後融入招魂整體的儀式裏。

小說裏最有意思的是設計了兩種論述，一種是官方的論述，一種是阿巴自己的論述。官方的論述，以他的外甥仁欽，這個鄉長。你注意到這個鄉長，這個角色也是經常游移不定的，一會兒他說我是用鄉長的角色說話，一會兒他說我現在以你外甥的身分來說話，所以你始終看到，有兩

種話語在那裏糾纏，或者在那兒衝突。舉個例子來講，比如說他們到移民村去了——阿巴就說離鄉背井；而仁欽說，不對，這叫一方有難，八方支援。然後解放軍來救他們，村民有很多很多表達感謝的方式，尤其是那些小孩子採了很多野草莓給解放軍叔叔吃。非常自然的一種表示感謝。但突然上邊要他們唱那首叫做〈感恩的心〉的歌，村民們就不知道怎麼唱。所以到處都有設計這種兩種話語，兩種論述。同一個災難，同一個，但是兩種述語的格格不入。我覺得這部小說裏最精彩的是這樣，慢慢地怎樣從這個官方的，或者是市場、資本主義的包圍籠罩中把這個最純樸的最原始的對靈魂的信仰，把它昇華出來，把它升上雲中。所以這小說實在是非常精彩。

評董啟章《愛妻》

鍾：謝謝子平老師，現在剩下最後兩本，我們接下來看得分是第二名的《愛妻》。陳思和排第三，陳義芝排第二，黃子平排第五，劉慶排第四，羅鵬排第一，鍾玲排第二。現在第一個講的是羅鵬羅老師。

羅：董啟章有很多小說，很多作品關注的都是一種失落跟替代之間的一種辯證對立，包括一種就是失落的焦慮跟一種象徵性的替代的過程。當然在一方面他就是用這樣一種題目來討論香港 97 年之後的未來，最明顯的討論是《地圖集》，97 年的中篇小說，不過也有更廣闊的藝術意義。在《愛妻》這本小說中，他用這種失落替代的對立來探索記憶、意識

跟身分有關的問題。小說有錯綜複雜的情節，令人難忘的
人物，以及我覺得挺有意義的劇情的轉折。像董啟章很多
小說一樣，他把現實跟虛構交織起來，而且看這部小說最
妙的一部分是看完一部小說，一下就像看了十幾部一樣。
不僅是妻子所寫的那些詩歌型的小說，描寫得特別詳細，
而且也是跟真正的小說，特別是 Julian Barnes 的作品，提出
一種特別有意思、特別複雜的對話。這六本作品當中，總
的來講我最喜歡這一本。

鍾：好，謝謝羅老師。接下來到我講。

《愛妻》這本小說，它比較着重心理描寫，是一部心理小
說。它跟其他董啟章的小說一樣，整個結構，整個架構非
常的精巧。比如說，第一就是董啟章本人是小說家，他太
太黃念欣是中文大學的教授，但在小說裏就倒過來，寫小
說的是妻子，中文系的教授是那位先生，角色倒置。然後
這部小說，前面部分是〈愛妻〉，〈愛妻〉是那個丈夫，就是
中文系的教授，多年不寫小說，他開始寫小說就寫這一部
叫《愛妻》。到第二部分是〈浮生〉，〈浮生〉比較短，就變成
他太太寫的小說。不到最後你也不知道結構的精妙，因為
到最後你才知道，原來男主角已經死了。死了然後他是活
在他太太的腦袋裏，灌進去的，很現代地把資訊灌到腦袋
裏去。其實也不現代，電視裏也有看到這些東西。所以這
是一部非常精巧的心理小說。

它也處理很多虛跟實的問題。比如說這個主角，他經驗到
跟他的學生，一個大學四年級的女生曖昧，因為太太在劍

橋一年。就是他出軌，男的出軌，出軌三次，跟三個不同的人。但是他又把這個出軌抹掉，所以他就患失憶症，選擇性失憶症。也有跟同性戀的，也有跟學生的，還有跟大學時代差點變成女朋友的也有一段情。最後其實搞不清楚，真的有發生嘛？最少這個男主角是搞不清楚，他每次都假裝成自己跟太太好，這樣他就沒有背叛太太。當然他由頭到尾有一些伏筆，就是從頭到尾那個女學生一直問他的老師，就是這男主角，你到底跟太太有沒有性？一直問他。我們從文字裏會發現其實他太太大概會慣性流產，不可能有小孩，所以他們之間可能也沒有性，或者很少。那是有一些背景在，但那大概是作為一個小説家，他可以在某一點上才透露。整體來講，我把它放在第二名，放在第二就是因為份量的問題。作為「紅樓夢獎」還是要有整個時代的感覺，描寫整個時代或者是整個家族的那種很龐大的東西。這本寫得比較深，也複雜，但是，只是幾個人之間，或者是一個人跟自己之間的問題。接着是思和。

思：這部作品我也很看好。我一直覺得我們「紅樓夢獎」欠了一點董啟章。第一次紅樓夢評獎的時候，我們評他的《天工開物》第一部，當時書的第二部、第三部沒有完成，所以當時沒有評上，後來好像完成了三部曲，但也沒有評上。所以這部《愛妻》本身我是喜歡的，我覺得整個寫作技巧上很有意思。

一開始讀的時候我覺得不太對勁，因為我覺得這個主人公對自我經歷的敍事毫無感情，不像是一個真的人。但讀到

最後我才明白，這個故事大約是説，故事的敍事者，那個主人公患了失憶症，失憶症的狀態下他寫了這篇作品。因為他是在失憶的情況下寫的，所以敍事就是一個非常被動的過程。這個敍事結構很有意思的。尤其是到最後，因為他一直在想，既然他死了，怎麼把他的生命延續下去，通過現代科技可以把他的精神意志在另一個人腦裏復活。實際上這是一個很可怕的東西。開始的時候我覺得莫名奇妙，但後來看到這一段，我才恍然大悟。如果實現這一種科幻，一個人的意識移植在另一個人的身上，然後自己毫無主動性的，是很可怕的。我覺得這部作品有一點反烏托邦的意義，它是對這種科幻的後果提出了警告。對未來的克隆人也好、意識的移植也好，它其實都有反諷的意味。這個故事非常曲折，它不斷在否定，不斷自我否定，最後一部分又是一個創造的文本，就是在這個文本裏又套一個故事。這部小説本身我是喜歡的。

第二因為它對香港的文壇，對當下的文藝界很多狀況，包括香港的很多社會生活，做了很深入很隱蔽的影射。這個影射有助於我們對香港社會的理解，包括未來人在閱讀這個作者在這個階段對香港的認知和表述，都很有趣。

我覺得不太滿意的地方是，它既然是一個失憶的人在寫小説，這裏面有大量的議論因素太理性化了，尤其是對藝術作品的分析，與研究生討論文學——討論本身寫得很好；但是我們要看這些議論用在甚麼地方。如果是一個寫實的故事，用寫實手法來寫的話，這些議論片段可以作為文本

拼接到小說的整體結構裏去。但是，敍事者作為一個失憶的人，寫了一部虛虛實實的小說，我覺得這些議論因素就過於理性。這些議論文本與整個故事結構就會不協調。但這些議論本身很有意思，文本跟文本之間的幾部小說、對作家人品的探討，對於真相的探討，我覺得還是很有意思的。

鍾：好，謝謝陳思和老師。到義芝。

義：我的解讀，不曉得對不對，覺得是一個教文學創作的教授，昏迷一年的意識中的情節。書中的情節半是事實、發生的事實，半是心理想像，有一些錯綜複雜的地方。起初我尚未發覺這樣的像鍾老師講的，很精巧的結構的時候，我會覺得，這個阿蛇、這個教授跟研究生那一種親近又疏離式的打情罵俏，曖昧得動不動就請吃飯的相處模式，其實蠻通俗的。但是，讀到最後你知道原來它是心理小說，很可能是現實中未發生，而是他心裏的想像，你就會覺得，這手法是創新的，很厲害。

如果呼應羅鵬老師剛剛講的，有甚麼失落的遭遇，或象徵性的替代，也是現實中的失落，在心理中去完成。這樣來解讀的話，顯然這部作品是蠻複雜的，有很複雜的層次結構。這麼複雜的層次，一直到最後才兜轉，完全照顧到，也不得不佩服這位小說家的探索。

除了前面各位講到的小說中有小說，演繹各種情愛關係。另外這裏有一個意識運作，就是意識的副本，讓一個人，

軀體已經死亡了，但是能夠活在另外一個人的腦子裏。像
這個教授，後來就活在他太太的腦子裏。這樣安排也都有
伏筆，包括這個教授他研究 1930 年代的作家葉靈鳳，從
各種資料，復原了一個死去的作家；也包括這一個教授自
己，在太太出國的一年當中，他自己寫下一些筆記。這些
筆記到後來，等到他接太太回來，瞬間失去意識之後，這
些筆記就成為他太太腦中可以運用、復原這個人的一些資
料。所以虛構與現實、主觀與旁觀，讓人瞠目咋舌，覺得
小說就是人生，他用小說來解釋理解人生。再說，小說的
發展，也就是人的意識運作。小說可以重寫，那人生是不
是可以修改呢？是不是也可以重置呢？那就是作品小說中
那一位余哈，一個外籍的、精通電腦程式的人，所引導出
來的一個情節。所以有它的現代性，又有普遍性。這部作
品若不是結構精巧的話，我可能不會把它排到這麼前面，
是讀到最後實在是覺得其構思真有「契訶夫的槍」的手法，
十分的訝異，於是把它拉到了比較前面。

鍾：謝謝，下面請子平。

黃：董啟章是一次又一次地進入了「紅樓夢獎」的決審。我對這
本還是非常的期待，因為之前還發生過《亞洲周刊》等一些
事情，所以對這本書還是有些期待。初讀的時候，還是很
熟悉的那些情節、事情，因為董啟章和黃念欣都是我們很
熟識的，文學界或者中文系的同事，或同行吧。前面幾章
特別有自傳性的描寫。然後慢慢地董啟章的這本小說的野
心很大，它的互文性非常強，剛才已經提到那本 Barnes 的

小說，然後那個學生寫的劇本，又把耶穌會神父的事情寫到這部小說裏，再加上不斷地研究李小龍的生平作品，編輯了大量的——就像是剛才所講的讀一本好像是讀十幾本小說，說真的這個編輯的功力下得很大。最後就是疑真疑幻，生死莫測地把他虛幻化，在虛構和寫實之間的這種搖擺，這是董啟章玩得最好的技巧。

其實「愛妻」這個題目非常有意思。我最早以為就是一個名詞，就是一個摯愛的妻子。後來讀到 133 頁的時候原來是從 Barnes 的書而來的，是一個很偏僻的英文詞，就是一個沉溺愛妻子的男人的故事，完全是這麼一個始祖。所以有時候可能是一個動詞組，所以愛妻這個主題的複雜性。整個讀下來呢，我就對比別的小說，覺得就像剛才義芝說的，它的結構上編製非常精巧，他用各種方式，把這些文本嚴密的編織起來。這就產生了一個問題：是不是需要那麼精巧的編製。對比西西《織巢》當然是自然的，因為確實就是妹妹的童年敍事，然後是姐姐一些自己的筆記、媽媽寫下的一些回憶，然後就是阿姨從內地來的一封信。這些敍述文體都跟它的內容非常切合。但是讀《愛妻》的時候就覺得，這個妻子到了劍橋，給她寫信寫那麼長——寫 email 不會寫那麼長吧？現在寫信也不會寫那麼長吧？況且每一封都是讀書報告，就是為了要把文本編輯進來。馬上就會想到胡晴舫的《群島》，就說你現在用電話打短訊都已經是很落後的東西，大家都是用 twitter 了。所以這個內容和文體之間的那種過時的感覺，覺得非常的明顯，非常明顯。我覺得這幾本小說，都提出了一個問題：到了二十一世

紀，到處都是碎片的時候，我們怎麼樣來創造或者發明一個長篇小説的結構，能夠把碎片容納進來而仍然是碎片。就是不必費心去把它編寫成那麼嚴密的結構，這樣反而非常牽強。比較起來我就覺得，《匡超人》或者是《野豬渡河》，這方面解決得比較好。

鍾：黃子平老師講得蠻有道理的。嗯，義芝？

義：我可不可以替那些書信，找一個解釋。的確，email 怎麼可能長篇大論。但試想，如果是在這個教授的意識中，他自己就是研究這些文學作品的人，email 內容其實是混淆了他自己的一些東西，而未必是他太太真實的 email。有可能是這樣嗎？

鍾：如果按照這個思想，裏面所有東西都有可能是虛的。信都是虛構的吧，都是自己的東西嘛？

義：開頭他跟小虎交往的過程，也很奇怪嘛。子平跟思和兄，你們有跟學生這麼親密，隨時就一起吃晚飯嘛？

黃：這師生倆引用古詩來對話的時候我就覺得特別彆扭。我覺得挑逗性地用古詩來對話不是太自然。

鍾：你是説他講的那個題目是不是？

黃：沒有，吃飯的時候或在車裏的時候，突然又引《詩經》，又引《楚辭》，又引那個《古詩十九首》，非常曖昧的一些對話，我覺得很彆扭。（笑）

鍾：大概也是他想像的吧。

黃：對，最後可以用想像來解決。但你讀的時候，讀這個妻子到了劍橋之後，寫信寫那麼長，每一篇都是讀書報告。他自己沒有故事，篇篇都在讀 Barnes，這個不太對吧。（笑）

鍾：是。我們的時間已經過了五點了。下面請是劉慶。

劉：我就說快點。其實這個故事挺有意思的，他那個數據重構、意識下載很奇特。小說可以分作兩個部分，最後的一章，〈浮生〉的一章，然後有一個翻轉。〈浮生〉的一章對前面所有的東西作了幾個剪接，然後他在研究意識下載的時候就說要落實在他妻子的腦袋裏。如果他沒有這些翻轉的話，這個小說的實驗性各方面，我覺得就會解釋不上。小說的新意或實驗性可能都是從兩個部分互相引照，產生了一些關連。挺有意思的。

我在看這部小說的時候，我就在想，對比《匡超人》，這個故事情節和線索清晰；比起《群島》的思辯，它又多了故事性。這三部小說加在一塊，互補起來倒是蠻有意思的，給我一個全新的閱讀經驗。這本小說探討了很多很多的問題：忠誠和背叛，科技和心靈，空間和人性，寫作方法也多種多樣，有書信，有心理，有郵件，有心理分析和靈魂拆解，有論文有魔幻，有時空穿越和對話，用懸疑營造氣氛，輔以高深文論，加上若有若無的愛憎及男女感情糾葛構成敘述主體，小說的實驗性和現代性很強，超文體探討「原初創傷」，對漢字的理解對語言越界的反制的探討都極有見地，給人以啟發。但是我覺得它的人物跟故事情節之間的勾連，還是有些弱。如果沒有最後〈浮生〉這一章，這

個故事可能就會解散，也非常淡。有這一章，讓這部小說
的加分點可就高了，把整個故事也變得清晰。

但我還是有一種感覺，跟《群島》的閱讀感覺一樣，讀着讀
着我就想把它拆解開。我想理論的部分、文論的部分，跟
故事文本是不是能拆開，如果拆開的話會變成怎樣。我想
作家也好、教授也好，比如說你在小說裏面，把自己對文
學的理解，通通把它加到小說文本，實際他就是讓小說的
人物對小說作品進行分析，我覺得這形成了一種文學觀，
實際上它對讀者的要求非常高。小說中的人物對文壇對文
學發表意見，作家想表達的太多，野心如果太大的話，會
讓小說整個故事的走向多了，很多枝枝蔓蔓，情節就會太
過龐雜，對小說形成干擾。我個人認為這次看了《匡超人》
也好，《愛妻》也好，或者是胡晴舫的作品也好，我還是滿
有啟發，我覺得這個閱讀經驗跟創作經驗對我都有一些很
好的幫助。

評張貴興《野豬渡河》

鍾：所以，做評審還是很有用的。（笑）

現在我們評最後一本小說，是由我開始講，就是《野豬渡
河》。思和排第二，義芝排第一，子平排第一，劉慶排第
一，羅鵬排第三，鍾玲排第一。（義：呼聲最高。）就是目
前為止得分最高，所以是最後一本討論。

第一就是主題宏大。主題宏大講的就是二次世界大戰期
間、或者前後，婆羅洲華人村叫做豬芭村的歷史。其實

是個很小的村子，他能夠把它寫成這麼重，我覺得很了不起。這個村子被日本人屠村——有時候文學真的是有用的，沒有這種文學留下來，很多人就忘了，很多歷史就被忘掉——然後也有打游擊的故事。另外還有就是戰勝了以後，日本投降以後，故事還延續了一段，因為日本人最兇悍的兩個軍官，逃到樹林裏，然後游擊隊去追殺他們。他們也殺華人，甚至回到村子裏殺，蠻慘烈的。

另外一個主題就是東南亞婆羅洲雨林世界的再現。像我這樣子的人就沒有辦法寫出那種雨林、熱帶叢林的感覺，但是張貴興把它寫出來了。雨林裏的豬，變成一種野蠻力量的象徵，而這個豬又跟日本人連在一塊。第一次攻擊村子的其實是豬；第二次攻打是日本人，在第二次世界大戰屠村，統治這個村；第三次就日本人投降以後，豬又來了一次——那表示自然的力量是在慢慢減弱。

張貴興的風格，就是完全不煽情，也可以說是他很煽情，但是他用很冷靜的手法來煽情。屠殺小孩寫了四個場面，每一次都不同，但每一次都一樣殘酷。日本人屠殺小孩子，他寫得很冷靜很殘酷。就是因為他的冷靜，天地不仁，才有那種撼動人的力量。好像別的作家很難做到，他那冷凝的筆觸。

《野豬渡河》非常陽剛，這種剛跟西西的《織巢》成為一個強烈的對比。它很陽剛，尤其是那些角色，就是華人村裏那些中年人，大概三十到四十歲：朱大帝、鍾老怪、鱉王秦、紅臉關、小金、沈瘦子，扁鼻周、何仁健、陳煙平，

都一個一個活靈活現。然後一個一個交代清楚他們是怎麼死的，沒剩下幾個，都是在抗日戰爭中死的。當然也有自相殘殺死的。日本人寫得很典型。一個是吉野真木，一個是山崎顯吉，這兩個就等於是襯托。山崎顯吉憲兵隊曹長，最後就是被本書的男主角、二十出頭的關亞鳳殺掉。亞鳳就是英雄，用日本人襯托出男主角的英雄氣概。

在小說技巧方面我覺得非常成熟。張貴興的技巧非常成熟：現在跟過去的穿插、還有野豬這個象徵，表示大自然的反撲、描寫野豬入侵，是不同的場景，調度得非常純熟。又寫到戰後流竄的日軍跟華人之間的鬥爭，真是驚心動魄。老實說，這種很殘酷的小說我是最怕看的，我不喜歡看殘酷的事情。

他也寫了一些真實跟虛幻之間的東西。像是有一隻雞叫無頭雞，無頭雞也是活到差不多最後。無頭雞怎麼能活呢？是半個頭是不是？很有趣。一個沒有頭的雞怎麼能活呢？牠一直在出現。小說裏很多幻覺的描寫是因為吸了鴉片，這些人就產生幻覺。但是沒有吸鴉片也產生幻覺，這些都寫得很好。也有講鬼魂，鍾老怪是有陰陽眼的，都處理得很好。

小說最後一章是很有趣的。因為小說家的安排，由頭到尾慢慢有線索洩露有人是奸細，背叛了華人村。可是一直到快到結束的時候，才把這個揭露。前面讀者都被騙，我們不知道這個女孩子，愛蜜莉，不知道愛蜜莉有日本人的血統，純日本人血統，父母都是日本人。她是奸細。到最

後一章，就不言自喻的交代愛蜜莉殘酷的本性。在天主教教堂有另一個被神父養大的女孩子，因為愛蜜莉嫉妒她跟一個帥氣的男孩子在一起，就害死了這個女孩子。這代表她殘酷的天性，不過也表達了人性的模稜兩可。因為愛蜜莉還是很愛關亞鳳的，在他受了重傷快要死掉的時候，她就背着他回村子。所以我想說這部小說是很有氣魄的大敍述。一個小村子的事情，張貴興可以把它講出這是整個民族的故事，很了不起。

思：《野豬渡河》我一開始也是放到第一。但讀到後半部分的時候，我讀得有點疲倦，到後來就反過來覺得《雲中記》在藝術上比它好。但是這作品本身我是蠻喜歡的，剛才鍾老師已經講得很詳細了，我就不多重複了。我覺得這個作品如果作為首獎也沒有問題。

我讀上去有幾個小的問題，一是我為甚麼覺得煩了呢？作品一開始的時候，關亞鳳好像是一個主人公，因為一開始寫他自殺嘛。可是到最後他出現，兩個胳臂也被斷臂了，這也是很值得關注的。我們是最後才知道這斷臂是被一個孩子砍掉。我就不大明白，這個孩子怎麼會把關亞鳳的兩臂砍掉。而且好像砍掉對他也沒甚麼傷害，只是變成一個沒有胳臂的人。我這是一個問題：整部作品裏面，一開始是關亞鳳，結束也是關亞鳳，可是在整個故事中，關亞鳳沒有佔多少比例。他只是跟愛蜜莉的鍛鍊，跟幾個女人的戀情。甚至在寫豬芭村，包括民族的縮影裏，這批英雄群像中關亞鳳沒佔多少地位。他到最後有一點故事，前面基

本上都沒有，都遊歷出去了，這是我第一個感到有點奇怪。

第二個就是剛才鍾老師說到，愛蜜莉到最後恍然大悟她是日本人的女兒。回過來看，那個村莊裏很多很多殘酷的事件其實都是愛蜜莉造成的。是她去出賣，包括殺掉孩子、朱大帝的殺害等，裏面很重要的都是歸咎於與天地承受，我卻覺得跟這部小說整體的非常悲壯、一個史詩式的歷史的這樣一部小說的份量有點不大符合。它最後變成有點天地，一個沉迷在幾個戀愛呀等等，我就覺得不太搭。這故事就一個他，跟整個故事前面的悲壯的氛圍我覺得不太協調。

第三個我是覺得，有一點我沒看懂。裏面有一段就寫到一個女孩叫何芸，一個日本軍妓，是一個中國人後來變成軍妓。裏面寫到有一個沒有手的人，她覺得這個人身上有臭味，而且把他變成關亞鳳，我覺得有點奇怪。因為關亞鳳這個時候根本沒有斷手，這是後來才發生的。這一個細節，我不知道其他幾位老師有沒有注意到，可能是我沒看清楚吧，我一直覺得不明白。

鍾：你說哪一個女的？

思：就白孩的姐姐。

鍾：她怎麼樣？

思：她後來不是被很多日本人強暴嗎？

鍾：她變成了軍妓。

思：軍妓吧，裏面有一個日本人，就比較愛她吧。後來這個日本人就沒有胳臂⋯⋯

鍾：有一次空襲，那個日本人，被炸掉手啦。

思：但故事裏好像影射這個日本人是關亞鳳，但我覺得不是呀。

鍾：不是不是，他是一個日本人，就是一個日本人來嫖妓，但是這個日本人沒有跟她做甚麼，只是坐在一邊。然後，這個姓何的少女就慢慢喜歡上他，然後好像是她病了還是懷孕了，這個日本人來救了她。好像是這樣子。

思：對。後來你沒發現這個日本人雙手沒有了？

鍾：是因為有一次美軍來空襲，就是那個日本人被炸斷手了。

思：對，後來就是說這個人身上聞到的體臭，跟亞鳳的體臭是一樣的。

鍾：我想是因為，姓何的女人很喜歡亞鳳，她喜歡亞鳳就想像是亞鳳。

思：但亞鳳的胳膊是後來斷的，那個時候還未斷。

鍾：那個人是日本人不是亞鳳，是兩個人，可是都斷了胳膊。

思：是兩個人，但我就覺得這裏寫得有點模糊。

鍾：就表示她是愛亞鳳。

思：亞鳳也跟那個女孩搞不清楚。

鍾：所以那個姓何女人的弟弟，沒有殺掉亞鳳，是因為他姐姐

還愛他嘛，他姐姐是愛他的，所以只砍掉他的手。

思：這裏我就覺得有點牽強，不過我覺得整個風格上這個作品是非常悲壯的，非常強烈的。這強烈的各方面，從殘酷、血性、死亡等等都達到了一個極致的點。讀的時候我是一方面感到很震撼，另一方面也感到有點受不了。特別講到殺孩子這個場景，真是驚心動魄的，大概是這個情況。

鍾：好，謝謝思和，下面是義芝。

義：剛剛思和兄講到關亞鳳被白孩砍掉手。白孩就是因為愛蜜莉是奸細，是間諜，躲藏的。他覺得關亞鳳明明知道而沒有揭露，隱藏了這個事實，是不是這樣的一個情節？好像我讀的是這樣。所以白孩用毒箭射他，然後又砍了他的手臂。但是因為關亞鳳跟何芸，就是白孩的姐姐有一段情，所以留下了他一條命。

幾年前李永平的《大河盡頭》得了紅樓夢長篇小説獎的評審團獎，當時也很被看好，也很被推崇。同樣是描寫婆羅洲這個熱帶雨林發生的故事，我這次讀《野豬渡河》，甚至覺得張貴興處理得比李永平更加的繁複。他描寫日軍殖民入侵的殘酷與抵抗，更加的暴力。這裏當然也包括了性別的欺壓，很多對女性的強暴。書名《野豬渡河》看起來像是人與獸的爭鬥，相對於人的殘忍，獸還單純多了，人才是真正的禽獸。張貴興不刻意鋪寫意識形態的仇恨，而是本能性的一種恩仇對待，或者是情色反應，那大概也是鍾玲老師剛剛講的不煽情。似乎就是上天冷眼看着，看着這些事

情發生，所以呈現一種洪荒的狀態。他的確有非常強的創作意識。比如說，讓一個一個人物出場，帶出情節因由，就是從前跟現在交織，形成一種伸縮吞吐的敍述筆法，但是卻又不零散，並不是用拼貼的，最後是能夠建構在一起的。

第二個特點，張貴興對於天文地理、植物動物、陰陽日夜甚麼的，他應該很下過研究工夫。在他筆下，十分駁雜的東西，你不覺得有問題。充滿了生機的大自然，跟死亡殺戮的這些人事交織，不斷出現的心理幻影，使得景象十分的鬼魅、十分的詭異。他的語言也有一種獨特風格。這個語言在其他小說家筆下看不到，是獨屬於張貴興的語言——又豐又肥的，姿態萬千的，既是一種大雜燴，又如幽靈精怪神出鬼沒。他可以任意連結，把一些成語也連接上去，你卻覺得好像也蠻有意思，蠻有趣。所以整個看來，我覺得他不止是描寫 1940 年代婆羅洲砂拉越這樣的一個地方的事情，殖民戰爭的創傷，很可能是地球上已經被發現或未被發現的一個縮影。我們回頭去看拉丁美洲原住民的遭遇，也可以再度印證。

總之，《野豬渡河》呈現雨林蠻荒的野性，因為手法特別，感受不流於哀傷、無助。張貴興的創造力，無與倫比。雖然這部作品本來我一直想把它排後，因為它在臺灣得了五個大獎，太多獎了。但實在不應該用這個角度來排除。

鍾：好，謝謝，我們請子平。

黃：拿到這本書的時候我就想起，上次小白（編按：白睿文教授）的一句話，就說，我們「紅樓夢獎」，評出來的必須是一部經典。我覺得這部一定是經典，是部經典小說。張貴興的這本小說，很難複述它的情節。就是這麼的一個村、動物，然後把英國人、荷蘭人、日本人還有本地土著，然後加上野豬，加上熱帶雨林裏各種繁複的意象，全部交織起來；用的語言又是這麼冷靜而殘酷。所以讀起來就覺得這是一本，毫無疑問的一本經典的著作。所以，就是這些吧。我覺得這本是沒有問題的。一定是它啦。

鍾：好，謝謝子平。到劉慶。

劉：我說一下我的閱讀感受。我一直在想，《雲中記》和《野豬渡河》這兩本書。《雲中記》有是一種圓滿的結局，最後祭師和山體一起滑入江中。《野豬渡河》是另一種圓滿。開始就寫到面具，面具也是玩具，但每一個人其實都帶着面具，每一個人都有生活的另一面。

面具對玩具，帕朗刀對妖刀，人類對野豬，小說從一場賑災義演開始，從一場人和動物的大戰開始，賑災義演的演員名單變成了日本人的點鬼簿，人和野豬的殺戮從未停止，人對人的殺戮從未停止，為了性慾要殺，為了一杆槍要殺，為了復仇要殺，殺的方式無一例外，都是一刀砍下了頭顱，刀是快的，人頭落地時還能感知世界。刀就像人體的一個器官，每個人都不是本相，就戴着隱喻的面具，人就像是惡靈和時代的玩具，只任命運的擺佈，這種擺佈是每個人都在放大自己的慾望，人在對鴉片的飢盼中半人

半獸，進入迷幻的世界，在這個世界裏，父親砍下了兒子的頭顱，人類變成了另一種動物。

在小說裏，一個個出場的孩子都被砍掉了頭顱，一個個出場的女性都死於姦殺，熱帶雨林裏蓬勃無序，人類和動物一樣遵循叢林法則，對血和殺戮的描寫，男男女女無來由地在各地撒尿，尿水和血水濕透了整部書稿。強烈的煙味成了識別符號，雞無頭可以成為鬥雞中的戰鬥雞，無頭人可以在世間行走，砍掉的頭顱長出了鬍子，那麼多人的臉上身上長出了難看的胎記、印記和又癢又醜的贅物。除了受難的女性，書裏很難再找到傳統意義上的好人，故事的駁雜和通篇對惡的張揚和書寫之強烈無疑會對讀者形成冒犯。

人類和野豬的大戰寫得很精彩，野豬王一直沒有出現，最後你感覺，那個朱大帝實際就是野豬王。當然他們一個是自然界的，一個是人類社會的。

但從創作者的角度來講，如果最後不將愛蜜莉設計成日本人，設計成一個間諜，是不是小說也可以完成？如果不是這麼設計的話，它就有一個開放性的東西出現了。書寫的日本人不再臉譜化，實際上，在小說裏日本人就是野豬。但如果不把最後一個故事這樣設定的話，可能比現在這部小說的完成得好一些，我不知道會不會？當然張貴興不會這樣安排，我只是在思考，如果不由作者自己最後把小說的神秘性打破的話，我覺得這部小說的完成度感覺可能會更高一些。

這本小說的確是非常震撼，我個人非常喜歡這部小說。尤其是那熱帶雨林的豐富性，動物、植物、人，包括寫到人在迷惘當中吸鴉片，和沒吸鴉片的整個過程中的感覺。然後它形成了一種對新世界的迷幻認識。小說一下子變得非常開放，故事非常豐富，有靈性。

鍾：劉慶是小說家，所以他會想如果他寫的話，他會怎麼寫。（笑）

劉：（笑）我覺得結尾可以更開放些，不僅僅是一個巧合。

鍾：對，如果要寫這樣的一個結尾，前面的伏線要多一些才行。一下來一個扭轉。

劉：對對，現在是套路，所有的壞事都是愛蜜莉幹的。其實可以不是她幹。不是她幹的，也是一個結果。

鍾：好。最後是羅鵬老師。

羅：大家都討論得非常詳細，我沒有特別多要加。可是我就想解釋我把這本小說排第三名的原因之一，是因為我正在把《群象》翻成英文，所以我有點擔心我對張貴興有偏心。結果，我故意沒有把他排得最高。

張貴興的小說令我想起蕭紅的《生死場》。跟蕭紅一樣，張貴興也提出了兩種對比，一個是日本人侵入之前的豬芭村的平常生活，跟日本人所帶來的暴力，最後你發現豬芭村這種平常生活本來就充滿殘酷跟暴力。另外一個對比是，人類社會跟大自然的動物界。然後你就發現動物界，特別

是野豬，一方面是大自然裏面的一種意志，可是另外一方面也象徵着人類本來所包含的一些暴力傾向。所以我同意大家的觀點，我也很喜歡這本小説。

鍾：我們現在就討論完了，可以進行投票了。

〔投票〕

〔第一輪投票〕

在第一輪投票，每一位決審委員選出兩本最好作品，不排名次。點算結果，得票最高的三本作品分別為《野豬渡河》、《雲中記》及《愛妻》。

〔第二輪投票〕

決審委員就以上三本作品進行第二輪投票。委員把三本作品排名次，最好的作品排首名得 3 分，次名得 2 分，第三名得 1 分。

第二輪投票結果，《野豬渡河》得分最高，共 17 分，獲第八屆「紅樓夢獎」首獎。

評審委員再經商議，決定《雲中記》、《愛妻》、《匡超人》獲「決審團獎」；《織巢》及《群島》得「專家推薦獎」。

「紅樓夢獎」答謝詞

「紅樓夢獎」得獎感言

張貴興

　　《野豬渡河》敍述了二戰時期，日本佔領婆羅洲一個盛產石油的小村莊，村莊上的華人組織抗日游擊隊，和日軍展開一場將近四年的、慘無人道的、血腥的鬥爭史。小說加入了婆羅洲本土的元素和傳說，野豬、鱷魚、女吸血鬼、馬來黑巫術、鴉片鬼、南洋姐、慰安婦，和日本的武士刀、步槍、妖怪、戰鬥機，西洋的沒有頭的鬥雞和殖民者，形成南洋、東洋和西洋一個既傳統又現代的衝突和對峙，也是海外華人一段不見天日的移民史。

　　華人驅逐野豬鳩佔鵲巢、日軍佔領豬芭村和豬芭村華人組織抗日游擊隊、日軍追殺籌賑祖國難民委員會成員、日軍集體逃入雨林，四個較大的歷史事件，是這篇小說的主要骨幹。它不是抗戰小說，也不是一部令人舒服的小說，但和戰爭一樣血腥和殘酷。比起真正的戰爭，我只寫出了殘酷的十分之一二，剩下的十分之八九，則埋藏在歷史的深淵中，有待讀者去發掘和體會了。

　　這是二戰時期蠻荒婆羅洲的一個小故事，是對父親那一代一個小小的獻禮，也是那個時代被一小群人（按照石黑一雄的説法：一群身處世界軸心的偉大紳士）無情操縱的小人物狂想曲。

　　一座輝煌的紀念碑，下面必然埋藏着更深邃的、不可告人的類似地獄的可怕場景。一個偉人的塑像，通常踩在一堆枯骨之上。紀念碑和偉人讓別人去寫吧，我對枯骨和地獄場景更感興

趣，我也相信這兩者更能夠鑿深一個人的膚淺思維。寫一件事情的陰暗面，就是要在上面點一盞燈。

完全沒有想到會榮獲這個獎。謝謝評審和主辦單位。感恩，感動，汗顏。

2020 年 8 月

文學的夢魘

張貴興

　　非常非常榮幸得到這個獎。這輩子好像和《紅樓夢》還有一點點緣份。我出生在婆羅洲的砂拉越，從小接受華語教育，小學畢業後因為種種原因，開始唸英文學校。雖然是英校，每週還有五節華語課。當時砂拉越雖然已獨立，但是沿襲的仍舊是英國殖民時期的教育體系，初中和高中畢業前必須參加劍橋文憑考試，考題是英國人出的，英文教科書包括莎士比亞的《馬克白》、威廉·高丁的《蒼蠅王》、愛德華·佛斯特的《窗外有藍天》，中文教科書包括五四作家的作品和古典詩詞，曹禺的《原野上》和曹雪芹的《紅樓夢》。除了《紅樓夢》，都是一字不刪的原文。大概要減輕學生壓力吧，當時讀的是濃縮版《紅樓夢》，十五萬字，以為《紅樓夢》就是劉姥姥遊大觀園、王熙鳳弄權耍狠、寶玉、寶釵和黛玉的三角戀愛故事。高中畢業後，我開始讀原版的《紅樓夢》，前八十回反覆讀了好幾次。有一天下午，我躺在藤椅上看《紅樓夢》，睡着了，夢見自己變成賈寶玉。這個假的賈寶玉走在大觀園裏，看不到半個人，突然聽見隱隱約約的絲竹之聲和女人嘻笑聲，心想：好啊，黛玉、寶釵，妳們去玩也不來揪我。我循着聲音走過去，但是聲音飄忽不定、曖昧冷熱，找了半天，看不到半個人，急得我滿頭大汗，突然醒過來了。這個「紅樓夢」轉眼過了四十多年，記憶鮮明，揮之不去。每次重看《紅

樓夢》，心想：今天晚上不知道會不會夢見自己變成賈寶玉？今年七月底知道《野豬渡河》得了「紅樓夢獎」，突然想起四十多年前的夢。嚴格説起來，也不是甚麼「紅樓夢」，應該是我的「文學夢」吧。若有若無的絲竹之聲和女子嘻鬧聲，是繆思女神的嘲笑，也是賽蓮女妖的歌唱，既迷人又危險，讓我不自量力的追尋，至今還活在那個文學夢魘中。《紅樓夢》的另外一個名字是《情僧錄》，説白一點，就是「一個為情所困的和尚的懺悔錄」。一個作家寫了半輩子，無論內容如何天馬行空、弄虛作假，總是殘存大量的自我追尋、私密的記憶、精神和肉體的重建和破壞。現實的乏味和低俗，讓作家透過文學，用自己的基因複製人物、場景和故事，製造一個空中樓閣、不存在的城堡、沒有盡頭的迷宮，並且小心翼翼的呵護和壯大它，對抗隨時入侵的腐化的現實。「紅樓夢獎」突然提醒我，我沒有從四十多年前的夢魘醒過來，也不可能醒過來，就繼續做夢吧。《野豬渡河》原型來自父親二戰時期一個小故事，像宇宙大爆炸的奇點，讓這篇小説釋放出更多想像的空間和時間。它是父親的記憶，也是我的記憶。

　　小説出版後，陸陸續續得了一些獎，也得到很多朋友的助拳和推廣，幸運，感動，慚愧。感謝前聯經總編輯胡金倫，哈佛教授王德威，加州大學洛杉磯分校教授史書美，聯合副刊主編宇文正，前中國時報人間副刊主編季季，前遠流小説館主編陳雨航，第三屆「紅樓夢獎」首獎得主駱以軍，我的「馬來幫」好朋友李有成、張錦忠、黃錦樹、高嘉謙，已經過世的、同樣出身砂拉越的小説家李永平，浸會大學和諸位評審。感謝內人，雖然她不太看我的小説，但只要是我想看的書，她總是想盡辦法搜羅。

　　謝謝！

2020 年 10 月 21 日

附錄

「紅樓夢獎」緣起

　　長篇小説在中國文學和文化上佔有重要的地位。為獎勵創作傑出華文長篇小説的作家，並鼓勵出版社出版優秀作品，香港浸會大學文學院在香港匯奇化學有限公司董事長張大朋先生贊助之下，於 2005 年創辦全港首個不限地域的華文長篇小説獎，並以中國最著名的長篇小説《紅樓夢》為名，正式命名為「紅樓夢獎：世界華文長篇小説獎」。

　　2008 年，張大朋先生再次捐資港幣一千萬元，成立「紅樓夢獎：世界華文長篇小説獎張大朋基金」，讓「紅樓夢獎」得以持續舉辦。「紅樓夢獎」每兩年一屆，由專業評審團選出一本最優秀的長篇小説為首獎作品，獲獎作家可獲港幣三十萬元獎金。

　　「紅樓夢獎」籌委會於 2019 年 12 月底開始以提名方式徵集作品參選第八屆「紅樓夢獎」。是屆參選作品必須於 2018 年 1 月 1 日至 2019 年 12 月 31 日內初次出版，字數達八萬字或以上的原創華文長篇小説。

　　鑑於內地、臺灣及香港等地華文長篇小説出版量非常大，每年出版的長篇小説超過一千本；為有效地進行評選工作，避免評審委員的工作負荷過重，參選作品的提名人只限於「紅樓夢獎」籌委會的委員，以及獲籌委會認可及邀請之出版社。個人提名或自薦提名概不接受。

　　第八屆「紅樓夢獎」於 2020 年 1 月初截止提名。評審工作分為兩個階段，初審及決審分別於 2020 年 3 月至 7 月期間進行。

初審委員會由十六位校內外文學評論者、文學雜誌主編及作家等組成。初審委員於 2020 年 5 月 20 日舉行之會議選出六部入圍作品進入決審。

「紅樓夢獎」決審於 7 月 28 日舉行，決審委員從六部推薦作品中選出《野豬渡河》為首獎作品。決審委員會另推薦《雲中記》、《愛妻》及《匡超人》獲決審團獎；《織巢》、《群島》獲專家推薦獎。

第八屆「紅樓夢獎」首獎作品

臺灣：聯經出版（2018）

《野豬渡河》 張貴興（馬來西亞砂拉越／臺灣）

作品評介

　　《野豬渡河》是部驚心動魄的小說，它有兩個宏大主題：一是砂拉越華人聚居的豬芭村在第二次世界大戰期間和前後的抗日故事；二是婆羅洲雨林具體呈現的蠻荒大自然力量。陽剛的熱血和筆觸的冷凝形成強大的張力，場面再血腥殘酷，讀者還是給牢牢吸住。敘事技巧成熟，種族之間，人與人之間的恩怨情仇處理得明確。種族包括華人、日本人、歐洲人、原住的達雅克人等。華人和日本人要角近二十人，他們的遭遇和命運都交代得清楚。一連串華人大人和小孩慘遭日軍屠殺，作者多次用伏筆暗示有間諜，結尾揭露這間諜天性的冷酷，也恰如其分。野豬是此小說最重要的象徵，象徵大自然的洪荒之力，也象徵人類內在的獸性，

充分顯現在日本人和朱大帝的殺戮行為裏。

決審委員會主席

小說家及詩人；香港浸會大學榮休教授

鍾玲教授

　　鴉片戰爭一百年後，也是白人獨裁者占姆士・布洛克王朝統治砂拉越一百年後，1941年，日本突襲珍珠港九天後，一萬名日軍搭乘戰艦，從南中國海登陸婆羅洲西北部日產原油一萬五千桶的小漁港豬芭村。凌晨四點，東北季風攜帶豪雨和閃電，吹襲這個將被日軍蹂躪三年八個月的華人村落。情節圍繞日軍對「籌賑祖國難民委員會」成員及其親屬不斷擴大的殘酷殺戮，寫了游擊隊的反抗與潰敗，村民間的恩怨情仇。中英日荷加上土著，各色人等在這個狹小的地界展演歷史的荒誕與破敗。天地不仁，以萬物為「豬狗」。張貴興以驚人的文學想像力，調動對熱帶雨林的天候、土壤、水果、野獸的全部感官（視覺、聽覺、嗅覺、觸覺），在上述「世界史時間」上疊加了「自然時間」（人豬大戰、野孩子的歡快嬉戲），疊加了神秘的超越性的「永恆」（不死的斷頭殘肢），在野豬、面具和鴉片等象徵主題的交錯變奏中，燎原的野火蔽空，血染紅了豬芭河，天地變色。

　　張貴興的文字冷靜、瑰麗，寓繁複於精練，不動聲色地描繪血腥的殺戮場面，以暴易暴，極度挑戰讀者的閱讀底線，建構了他在生與死、人與獸、善與惡之間，曲折迂迴的歷史哲學和暴力美學。——筆力雄勁，構思恢宏，《野豬渡河》成就了世界華文文學的又一經典鉅著。

決審委員
中國現當代文學評論家；香港浸會大學榮休教授
黃子平教授

作者簡介

　　張貴興，祖籍廣東龍川，1956 年生於婆羅洲砂拉越，1980 年畢業於師大英語系，1981 年入籍臺灣。其作品多以故鄉婆羅洲熱帶雨林為場景，書寫南洋華人社群的生存困境、愛欲情仇和斑斑血淚，以濃艷華麗的詩性修辭，刻鏤雨林的凶猛、暴烈與精采，是當代華文文學中一大奇景。代表作有《伏虎》、《賽蓮之歌》、《頑皮家族》、《群象》、《猴杯》、《我思念的長眠中的南國公主》、《沙龍祖母》、《野豬渡河》等。

　　作品曾獲時報文學獎小說優等獎、中篇小說獎、中央日報出版與閱讀好書獎、時報文學推薦獎、開卷好書獎、時報文學百萬小說獎決選讀者票選獎、聯合報讀書人最佳書獎、臺北國際書展書展大獎、博客來年度選書、OPENBOOK 年度好書、亞洲週刊十大小說……等。

第八屆「紅樓夢獎」
決審團獎得獎作品

北京：北京十月文藝出版社（2019）

《雲中記》　阿來（四川）

作品評介

　　《雲中記》是作家阿來為紀念汶川大地震十周年而創作的一部小說。以二十七萬八千多字的篇幅，描寫了一個信仰苯教的老祭師阿巴在家鄉已經毀滅、又將遭遇另一場大滑坡而使之徹底消失的時候，毅然重返家鄉為埋葬在那裏的一百多名亡靈進行超度。小說圍繞了一個老人和一塊即將消失的土地之間的關係慢慢展開敍事。這是一部中國版的《老人與海》。作家故意擯棄一般災難描寫中常有的煽情、苦難、悲劇等元素，集中於人與荒蕪自然的精神對話。小說寫得乾淨、澄明、飽滿，在無形空間裏佈滿了人的精神力量，甚至超越與消解了宗教的世俗意義，批判了資

本社會把自然災難轉化為商品、腐蝕人心的醜陋行徑。在人心浮躁、價值混亂、處處是喧囂與騷動的現實環境裏，善良的人應該如何抵抗災難帶來的痛苦，安心且有精神狀態的生存？面對這樣的嚴肅、沉重的思考，這部小說提供了一帖精神良方。它用藝術的形式，又一次重申了「人可以被毀滅，但絕不會被打敗」的精神宣言。

決審委員

中國現當代文學評論家；復旦大學圖書館館長

陳思和教授

作者簡介

阿來，四川省作家協會主席，曾任《科幻世界》雜誌主編、總編及社長。1982 年開始詩歌創作，80 年代中後期轉向小說創作。2000 年，其第一部長篇小說《塵埃落定》獲第五屆茅盾文學獎。2018 年，其中篇小說《蘑菇圈》獲第七屆魯迅文學獎。主要作品有詩集《梭磨河》，小說集《舊年的血跡》、《月光下的銀匠》，散文《大地的階梯》、《草木的理想國：成都物候記》，小說《塵埃落定》、《空山》、《格薩爾王》、《三隻蟲草》、《蘑菇圈》、《河上柏影》，非虛構作品《瞻對》等。2019 年，出版長篇小說《雲中記》。

臺灣：聯經出版（2018）

《愛妻》 董啟章（香港）

作品評介

　　董啟章的《愛妻》敍述的是一對香港夫妻的關係，丈夫是文學教授，妻子是作家。當妻子去康橋大學訪問一年，丈夫留在香港，一邊跟妻子保持一種親熱的書信往來，一邊跟當地的幾個人（一位外籍的科學家、一位以前的同學、自己的研究生等等）進行一種較親密的關係。漸漸地，男主人公開始懷疑自己的記憶，甚至開始懷疑自己跟這些周圍的人的真正關係。通過錯綜複雜的情節、一些難忘的人物，以及一個非常驚人的劇情轉折，《愛妻》用一種失落跟替代的辯證對立來探索一些有趣的記憶、意識、跟身分的問題。

決審委員

漢學家；杜克大學亞洲東亞研究系教授

羅鵬教授（Professor Carlos Rojas）

作者簡介

　　董啟章，1967 年生於香港。香港大學比較文學系碩士，現專事寫作及兼職教學。著有《安卓珍尼：一個不存在的物種的進化史》、《體育時期》、《東京‧豐饒之海‧奧多摩》、《對角藝術》、《天工開物‧栩栩如真》、《時間繁史‧啞瓷之光》、《學習年代》、《致同代人》、《在世界中寫作，為世界而寫》、《地圖集》、《夢華錄》、《繁勝錄》、《博物誌》、《美德》、《名字的玫瑰：董啟章中短篇小説集 I》、《衣魚簡史：董啟章中短篇小説集 II》、《董啟章卷》、《心》、《神》、《愛妻》、《命子》等。

臺灣：麥田出版（2018）

《匡超人》 駱以軍（臺灣）

作品評介

　　駱以軍的《匡超人》是一部怪怪的小說，故事環繞着一種怪怪的病：主人公發現自己「雞雞」上有個莫名其妙的「黑洞」。像二十世紀初中國知識分子把「東亞病夫」的話語變成一種有利的改革工具一樣，《匡超人》的主人公也把自己的怪病轉成一種象徵性授權和創造性轉變的場所。具體說，他受病況的啟發而創造了一個名為「破雞雞超人」的「他我」。結果是一種狂熱的以及旺盛的互文的敍事，把主人公在臺北的實際經驗聯繫到許許多多不同的文本跟話語，從《西遊記》到天地物理學。

決審委員

漢學家；杜克大學亞洲東亞研究系教授

羅鵬教授（Professor Carlos Rojas）

作者簡介

　　駱以軍，文化大學中文系文藝創作組、國立藝術學院戲劇研究所畢業。曾獲第三屆「紅樓夢獎：世界華文長篇小說首獎」、臺灣文學獎長篇小說金典獎、時報文學獎短篇小說首獎、聯合文學小說新人獎推薦獎、臺北文學獎等。著有《胡人說書》、《肥瘦對寫》(與董啟章合著)、《讓我們歡樂長留：小兒子2》、《女兒》、《小兒子》、《棄的故事》、《臉之書》、《經濟大蕭條時期的夢遊街》、《西夏旅館》、《我愛羅》、《我未來次子關於我的回憶》、《降生十二星座》、《我們》、《遠方》、《遣悲懷》、《月球姓氏》、《第三個舞者》、《妻夢狗》、《我們自夜闇的酒館離開》、《紅字團》等。

第八屆「紅樓夢獎」
專家推薦獎得獎作品

臺灣：洪範書店（2018）

《織巢》　西西（香港）

作品評介

　　在長篇小說競相以百科全書式情節、反常規敍事筆法擄獲讀者目光的年代，西西這本《織巢》，獨能以細針密縫的老派手工，呈現上一個世紀從大陸到香港尋求立足的人的生活際遇。

　　以一種個人經歷、侷限的視角，竟能反映一個大遷徙時代、一代人的掙扎；十分日常幽微的人情，她細細地描摹，用不同字體變換敍事聲音，也用分行短句另起話頭、轉折劇情；對於由誰說、說甚麼、甚麼時候換人說，都妥貼安置，節奏自然，筆觸難得的乾淨。描寫亂世中婚姻的促成，如螻蟻一般的逃難心理，以及非常不起眼的上廁所、倒垃圾的描寫……都栩栩如

生，確如黃子平教授所形容，是「後殖民都市的日常生活史」。
結尾老太太叩問：「真正的家園在哪裏？」及其自我寬慰：「我們
這些小民能有甚麼要求呢？」令人掩卷低迴。

決審委員
作家及詩人
陳義芝教授

作者簡介

西西，原名張彥，廣東中山人，1937 年生於上海，1950 年
定居香港。香港葛量洪教育學院畢業，曾任教職，為香港《素葉
文學》同人。1983 年，《像我這樣的一個女子》獲《聯合報》小說
獎推薦獎，正式開始了與臺灣的文學緣。著作極豐，包括詩集、
散文、長短篇小說等三十多種，形式及內容不斷創新，影響深
遠。2005 年獲《星洲日報》「花蹤世界華文文學獎」，2011 年為香
港書展「年度文學作家」，2018 年獲「紐曼華語文學獎」（Newman
Prize for Chinese Literature）。

臺灣：麥田出版（2019）

《**群島**》　胡晴舫（臺灣）

作品評介

　　網路臉書裏的虛擬世界和生活中現實世界是同步和平行的，每個人物都有兩種生存，現實中的生存和虛擬的生存，有時是一個人的兩種狀態，有時是分離的兩種人生。臉書是第二生存現場。小說裏敍述者和創造敍述者的主人關係既對立又相互依存。虛擬世界裏人們的建立和斷裂只是指尖劃過的動作，現實世界中世代和時代，貧窮和富有，都發生着衝突。網路就像一個獵巫大會，每一次圍剿和集體的窺私都是一場災難，一場狂歡。網路的匿名和霸凌來自現實世界中人性的惡、隱秘的惡，人們相信的是想相信的現實，現實和真相在兩個世界重新拼裝，世界是後真相時代，真相是真相背後的真相。

　　《群島》用故事來講述和論證當下時代的荒謬困境，現實世界中的人正在臉書化和符號化，每一個人都是另一個人。社交

放逐和呼喚網路文明，重新認知世界和重組世界，不但無奈和無力，也必將給現實世界中的人帶來挑戰。胡晴舫的寫作對已知的小說概念形成了挑戰。

決審委員

小說家；第七屆「紅樓夢獎」首獎作品《唇典》作者

劉慶先生

作者簡介

胡晴舫，出生於臺北，臺大外文系畢業，美國威斯康辛大學戲劇學碩士。目前擔任第一屆文策院院長。著有《旅人》、《她》、《濫情者》、《辦公室》、《人間喜劇》、《我這一代人》、《城市的憂鬱》、《第三人》、《懸浮》、《無名者》等。

贊 助

紅樓夢獎：世界華文長篇小説獎張大朋基金

第八屆「紅樓夢獎」決審
及初審委員名單

決審委員

召集人

林幸謙博士　　　香港浸會大學　中國語言文學系

主席

鍾玲教授　　　小説家及詩人；香港浸會大學　榮休教授

委員 (按姓氏筆畫排序)

陳思和教授　　　中國現當代文學評論家；復旦大學　圖書館館長

陳義芝教授　　　作家及詩人

黃子平教授　　　中國現當代文學評論家；香港浸會大學 榮休教授

劉慶先生　　　小説家；第七屆「紅樓夢獎：世界華文長篇小説獎」首獎《唇典》作者

羅鵬教授　　　漢學家；杜克大學　亞洲與中東研究系
(Prof. Carlos Rojas)

初審委員

召集人

林幸謙博士	香港浸會大學	中國語言文學系

委員 (按姓氏筆畫排序)

吳有能博士	香港浸會大學	宗教及哲學系
吳美筠博士	詩人、作家、藝評人	
周潔茹女士	《香港文學》總編輯	
周耀輝教授	香港浸會大學	人文及創作系
文潔華教授	香港浸會大學	電影學院總監
何杏楓教授	香港中文大學	中國語言及文學系
張志和先生 (梅子)	香港《城市文藝》主編	
陳麗芬教授	學者	
楊慧儀博士	香港浸會大學	翻譯、傳譯及跨文化研究系
葛亮博士	香港浸會大學	中國語言文學系
熊志琴博士	香港都會大學	人文語言與翻譯學系
劉劍梅教授	香港科技大學	人文學部
蔡元豐博士	香港浸會大學	中國語言文學系
蔡益懷博士	作家	
盧偉力博士	香港浸會大學	電影學院榮譽駐院作家
羅貴祥教授	香港浸會大學	人文及創作系

籌委會委員

主席

林幸謙博士　　　　香港浸會大學　中國語言文學系

委員 (按姓氏筆畫排序)

吳有能博士　　　　香港浸會大學　宗教及哲學系

吳美筠博士　　　　詩人、作家、藝評人

周潔茹女士　　　　《香港文學》總編輯

周耀輝教授　　　　香港浸會大學　人文及創作系

美術顧問 (首獎獎座設計者)

王鈴蓁博士　　　　香港浸會大學　視覺藝術學院

秘書

區麗冰小姐　　　　香港浸會大學　文學院